suhrkamp taschenbuch 517

Edgar Allan Poe, geboren 1809 in Boston, gestorben 1849 in Baltimore, wuchs in Richmond/Virginia und in England auf, besuchte die Universitäten von Virginia und Charlottesville und wurde auf die Militärakademie von Westpoint geschickt, deren Zwang er sich jedoch nicht fügen konnte. Er versuchte sein Leben als freier Schriftsteller, Journalist und Zeitschriftenherausgeber und lebte, zeitweise ganz der Trunksucht verfallen, in Fordham bei New York.

Das Werk Edgar Allan Poes fand in Europa allergrößte Aufmerksamkeit, Bewunderung und, was am deutlichsten seine Ausstrahlung dokumentiert: Nachahmer. Die wohl berühmteste Hommage schrieb ihm Charles Baudelaire: »Mit Entsetzen und Entzücken habe ich bei Poe nicht nur von mir erträumte Themen gefunden, sondern ganze Sätze, die ich gedacht und er vor 20 Jahren niedergeschrieben hat.« In Poes unheimlicher Prosa geht der Schrecken ganz von den Deformationen und Krankheiten der Psyche aus. Der beginnende Wahnsinn Roderick Aschers in der Titelgeschichte legt sich wie Mehltau über Umgebungen und Interieurs der Erzählung. Kaum eine andere Geschichte beschwört eine so düstere und melancholische Stimmung.

Edgar Allan Poe
Der Fall des Hauses Ascher

Groteske Schauergeschichten

Deutsch von
Arno Schmidt und Hans Wollschläger

Phantastische Bibliothek
Band 27

Suhrkamp

Diese Ausgabe wurde zusammengestellt
aus den Bänden I und II der Poe-Ausgabe
des Walter Verlags:
Edgar Allan Poe, Werke. Herausgegeben von Kuno Schuhmann
und Hans Dieter Müller. Olten und Freiburg i. Br.:
Walter Verlag. Bd. I 1966; Bd. II 1967.
Umschlagzeichnung von Hans Ulrich & Ute Osterwalder

suhrkamp taschenbuch 517
Erste Auflage 1979
Lizenzausgabe mit freundlicher Genehmigung
des Walter Verlags AG, Olten
Suhrkamp Taschenbuch Verlag
Alle Rechte vorbehalten, insbesondere das
des öffentlichen Vortrags, der Übertragung
durch Rundfunk und Fernsehen sowie der
Übersetzung, auch einzelner Teile
Druck: Nomos Verlagsgesellschaft, Baden-Baden
Printed in Germany
Umschlag nach Entwürfen von Willy Fleckhaus
und Rolf Staudt

7 8 9 10 11 12 – 93 92 91 90 89 88

Inhalt

Metzengerstein

Pestis eram vivus – moriens tua mors ero
Martin Luther

Grau'n und Verhängnis sind zu allen Zeitaltern weit hin über die Lande gegangen. Warum denn der Geschichte ein Datum geben, die ich erzählen will? Sei's dran genug, daß zu der Zeit, davon ich spreche, im Innern Ungarns es einen tief verwurzelten, ob schon geheim-verborgnen Glauben an die Lehren der Metempsychose gab. Von diesen Lehren selber – will meinen: ihrer Fälschlichkeit doch, oder ihrem Wahrheitsschein – sage ich nichts. Doch möcht' ich wohl verfechten, es rühre viel von unserer Ungläubigkeit (wie's La Bruyère von all unserem Elend sagt) her ›de ne pouvoir être seuls‹.[1]

Doch es gab in jenem ungrischen Aberglauben einige Punkte, die schon recht derb ans Fratzenhafte grenzten. Die Ungarn unterschieden sich darin sehr wesentlich von ihren östlichen Autoritäten. »Die Seele«, sagten sie zum Beispiel – und ich gebe die Worte eines scharfsinnigen und geistreichen Parisers – »*ne demeure qu' une seule fois dans un corps sensible: au reste – un cheval, un chien, un homme même, n'est que la ressemblance peu tangible de ces animaux.*«

Die Familien auf Berlifitzing und Metzengerstein hatten Jahrhunderte lang im Streit gelegen. Nie jemals standen noch zwei so erlauchte Häuser in so erbitterter, so tödlicher Feindseligkeit wideinander. Der Ursprung dieser Gegnerschaft scheint in den Worten einer alten Prophezeiung zu liegen – »Ein hehrer Name kommt gar furchtbar schwer zu Fall, wenn, wie der Reiter seinem Roß, die Sterblichkeit Metzengersteins obsiegen wird der Unsterblichkeit Berlifitzings.«

Die Worte selber hatten natürlich wenig oder keinerlei Bedeutung. Doch führten geringere Ursachen – und dies vor gar nicht langer Zeit – zu Folgen, die gleicher Weise ereignisschwer. Es

---

1 Mercier vertritt – in ›L'an deux mille quatre cent quarante‹ – allen Ernstes die Lehren der Metempsychose, und J. D'Israeli sagt, es sei »kein System so einfach und dem Verstande so einleuchtend akzeptabel als dieses. Oberst Ethan Allen, der ›Green Mountain Boy‹, soll gleicherweise der Metempsychose ernstlich angehangen haben.

hatten überdies die einander nah angrenzenden Besitzungen eine Rivalität bewirkt, die lange einen Einfluß auf die Geschäfte tätigen Regiments ausübte. Zudem sind nahe Nachbarn selten Freunde; und die Bewohner von Burg Berlifitzing vermochten von ihren himmelan strebenden Pfeilern grad in die Fenster des Schlosses Metzengerstein zu blicken. Am allerwenigsten denn war die mehr schon als feudale Pracht, die so erspäht ward, dazu angetan, die reizbaren Empfindungen des weniger – an Alter wie an Gütern – reichen Berlifitzing zu beschwichtigen. Was Wunder, daß die Worte jenes Weis-Spruchs, ob sie schon töricht warn, am Ende zwei Familien entzweit und unversöhnlich verzwistet hatten, denen es gleichsam im Blute lag, einander zu befehden, ward die ererbte Eifersucht nur einmal aufgereizt. Die Prophezeiung schien – wenn etwas überhaupt – den endlichen Triumph auf Seiten des ohnehin schon mächtigern Hauses in sich zu begreifen; und wurde natürlich vom schwächern und weit minder einflußreichen mit umso bittererem Groll bedacht.

Wilhelm, Graf Berlifitzing, war, obschon von hoher Herkunft, zum Zeitpunkt der Erzählung ein siecher und ein kindisch alter Mann, an dem bemerkenswert nichts anderes zu finden als eine unmäßig zügellose und eingefleischte Abneigung gegen die Familie seines Rivalen und eine so leidenschaftliche Liebe zu Pferden und zum Waidwerk, daß körperliche Schwäche nicht, noch hohes Alter, noch Geistesblödigkeit ihn hindern konnten, alltäglich Teil an den Gefahren der Jagd zu nehmen.

Friedrich, Baron Metzengerstein, stand andrerseits noch gar nicht hoch in Jahren. Sein Vater, der Minister G----, starb jung. Seine Mutter, Lady Maria, folgte ihm rasch nach. Zu jener Zeit befand sich Friedrich in seinem achtzehnten Jahre. In Städten nun sind achtzehn Jahre keine lange Zeit; doch in der Wildnis, in einer so erlesenen, so prächtigen Wildnis gar wie jener alten Herrschaft, – da schwingt das Pendel doch mit tieferm Sinne. In Folge einiger besondern Umstände, die seines Vaters Testament ergab, trat bei des Ersteren Verscheiden der junge Baron unmittelbar seine unermeßlichen Besitzungen an. Selten wohl je ward solch Vermögen von einem Edelmann Ungarns besessen. Seine Burgen waren schier ohne Zahl. Der Hauptbesitz, nach Glanz wie auch nach Größe, war ›Schloß Metzengerstein‹. Sein sämtliches Gebiet ward niemals klar bestimmt; doch seinen herrschaftlichen Park allein umgab ein Umkreis von wohl fünfzig Meilen.

Da den Besitz nun, einen so unvergleichlichen Reichtum, ein Erbe antrat – noch so jung, und von bereits so wohlbekanntem Wesen – lief alsbald manches Spekulieren um ob seines mutmaßlichen Wandels. Und in der Tat – noch waren nicht drei Tage hin, da stellte sein Verhalten bereits Herodes in den Schatten und übertraf noch weit, was die begeistertsten Bewunderer erwartet. Schändliche Ausschweifungen – abscheuliche Treulosigkeit – schier unerhörte Greueltaten gaben den zitternden Vasallen eilends zu begreifen, daß keine kriechend-knechtische Ergebung hier bei ihnen – noch gar ein zimperlich' Gewissen dort bei ihm – hinfort nur irgend würden Sicherheit vor eines kleinen Caligula reulosen Fängen gewähren. Bei Nacht des vierten Tags fand man die Stallgebäude von Burg Berlifitzing brennen; und die einmütige Meinung der Nachbarschaft fügte das Verbrechen der Brandesstiftung dem schon genugsam gräßlichen Verzeichnis von des Barons Vergehn und Freveln zu.

Doch während des Getümmels, das von diesem Ereignis entstanden, saß der junge Edelmann selber ganz offenbar in tiefes Sinnen versunken in einem weiten und öd verlaßnen Gemach hoch droben im Stammesschloß Metzengerstein. Die reich gewirkten, wennschon verschossen bläßlichen Behänge, die düster an den Wänden schwangen, stellten die schattenhaften und majestätischen Bildgestalten von wohl tausend erlauchten Vorfahren dar. *Hier* legten Priester in reichem Hermelin und päpstische Prälaten, vertraulich sitzend bei dem Souverän und Autokraten, ihr Veto gegen die Wünsche eines weltlichen Königs ein – und taten mit dem Bann-Befehl römischen Supremats dem rebellischen Szepter des Erzfeinds Einhalt. *Dort* ließen die dunkeln Hochgestalten der Fürsten Metzengerstein – indessen ihre muskelstarken Schlachtenrenner hin über die Leichname gefallener Feinde stampften – auch die beständigsten Nerven vor ihrem hart-entschloßnen Ausdruck beben; und hier nun wieder schwebten schwanengleich die üppigen, wollüstlichen Gestalten der Edelfrauen lang vergangner Tage dahin im Irrgängel unwirklicher Tänze zum Klang imaginärer Melodie.

Doch da der Baron noch auf den mählich wachsenden Aufruhr in den Stallungen von Berlifitzing lauschte – oder zu lauschen sich stellte – oder vielleicht gar über einer noch ungewöhnlicheren, noch entschiednern Übeltat brütete –, ward ihm der Blick ganz wie von ungefähr hinüber gewendet auf ein riesiges Pferd von unnatürlicher Färbung, das auf dem Wandteppich als einem sarazenischen Vorfahren der Familie seines Rivalen gehörig dargestellt war. Das Schlachtroß selbst, im Vordergrund des Musters, stand reglos, standbildgleich – indessen, weiter hinten, sein unterlegner Reiter vom Schwerte seines Feinds Metzengerstein den Tod empfing.

Ein teuflischer Ausdruck erschien auf Friedrichs Lippen, da er der Richtung gewahr wurde, die sein Blick, ihm gänzlich unbewußt, genommen. Doch wandte er ihn nicht von jener Stelle. Im Gegenteil, er konnte sich durchaus die niederdrückende Beklemmung nicht erklären, die dunkeldicht wie eine Hülle auf seine Sinne sank. Mit Mühe nur geschah es, daß er seine verträumten und unzusammenhängenden Empfindungen mit der Gewißheit, wach zu sein, vereinte. Je länger er so starrte – desto mehr verstrickte und umschloß der Zauber ihn – und wachsend schier unmöglich wollte es ihm scheinen, es könnte je der Blick vom Reiz des Wandverhangs sich abziehn lassen. Doch als der Tumult dort draußen jäh heftiger wurde, lenkte er mit einer Zwangsanstrengung seine Obacht auf den Blendschein rötlichen Lichts, der von den flammenden Stallungen voll auf die Fenster des Gemachs geworfen wurde. Die Wirkung währte jedoch nur einen Augenblick; mechanisch ging sein Blick zur Wand zurück. Doch zu seinem äußersten Schrecken und Erstaunen hatte dort der Kopf des gigantischen Streitrosses unterweil seine Position verändert. Der Hals des Tieres, zuvor wie in Erbarmen über den hingestreckten Leib seines Herrn geneigt, war nun zu voller Höhe aufgereckt – in Richtung des Barons. Die Augen, unsichtbar zuvor, trugen nun einen energischen und menschlichen Ausdruck, derweilen sie funkelten in feurigem und wunderseltnem Rot: und die rückaufgeworfnen Lippen des offenbar in Wut gebrachten Pferdes zeigten voll dem Blick die widerwärtig leichenbleichen Zähne.

Vor Grauen halb bewußtlos, taumelte der junge Edelmann zur Tür. Als er sie aufstieß, schleuderte ein Blitz von rotem Licht, das weit in das Gemach hinströmte, seinen Schatten mit klarem Umriß gegen den zitternden Wandbehang; und schaudervoll gewahrte der Baron, indem er eine Weile auf der Schwelle schwankte, wie jener Schatten die genaue Stellung des mitleidlosen, triumphalen Mörders des Sarazenen Berlifitzing einnahm und dessen Umriß aufs genauste füllte.

Die Bedrückung seines Gemüts zu lichten, eilte der Baron hinaus ins Freie. Beim Haupttor des Palasts begegnete er drei Stallmeistern. Mit großer Schwierigkeit und unter drohender Lebensgefahr suchten sie ein konvulsivisch mit den Hufen ausschlagendes gigantisches und feuerfarbnes Pferd zu bändigen.

»Wess' Tier ist das? Wo habt ihr's her?« begehrte der Jüngling, in klagendem und heiser trocknem Ton, zu wissen; denn augenblicklich wurde er gewahr, daß das geheimnisvolle Schlachtroß dort in der von Teppichen verhangnen Kammer das schiere Gegenstück des wilden Wesens war, das hier vor seinen Augen stand.

»Euer Eigentum ist's, Herr«, erwiderte einer der Stallmeister, »zum mindesten erhebt kein andrer Eigner darauf Anspruch. Wir fingen es ein, da es, dampfend und schäumend vor Wut, aus den brennenden Stallungen von Burg Berlifitzing floh. Da wir annahmen, es möchte zu des alten Grafen Gestüt von fremdländischen Pferden gehören, schafften wir's als herrenloses Tier zurück. Doch stellen dort die Stallknechte jeden Anspruch auf die Kreatur in Abrede; was recht verwunderlich ist, trägt es doch ganz deutlich Zeichen auf sich, daß es den Flammen drüben knapp entkommen.«

»Die Buchstaben W. v. B. sind insgleichen entschieden seiner Stirne eingebrannt«, unterbrach ein zweiter Stallmeister; »natürlich las ich sie für die Initialen Wilhelms von Berlifitzing – doch Alle auf der Burg bestreiten mit Nachdruck jede Wissenschaft von dem Pferde.« »Höchst eigentümlich!« sagte der junge Baron mit sinnendem Ausdruck und der Bedeutung seiner Worte offensichtlich nicht bewußt. »Es ist, ihr sagt es, ein merkwürdiges Pferd – ein wundersames Pferd! – wenn schon, wie ihr sehr recht bemerkt, von verdächtigem und eigensinnigem Wesen; doch läßt es immerhin mein sein«, setzte er dann, nach einer Pause, hinzu; »ein Reiter wie Friedrich von Metzengerstein mag leicht wohl selbst den Teufel aus den Stallungen von Berlifitzing zähmen.«

»Da irrt Ihr, Herr; das Pferd, so denk ich schon erwähnt zu haben, stammt *nicht* aus den Ställen des Grafen. Wenn dies der Fall gewesen, so hätten wir unsre Pflicht wohl besser gekannt und es nicht vor das Angesicht eines Edeln Eurer Familie gebracht.«

»Schon recht«, bemerkte der Baron kurz angebunden; und in diesem Augenblick kam ein Page des Schlafgemachs her vom Palast mit hochverfärbtem Gesicht und überstürztem Schritt. Er flüsterte in seines Herrn Ohr die Botschaft, es sei ein kleiner Teil der Wandbehänge in einem Gemach, das er näher bezeichnete, ganz plötzlich verschwunden, – indem er sich zugleich in Einzelheiten von minutiösem und umständlichem Charakter erging; doch dem gedämpften Tone seiner Stimme, womit diese letztern mitgeteilt wurden, entkam nichts, was die höchlichst erweckte Neugier der Stallmeister hätte befriedigen können.

Der junge Friedrich schien während der Unterredung von den verschiedensten Gemütsbewegungen aufgewühlt. Doch bald gewann er seine Fassung wieder, und ein Ausdruck entschlossener Bosheit trat auf seine Züge, da er nun entschiedne Befehle gab, es sei das fragliche Gemach sofort zu verschließen und ihm der Schlüssel einzuhändigen.

»Hörtet Ihr bereits von dem unglückseligen Tode des alten Jägers Berlifitzing?« fragte einer der Vasallen den Baron, als nun, nachdem der Page gegangen, das ungeheure Schlachtroß, welches der Edelmann für sein Eigentum erklärt hatte, mit stampfenden Hufen und verdoppeltem Ungestüm die lange Allee dahin kurbettierte, welche sich vom Palast hin nach den Stallungen von Metzengerstein erstreckte.

»Nein!« rief da der Baron, indem er sich jäh zu dem Sprecher umwandte, »tot? sagst du, – tot?«

»In der Tat, so ist es, Herr; und es wird, so denk ich, meinem erhabnen Herrn wohl keine unwillkommne Zeitung sein.«

Ein reißend rasches Lächeln schoß auf des Zuhörers Züge. »Wie starb er?«

»Bei seinen tollkühnen Anstrengungen, einen ihm liebsten Teil seines Jagdgestüts zu retten, kam er selbst elend in den Flammen um.«

»Tat--säch--lich--?« stieß der Baron hervor, als werde er langsam und bedächtig von der Wahrheit eines erregenden Gedankens durchdrungen.

»Tatsächlich«, wiederholte der Vasall.

»Ein schwerer Schlag«, meinte da der Jüngling gelassen und wendete sich still in den Palast zurück.

Von diesem Zeitpunkt an fand eine ausgesprochene Veränderung im äußeren Benehmen des ausschweifenden jungen Barons Friedrich von Metzengerstein statt. Tatsächlich enttäuschte sein Verhalten jegliche Erwartung und wollte nur recht wenig zu den listenreichen Plänen so mancher Frau Mama im Lande passen;

derweilen seine Neigungen und Manieren noch weniger denn früher irgend nur Verwandtes mit denen der nachbarlichen Aristokratie bezeigten. Nie ward er einmal jenseits der Grenzen seines eigenen Besitzes gesehen, und in der eignen weiten Gesellschaftswelt war er ganz ohne jeden Freundgefährten – es sei denn, man wollte jenem unnatürlichen, sturmungestümen feuerfarbnen Pferd, das er hinfort beständig ritt, ein rätselhaftes Recht auf den Titel seines Freundes zugestehen.

Zahlreiche Einladungen vonseiten der Nachbarschaft stellten sich jedoch auf längre Zeit hin immer wieder ein. »Wird der Baron unsre Feste mit seiner Gegenwart ehren?« »Wird der Baron an unsrer Eberjagd teilnehmen?« – »Metzengerstein jagt nicht«; »Metzengerstein gedenkt nicht zu erscheinen«, waren die hochmütigen und lakonischen Antworten.

Solch wiederholter Schimpf war einem herrischen Adel nicht erträglich. Die Einladungen verloren an Herzlichkeit – sie wurden seltener – und mit der Zeit dann blieben sie ganz aus. Die Witwe des unglücklichen Grafen Berlifitzing gar gab, so hörte man, einer Hoffnung Ausdruck, es »möchte der Baron doch ja auch dann zu Hause bleiben, wenn er nicht zu Hause zu sein wünsche, da er doch die Gesellschaft von seinesgleichen verschmähe; und er möchte nur immer ausreiten, auch wenn ihm nicht der Sinn danach stünde, denn er ziehe ja die Gemeinschaft mit einem Pferde vor.« Dies war gewißlich ein sehr törichter Ausbruch ererbten Grolls; und er bewies nur, wie fade sinnlos unsre Redensarten werden können, grad wenn besondrer Nachdruck uns am Herzen liegt.

Die Nachsichtigen allerdings schrieben die Veränderung im Wesen des jungen Edelmannes dem natürlichen Kummer eines Sohnes zu, der seine Eltern allzu früh verloren; – doch sie vergaßen dabei sein abscheuliches und rücksichtsloses Betragen während der kurzen Periode, die jenem Verlust unmittelbar gefolgt. Es gab auch manche immerhin, die flüsterten von allzu anmaßlichem Selbstgefühl und Adelshochmut. Und wieder andre (unter denen der Hausarzt Erwähnung finden mag) zögerten nicht, von krankhaft schwarzer Schwermut zu sprechen und ererbter Ungesundheit; derweilen unkend dunkle Andeutungen noch zweifelhafterer Natur im Volke umgingen. Tatsächlich ward des Barons bös-störrische Anhänglichkeit an seinen jüngst gewonnenen Schlachtenrenner – eine Anhänglichkeit, welche erneute Kräftigung aus jedem frischen Beispiel von des Tieres grimm-wilden und dämonischen Neigungen zu empfangen schien – am Ende in den Augen aller vernünftigen Menschen ein scheußlicher und unnatürlicher Eifer. Im Blendglanz des Mittags – zur toten Mittstunde der Nacht – in Krankheit oder Gesundheit – bei Stille oder bei Sturm – auf immer schien der junge Metzengerstein mit dem Sattel jenes Roßkolosses verwachsen, dessen unbändige Scheusäglichkeiten so wohl mit seinem eignen Feuersinn überein stimmten.

Umstände gab es überdies, welche – verkoppelt mit jüngsten Begebnissen – ein unerdliches und Unheil kündendes Wesen der Manie des Reiters zuliehen und den Fähigkeiten des Rosses. Der Raum, den ein einziger Sprung übersprang, war akkurat gemessen worden, und weit, so fand man, ja um schier Bestürzendes, übertraf er noch auch die wildeste Erwartung schweifender Phantasie. Auch hatte der Baron gar keinerlei besondern *Namen* für das Tier, obschon ein jedes andere in seinem Marstall durch artbezeichnende Benennung unterschieden ward. Sein Stall war ihm zudem fernab von allen andern zugewiesen; und was die Wartung und andere notwendige Dienstleistungen betraf, so hatte Niemand denn der Eigner in Person es je gewagt, sie zu versehen oder selbst auch nur des Pferdes verschlossen abgelegnes Stallgelaß dreist zu betreten. Es war auch zu bemerken, daß – mocht' es den drei Stallbediensteten, welche das Roß gefangen, da es von der Feuersbrunst auf Berlifitzing floh, wohl auch gelungen sein, seinem rasenden Lauf mit Hilfe von Kinnkettenzügel und Fangschlinge Einhalt zu tun, – doch Keiner der Drei nur irgend mit Gewißheit behaupten konnte, er hätte, während des gefährlichen Gemengs, oder sonst irgend hinterher zu einer Zeit, wirklich Hand auf den Leib der Bestie gelegt. Augenblicke von besondrem Verstande im Betragen eines edeln, hochsinnigen Pferdes werden gemeinhin nicht für angetan erachtet, übermäßiges Aufmerken zu erwecken; doch gab es hier gewisse Umstände, welche notwendig auch dem größten Skeptiker und dem trägsten Phlegmatiker zusetzten; und Zeiten, sagt man, kamen, da das Tier die gaffende Menge, die es umstand, in Grauen vor dem tiefen und impressiven Sinne seines erschrecklichen Gestampfs zurückweichen ließ, – Zeiten, da selbst der junge Metzengerstein sich fahl und furchtdurchschaudert von dem reißenden und durchdringenden Menschenausdruck seines Augs abwandte.

Unter dem ganzen Gefolge des Barons jedoch ward niemand gefunden, welcher die Glut jener außerordentlichen Leidenschaftlichkeit und Zugeneigtheit bezweifelt hätte, die der junge Edelmann für das feurige Wesen seines Pferdes hegte; zumindest niemand denn ein unbedeutender und mißgestalteter kleiner Page, dessen Buckelhöckrigkeit in jedermanns Wege war und dessen Meinung von geringstmöglichem Gewicht. Er besaß (wenn seine Gedanken überhaupt mitzuteilen wert sind) die Dreistigkeit zu beteuern, es schwinge sich sein Herr nie in den Sattel ohne einen unerklärlichen und fast unmerklichen Schauder, und bei der Rückkehr von jedem langanhaltenden Gewohnheitsritt zerre ein Ausdruck triumphaler Bosheit an jedem Muskel seiner Züge.

In einer stürmischen Nacht nun stieg Metzengerstein, aus schwerem Schlummer erwacht, wie rasend aus seinem Gemache nieder und sprengte, in heißer Hast sich in den Sattel schwingend, davon ins düstre Irrgewirr des Forsts. Ein so gewöhnliches Ereignis erweckte keinerlei besonderes Bemerken, doch seiner Rückkehr ward vonseiten der Bediensteten mit heftiger Beängstigung geharrt, als, nach einigen Stunden Abwesenheit, die ragend wunderbaren Prachtzinnen des Palasts Metzengerstein vom Einflusse einer dickichtdichten und graubleilichen Masse entfesselten Feuers krachten und wankten bis in das unterste Fundament.

Da nun die Flammen, als man sie bemerkt, sich schon so schrecklich ausgebreitet hatten, daß alles Mühen, nur einen Teil des Baues wenigstens zu retten, ganz offensichtlich eitel war, stand die erstaunt-entsetzte Nachbarschaft tatlos umher in schweigendem, wenn nicht gar feierlichem Verwundern. Doch ein neuer und furchtbarer Gegenstand fesselte alsbald das Augenmerk der Menge und bewies, wie doch so sehr viel angespannter die Erregung in den Empfindungen einer Vielzahl sich zeigt, wird sie von der Betrachtung menschlicher Todespein geweckt, als angesichts der – sei's noch so entsetzenden – Schauspiele unbeseelter Materie.

Hinan die lange Allee uralter Eichen, welche von den Wäldern zum Hauptportal von Schloß Metzengerstein führte, ward – jagend mit einem Ungestüm, das noch das Rasen des Dämons Sturm übertraf – ein Roß erblickt und auf ihm, barhäuptig und wüst zugerichtet, ein Reiter.

Seinem Galopp war unstreitig von seiner Seite kein Einhalt zu gebieten. Seine agonisch schmerzverzerrten Züge, die ganze krampfhaft zuckend kämpfende Gestalt gaben die augenfällige Gewißheit einer übermenschlichen Anstrengung: doch kein Laut, es sei denn einzeln heiser einmal noch ein Schrei, entkam von den zerrißnen Lippen, welche im Unmaß des Entsetzens durch und durch gebissen waren. Ein Augenblick – und das Hämmern der Hufe scholl scharf und schrillend über das Brüllen der Flammen und Heulen der Winde hin; – ein andrer – und das Roß sprengte, indem es sich mit einem einzigen Ansprung stürzend Bahn brach hin über Torweg und Wallgraben, im schwankenden Treppengehäus' des Schlosses weit hinan und schwand, mit seinem Reiter, mitten im Wirbelchaos sturmverworrnen Feuers.

Da verlosch das Toben des Ungewetters wie mit einem Male, und Totenstille folgte finster nach. Doch eine weiße Flamme hüllte noch den Bau gleich einem Leichenlaken ein, und weit davon hinströmend in die stumme Luft, schoß hoch ein Schein von Geisterlicht; indessen ein Gewolk von schwerem Qualm sich auf den Zinnen niederließ, sich breitete, entschiedner an Gestalt schon, ein Koloß, ein – *Pferd*.

Manuskriptfund in einer Flasche

> »Wem 1 Moment des Seins nur übrig,
> hat nichts mehr zu verbergen not.«
> »Qui n'a plus qu'un moment à vivre
> n'a plus rien à dissimuler.«
>
> Philippe Quinault, ›Atys‹

Von Vaterland & Familie habe ich wenig zu sagen. Ungerechte Behandlung, wie auch der Lauf der Zeit, haben mich aus dem einen vertrieben und der anderen entfremdet. Elterliche Wohlhabenheit ermöglichte mir eine Schulbildung von nicht gewöhnlicher Art; und ein zur Betrachtsamkeit neigendes Gemüt befähigte mich, in die Wissensvorräte, die ein frühes & überaus emsiges Studium aufspeicherte, Methode zu bringen. – Vor allen Dingen bereitete mir die Beschäftigung mit den deutschen Moralisten das hellste Entzücken; nicht etwa aus irgendeiner übelberatenen Bewunderung ihrer zungenfertigen Wahn-Witze, sondern der Leichtigkeit wegen, mit der die unnachsichtige Logik, zu der ich mich erzogen hatte, mich in den Stand setzte, ihre Falschheit zu entdecken. Man hat mich ob dieser unfruchtbaren Trockenheit meines Geistes oft getadelt; mir einen Mangel an Einbildungskraft schier wie ein Verbrechen unterstellt; und der Pyrrhonismus meiner Ansichten hat mich allzeit in Verruf gebracht. Ich fürchte tatsächlich selbst fast, daß ein starker Hang zu den Naturwissenschaften meinen Geist mit einem in unsern Tagen sehr verbreiteten Irrtum hoffnungslos imprägniert habe – ich meine die Angewohnheit, jedwedes eintretende Ereignis, selbst das einer solchen Zurückführung am wenigsten fähige, auf die Gesetze besagter Wissenschaften zurückzuführen. Alles in allem genommen, konnte kein Mensch weniger dafür anfällig sein als ich, sich durch die *ignes fatui* des Aberglaubens aus den strengen Bereichen der Wahrheit verlocken zu lassen. Ich habe es für angemessen erachtet, so viel voraus zu schicken; damit man die unglaubhafte Geschichte, die ich zu erzählen habe, nicht etwa als die Irrgänge einer roh-unreifen Einbildungskraft abtun, sie vielmehr als die positive Erfahrung eines Geistes werten möge, dem phantastische Träumereien stets nur ein toter Buchstabe gewesen sind und Null & nicht-Ich. –

Nach so manchem Jahr Auslandsaufenthalt, ging ich im Jahr 18.. im Hafen von Batavia, auf der reichen & dichtbevölkerten Insel Java, zu Schiff, um eine Reise nach dem Archipel der Sunda-Inseln anzutreten. Ich fuhr als bloßer Passagier – ohne einen anderen Beweggrund als den einer Art nervöser Unrast, die mich verfolgte wie der böse Feind.

Unser Fahrzeug war ein hübsches Schiff von rund 400 Tonnen, kupferverbolzt, und auf den Werften von Bombay aus malabarischem Teakholz erbaut. Die Fracht bestand aus Rohbaumwolle und Öl von den Lakkadiven; auch hatten wir Kokosfaser an Bord, Jagremelasse, Büffelbutter, Kokosnüsse, sowie ein paar Kisten Opium. Die Ladung war ungeschickt verstaut, und das Schiff infolgedessen zum Krängen geneigt.

Wir traten unsre Fahrt an, da kaum ein Lüftchen ging, und trieben dann, entsprechend langsam, so manchen Tag an der Ostküste Javas dahin, ohne daß irgendein besonderer Vorfall Abwechslung in die Einförmigkeit unseres Laufes gebracht hätte; es sei denn die gelegentliche Begegnung mit einem der kleinen Küstenfahrer eben des Archipels, nach dem wir unterwegs waren.

Eines Abends, übers Heckbord gelehnt, beobachtete ich eine sehr eigentümliche, isolierte Wolke in Nordwest. Sie war ebensowohl ob ihrer Färbung auffällig als auch deswegen, weil es die erste war, die wir seit unsrer Abfahrt von Batavia zu Gesicht bekommen hatten. Ich sah ihr aufmerksam zu bis gegen Sonnenuntergang; wo sie sich unversehens sowohl ost- wie westwärts verlängerte, und den ganzen Horizont mit einem schmalen Dunstband einfaßte, das täuschend einer langen Linie flach liegenden Strandes glich. Bald darauf zog die düster-rote Erscheinung des Mondes mein Augenmerk auf sich, wie auch der absonderliche Charakter der See. Diese letztere schien in rapider Veränderung begriffen, und das Wasser wirkte beträchtlich durchsichtiger als gewöhnlich. Obgleich ich deutlich den Meeresboden erkennen konnte, ergab sich doch, als ich das Lot warf, daß das Schiff sich in 15 Faden Tiefe befand. Die Luft wurde nunmehr unerträglich stickig und war überladen mit schraubig-hauchenden Ausdünstungen, ähnlich denen, wie sie über heißem Eisen aufsteigen. Als die Nacht hereinbrach, erstarb dann auch das geringste Lüftchen, und eine noch völligere Windstille sich vorzustellen, ist schlechthin unmöglich. Die Flamme einer auf die Achterhütte gestellten Kerze brannte dort ohne das geringste wahrnehmbare Flackern; und ein langes Haar, zwischen Daumen & Zeigefinger gehalten, hing, ohne daß auch nur die Andeutung einer Bewegung zu entdecken gewesen wäre. Dennoch äußerte sich der Kapitän dahingehend, daß er kein Anzeichen von Gefahr bemerke; und da wir ernstlich im Begriff waren, auf die Küste zuzutreiben, gab er Befehl, die Segel zu beschlagen & den Anker fallen zu lassen. Eine Wache wurde nicht ausgestellt; und die hauptsächlich aus Malaien bestehende Mannschaft streckte sich nach & nach auf dem Deck zur Ruhe aus. Ich begab mich nach unten – nicht ohne ein Vorgefühl von schwerem Unheil; stand mir doch jedwedes der Fänomene gut dafür, daß wir einen Taifun zu besorgen hätten. Ich gab dem Kapitän gegenüber diesen Befürchtungen Ausdruck; aber er würdigte meine Worte keiner Beachtung, und ließ mich stehen, ohne sich zu einer Antwort herbeizulassen. Meine Unruhe verhinderte mich indes am Schlafen; und um Mitternacht ging ich wieder auf Deck. – Als ich den Fuß auf die oberste Stufe der Kajütentreppe setzte, stutzte ich vor einem lauten surrenden Geräusch, ähnlich dem, wie es ein schnell umlaufendes Mühlrad verursacht; und ehe ich mir noch über seine Bedeutung klar werden konnte, fühlte ich schon, wie das Schiff bis ins Innerste erzitterte. Im nächsten Moment schleuderte eine Schaumwildnis das Schiff auf die Seite; dann stürzte sie von vorn nach hinten über uns, und rasierte das ganze Deck vom Steven bis zum Stern.

Eben dieser unmäßigen Wut der Böe hatte, wie sich dann erwies, das Schiff weitgehend seine Rettung zu verdanken. Obschon total mit Wasser vollgelaufen und ob auch sämtliche Masten über Bord gegangen waren, hob es sich, nach Verlauf einer Minute, schwerfällig aus der See; schwankte erst noch für kurze Zeit unter dem ungeheuerlichen Druck des Orkans; und richtete sich dann endlich wieder auf.

Infolge welchen Mirakels ich der allgemeinen Zerstörung entrann, ist mir anzugeben nicht möglich. Betäubt von dem Anprall der Wassermassen, fand ich mich, nach wiedererlangter Besinnung, eingeklemmt zwischen Hintersteven & Ruder. Unter größten Schwierigkeiten kam ich wieder auf die Beine, und hatte, wie ich noch in der ersten Benommenheit so um mich blickte, den Eindruck, daß wir uns inmitten einer Brandung befänden; so jenseits der verwildertsten Einbildung, war das berghochschäumende ozeanische Gestrudel, in das es uns gestürzt hatte. Nach

19

einer Weile vernahm ich die Stimme eines alten Schweden, der sich im letzten Augenblick, als wir aus dem Hafen ausliefen, mit uns eingeschifft hatte. Ich hallote ihn an, aus Leibeskräften, und er kam sogleich nach achtern getorkelt. Wir entdeckten sehr bald, daß wir die einzigen Überlebenden des Unfalls waren. Alle an Deck Befindlichen, mit Ausnahme von uns selbst, hatte es über Bord gespült; – der Kapitän und die Maate mußten im Schlaf zugrunde gegangen sein; denn die Kabinen standen total unter Wasser. Ohne Unterstützung konnten wir nur wenig für die Sicherheit des Schiffes zu unternehmen hoffen; auch wurden unsre Bemühungen zunächst dadurch gelähmt, daß wir jeden Moment darauf gefaßt sein mußten zu sinken. Das Ankertau war natürlich schon beim ersten Anhauch des Orkans wie ein Bindfaden gerissen; ansonsten wären wir ja auf der Stelle gekentert. Wir trieben mit fürchterlicher Geschwindigkeit vor den Seen dahin, und das Wasser fegte in Brechern übers ganze Deck. Das Balkenwerk des Hecks war hochgradig zertrümmert, wie wir denn überhaupt, fast in jeder Hinsicht, beträchtlichen Schaden erlitten hatten; aber zu unserer größten Freude fanden wir die Pumpen unverstopft, und auch die Ladung schien sich nicht entscheidend verschoben zu haben. Die Hauptwut des Sturmes hatte sich bereits ausgetobt, und wir befürchteten wenig Gefahr von der Heftigkeit des Windes; sahen vielmehr mit Besorgnis seinem gänzlichen Aufhören entgegen, da wir guten Grund hatten, anzunehmen, wir würden bei unserm ramponierten Zustand unweigerlich in der dann zwangsläufig folgenden schweren Dünung zugrundegehen. Aber diese sehr berechtigte Besorgnis schien keineswegs einer baldigen Verwirklichung nahe. Denn 5 volle Tage & Nächte lang – während deren unsere einzige Nahrung in ein bißchen Jagre bestand, die wir unter großen Schwierigkeiten aus dem Vorderschiff zu holen bewerkstelligten – flog der Rumpf mit einer jeder Schätzung spottenden Geschwindigkeit dahin; getrieben von rasch aufeinanderfolgenden Böen, die, obschon nicht mit dem ersten Anprall des Taifuns zu vergleichen, immer noch weit wütender waren, als jeglicher andere Sturm, den ich vordem erlebt hatte. Die ersten 4 Tage hindurch war unser Kurs, mit ganz unbedeutenden Abweichungen, Südost zu Süd; und es muß uns parallel zur Küste von Neu-Holland dahingeführt haben. – Im Laufe des fünften Tages wurde die Kälte empfindlich; obgleich der Wind 1 Strich mehr auf Nord gedreht hatte. – Da ging die Sonne schon

mit krankhaft gelber Scheibe auf, und klomm nur ganz wenige
Grade noch über den Horizont – spendete auch nicht nennens-
wertes Licht mehr. – Wolken waren keine zu sehen; aber der
Wind nahm dessenungeachtet immer noch zu, und fauchte wü-
tend unregelmäßig stoßweise. Es mußte unserer besten Schätzung nach um Mittag sein, als unsere Aufmerksamkeit erneut
durch das Aussehen der Sonne erregt wurde. Keinerlei Licht, was
man so Licht nennt, ging von ihr aus; nur ein widrig träges Glim-
men ohne Glanz, wie wenn alle ihre Strahlen polarisiert wären.
Just bevor sie in die schwüllsdicke See sank, ging ihr Zentralfeuer
plötzlich aus, gleichsam hastig gelöscht von einer unerklärlichen
Macht. Sie war nichts als ein dünner, mattsilberner Reif mehr, als
sie in den unergründlichen Ozean niederfuhr.

Wir warteten vergebens auf den Anbruch des 6. Tages – mir ist
dieser Tag noch nicht angebrochen – dem Schweden wird er nie
anbrechen. Hinfort waren wir in Pech-Schwärze eingehüllt, so
daß wir, 20 Schritt vom Schiff entfernt, keinen Gegenstand mehr
hätten ausmachen können. Ewige Nacht umgab uns pausenlos;
gänzlich ungelindert durch das fosforeszierende Meerleuchten,
an das wir uns in den Tropen gewöhnt hatten. Auch bemerkten
wir, daß, obschon der Sturm mit unverminderter Heftigkeit zu
toben fortfuhr, wir dennoch keine Spur mehr von dem Schäumen
oder Branden zu entdecken vermochten, das uns bisher begleitet
hatte – Alles in der Runde war Graus, und fettes Düster, und eine
schwarz schwitzende Wüste aus flüssigem Ebenholz. – Abergläu-
bisches Entsetzen beschlich, stufenweis zunehmend, den Geist
des alten Schweden; und meine eigne Seele war übermannt von
stillem Staunen. Wir ließen jedwede Sorge um das Schiff als
schlimmer denn nutzlos, fahren; sicherten uns, so gut es ging, am
Stumpf des Besanmastes, und starrten ansonsten eben voll Bit-
ternis in die Ozeanwelt. Wir verfügten weder über Mittel, die Zeit
zu messen; noch vermochten wir unsern Standpunkt zu bestim-
men, sei es auch nur ganz annähernd. Trotzdem waren wir uns
völlig klar darüber, daß es uns weiter südwärts geführt haben
mußte, als sämtliche früheren Entdecker, und empfanden be-
trächtliches Erstaunen, nicht auf die zu erwartenden Eishinder-
nisse zu treffen. Inzwischen drohte jeder Moment, unser letzter
zu sein – jeder Wogenberg eilte, uns zu verschlingen. Die Dünung
überstieg alles, was ich bisher überhaupt für vorstellbar gehalten
hatte, und daß wir nicht unverzüglich begraben wurden, ist ein

glattes Wunder. Mein Gefährte sprach von der Leichtigkeit der Ladung, und erinnerte mich an die vortrefflichen Eigenschaften unseres Schiffes; aber, ich konnte mir nicht helfen, ich hatte das Gefühl der gänzlichen Hoffnungslosigkeit des Hoffens, und bereitete mich düster auf einen Tod vor, der meiner Ansicht nach durch nichts um auch nur 1 Stunde noch hinausgeschoben werden konnte, da mit jeglicher Meile, die das Schiff machte, die Dünung der stupenden schwarzen Seen immer schrecklicher & entmutigender wurde. Zuweilen schnappten wir nach Luft in einer Höhe jenseits des Albatross – zuweilen schwindelte uns ob der sausenden Niederfahrt in eine Wasserhölle, wo die Luft flau stockte & kein Laut den Schlummer der Kraken störte.

Wir befanden uns am Boden eines dieser Abgründe, als plötzlich ein schneller Schrei meines Gefährten die Nacht aufs furchtbarste zerriß. »Sieh! Sieh!« kreischte sein Ruf mir ins Ohr, »Allmächtiger Gott! Sieh! Sieh!« Er sprach noch, da wurde ich schon der dumpf trüben Rotglut des Lichtes gewahr, das die Innenseite des weiten Wasserkraters, in dem wir lagen, herabströmte und ruckenden Glanz über unser Deck warf. Die Augen aufwärts richtend, erblickte ich ein Schauspiel, darob mir das Blut in den Adern gerann. In einer furchtbaren Höhe, direkt über uns & unmittelbar am Rande des jähen Absturzes, schwebte ein gigantisches Schiff, von schätzungsweise viertausend Tonnen. Obschon auf den Kamm einer Woge erhoben, mehr als hundert Mal so hoch wie es selbst, übertraf seine scheinbare Größe dennoch die jeglichen Linienschiffes oder Ostindienfahrers, der existiert. Sein mächtiger Rumpf war von einem tiefen schmutzigen Schwarzbraun, das keines der bei Schiffen sonst gewohnten Zieraten etwas aufgelockert hatte. 1 einzige Reihe messingner Geschütze sah aus den offenstehenden Stückpforten hervor, und ihre blankgeputzten Oberflächen spiegelten zuckend die Feuer unzähliger Gefechtslaternen wider, die überall in der Takelage hin & und her pendelten. Aber was uns hauptsächlich mit Graus & Erstaunen erfüllte, war, daß wir sämtliche Segel gesetzt sahen, dem übernatürlichen Seegang zu ausgesprochenem Trotz & dem unbändigen Orkan nicht minder. Da wir seiner zuerst ansichtig wurden, war nur die Bugpartie zu sehen gewesen, wie es sich langsam aus seinem düster- & schrecklichen Schlunde jenseits hob. Einen Moment entsetzlichster Spannung lang verhielt es in der schwindelnden Höhe, wie in Betrachtung seiner eigenen Erhabenheit; dann ein Beben; ein Wanken – und dann kam es herab!

In diesem Augenblick überkam, ich weiß nicht was für eine plötzliche Selbstbeherrschung meinen Geist. So weit nach achtern stolpernd wie ich nur konnte, erwartete ich furchtlos den uns bevorstehenden Ruin. Unser eigenes Fahrzeug stand im Begriff sein Ringen einzustellen, und ließ bereits das Haupt in die See sinken. Die Wucht der niedersausenden Riesenmasse traf es folglich an derjenigen Stelle seines Baus, der sich schon unter Wasser befand; und das unvermeidliche Ergebnis wurde, mich mit unwiderstehlicher Gewalt in die Takelage des Unbekannten zu hebeln.

Während meines Falls noch ging das Schiff über Stag & drehte ab; und dem sich anschließenden Durcheinander schrieb ich es zu, daß ich der Wahrnehmung durch die Mannschaft entging. Ohne nennenswerte Schwierigkeit gelang es mir, ungesehen die teilweise offenstehende Großluke zu erreichen, und bald wurde mir auch eine Gelegenheit, mich im Schiffsraum zu verbergen. Warum ich mich so verhielt, ist schwer zu erklären. Ein undefinierbares Gefühl heiliger Scheu, das beim ersten Ansichtigwerden der Lenker dieses Schiffes sich meines Geistes bemächtigt hatte, mag vielleicht der Beweggrund für mein Verstecken gewesen sein. Ich war nicht willens, mich blindlings einem Schlag von Leuten anzuvertrauen, an denen sich schon auf meinen ersten flüchtigen Blick hin, so viele Eigenheiten ergeben hatten, teils Dubioses, teils Furchteinflößendes, teils bloße unbestimmbare Außergewöhnlichkeit. Deshalb hielt ich es für angemessen, mir zunächst ein Versteck im Schiffsraum ausfindig zu machen; was ich dadurch bewirkte, daß ich einen kleinen Teil des Schotts dergestalt entfernte, um mir einen bequemen Zufluchtsort in dem mächtigen Rippenwerk des Schiffskörpers zu verschaffen.

Ich war kaum mit meinen Veranstaltungen fertig geworden, als mich auch schon Schritte im Schiffsraum nötigten, davon Gebrauch zu machen. Ein Mann kam an meinem Versteck vorbei, mit schwachem & unsicherem Gang. Das Gesicht konnte ich nicht erkennen; hatte aber Gelegenheit, sein Äußeres im allgemeinen zu beurteilen. Der Gesamteindruck war der von hohem Alter & Gebrechlichkeit. Seine Knie wankten unter einer Last von Jahren, und sein ganzer Körperbau zitterte ob der Bürde. Er murmelte mit sich selbst, in leisem brüchigen Ton, ein paar Worte einer Sprache, die ich nicht verstehen konnte, während er in einem Haufen eigentümlich aussehender Instrumente & vermorschter Seekarten herumstörte, der in einem Winkel lag. Sein Gebaren dabei war ein verwildertes Gemische aus der Grämlichkeit zweiter Kindheit & der feierlichen Würde eines Gottes. Schließlich entfernte er sich in Richtung Deck, und ich sah ihn nicht mehr.

Eine Empfindung, für die ich keinen Namen weiß, hat von meiner Seele Besitz ergriffen – ein Gefühl das keine Analyse zulassen will; für das die Erfahrungen vergangener Zeiten sich als unzureichend erweisen; und für das, wie ich fürchte, die Zukunft selbst mir keinen Schlüssel liefern wird. Für einen Geist, gefügt wie der meinige, ist diese letztere Erwägung ein Übel. Ich werde nie – ich weiß genau, ich werde niemals – befriedigt werden, hinsichtlich der Natur meiner Konzeptionen. Immerhin ist es nicht zum Verwundern, daß diese Konzeptionen so unbestimmt sind, da sie schließlich ihren Ursprung in so gänzlich neuartigen Quellen haben. Ein neuer Sinn – eine neue Entität wird soeben meiner Seele angegliedert. ·

Jetzt ist es schon lange, daß ich zuerst das Deck dieses schrecklichen Schiffes betrat; und die Strahlen meines Schicksals sind, wie ich meine, dabei, sich in I Brennpunkt zu versammeln: Unbegreifliche Männer! Versunken in Betrachtungen einer Art, die ich nicht erraten kann, gehen sie achtlos an mir vorüber. Versteckspielen wäre meinerseits der Gipfel der Narretei; denn die Leute *wollen nicht* sehen. Eben vorhin erst bin ich direkt vor den Augen des Maats vorbeigegangen – und es ist noch gar nicht so lange her, daß ich mich in die eigene Privatkajüte des Kapitäns gewagt, und dort die Materialien entnommen habe, mit denen ich hier schreibe, (beziehungsweise geschrieben habe). Ich werde von Zeit zu Zeit dies Tagebuch fortführen. Das ist richtig, daß ich möglicherweise keine Gelegenheit finden werde, es der Welt weiter zu reichen; aber ich will nicht unterlassen, wenigstens den Versuch zu machen. Im letzten Augenblick gedenke ich, das MS in eine Flasche zu verschließen & in die See zu werfen.

Ein Vorfall hat sich ereignet, der mir neuerlich Anlaß zu Betrachtungen gegeben hat: Sind derlei Dinge das Wirken gesetzlosen Zufalls? Ich hatte mich an Deck getraut; und mich, ohne irgend Aufsehen zu erregen, auf dem Boden der Jolle ausgestreckt, inmitten eines Haufens von Webeleinen & alten Segeln. In Gedanken versenkt ob der Merkwürdigkeit meines Geschicks, strich & tupfte ich unbewußt mit einem Teerquast auf den Kanten eines sauber zusammengefalteten Leesegels herum, das über einer Tonne neben mir lag. Dies Leesegel hat das Schiff nunmehr gesetzt; und die gedankenlosen Pinselstriche sind ausgespreitet in das Wort *Entdeckung*.

Ich habe letzthin zahlreiche Beobachtungen hinsichtlich der Konstruktion des Fahrzeuges angestellt. Obschon wohlbestückt, handelt es sich meines Erachtens nicht um ein Kriegsschiff. Takelung, Bauart, allgemeine Ausrüstung, alle schließen sie eine Annahme dieser Art aus. Was es *nicht ist*, kann ich unschwer wahrnehmen – was es *ist*, wird, fürchte ich, unmöglich zu sagen sein. Ich weiß nicht wie es kommt; aber wenn ich das seltsame Modell so ins Auge fasse, und die eigenartige Anordnung der Spieren, die mächtige Größe, samt dem übertriebnen Stell von Segeln, den schmucklos würdevollen Bug und den altertümlichen Stern, dann will es mir zuweilen im Gemüt aufblitzen, wie die Empfindung altvertrauter Dinge; und immer mischt sich mit solch unbestimmten Schatten der Erinnerung ein unerklärbares Gedenken an alte fremde Chroniken & längst vergangene Zeitalter.

Ich habe mir inzwischen das Holzwerk des Schiffes angesehen: Es ist aus einem Material gebaut, mit dem ich unbekannt bin. Vor allem hat das Holz I absonderliche Eigenschaft, die es mir gänzlich ungeeignet erscheinen läßt für den Zweck, zu dem man es verwendet hat. Ich meine damit seine auffällige *Porosität*; einmal den wurmstichigen Zustand beiseite gesetzt, der eine unvermeidliche Folge der Seefahrt in diesen Meeren ist, und auch abgesehen von seiner Verrottetheit als reiner Alterserscheinung. Es mag vielleicht wie eine etwas superkluge Bemerkung wirken; aber dies Holz hier würde eigentlich jedes charakteristische Merkmal Spanischer Eiche besitzen, wenn Spanische Eiche durch irgendein unnatürliches Verfahren ausgedehnt worden wäre.

Wie ich den vorhergehenden Satz überlese, kommt mir auf einmal das kuriose Sprüchlein eines alten, verwetterten, holländischen Seefahrers deutlich wieder in den Sinn: »Das ist so wahr«, pflegte er zu beteuern, wenn irgend Zweifel an seiner Wahrheitsliebe laut wurden, »so wahr, wie es eine See gibt, wo die Schiffe selbst an Umfang wachsen, wie der lebende Leib des Seemanns.«

Vor rund einer Stunde hab' ich mich erdreistet, mich in eine Gruppe der Mannschaft einzudrängen. Sie achteten meiner auf keine Weise; und schienen, ob ich schon genau in der Mitte von ihnen Allen stand, meiner Anwesenheit absolut unbewußt. Gleich dem Einen, den ich zuerst im Schiffsraum gesehen hatte, trugen sie sämtlich die Stigmata höchsten greisen Alters an sich. Ihre Kniee zitterten vor Schwäche; ihre Rücken waren gekrümmt vor Hinfälligkeit; ihre verschrumpften Häute rasselten im Wind; ihre Stimmen waren leise, zittrig & gebrochen; ihre Augen trieften vom Greisenschleim; und ihr Grauhaar strömte schreckhaft im Sturme. Um sie herum, allüberall auf dem Deck, lagen mathematische Instrumente verstreut, von der spitzfündig-fantastischsten und altmodisch-verschmitztesten Konstruktion.

Ich habe vor einiger Weile des Setzens eines Leesegels Erwähnung getan. Von diesem Zeitpunkt an hat das Schiff so gedreht, daß der Wind voll von achtern kommt & es seinen schrecklichen Lauf genau südwärts richtet; jeglichen nur denkbaren Segelfetzen gesetzt, vom Flaggenknopf bis zu den Unterleesegelspieren, und jeden Augenblick tunken die Enden der Bramrahen in die schaurigste Wasserhölle, die sich auszumalen einem Menschengehirn nur einkommen kann. Ich habe soeben das Deck verlassen müssen, wo ich es schlechthin unmöglich fand, auf den Beinen zu bleiben; obschon die Mannschaft wenig Beschwerlichkeiten zu empfinden scheint. Es ist für mich ein Wunder aller Wunder, daß es unsern enormen Rumpf nicht auf der Stelle & für immer verschlingt. Sicherlich sind wir dazu verdammt, immerdar am Rande der Ewigkeit zu schweben, ohne je den letzten entscheidenden Sprung in den Abgrund zu tun. Vor Wogen, eintausendmal ungeheuerlicher als ich sie bislang erblickt habe, gleiten wir pfeilgeschwind davon, mit der Leichtigkeit einer Seemöve, und die Wasserkolosse bäumen ihre Häupter über uns auf, gleich Dämonen der Tiefe; aber gleich Dämonen, die sich auf bloßes Drohen zu beschränken haben & denen zu zerstören verboten ist. Ich sehe mich veranlaßt, dieses unser periodisches Entkommen der einzigen natürlichen Ursache zuzuschreiben, die solche Erscheinung noch erklären kann – ich muß annehmen, daß das Schiff sich unter dem Einfluß irgendeiner starken Strömung befindet, beziehungsweise eines heftigen Soges.

Ich habe den Kapitän gesehen, von Angesicht zu Angesicht & in seiner eigenen Kajüte – aber, wie ich schon erwartete, schenkte er mir keinerlei Aufmerksamkeit. Ob sich gleich für einen flüchtigen Beobachter in seiner äußeren Erscheinung nichts findet, das mehr oder weniger als einen Menschen ankündigte – dennoch war dem Gefühl der Verwunderung, mit dem ich ihn betrachtete, ein nicht zu unterdrückendes Element von Ehrfurcht & heiliger Scheu beigemischt. Er hat nahezu meine eigene Statur; das heißt, er ist 5 Fuß 8 Zoll groß. Sein Körperbau ist kompakt & harmonisch; weder ausgeprägt stämmig noch das Gegenteil davon. Aber es ist die Eigentümlichkeit des Ausdrucks, der über seinem Gesicht liegt – es sind die konzentrierten, die wundersamen, die aufpeitschenden Hinweise auf ein Alter, so unsagbar, so exorbitant, daß es in meinem Geist eine Empfindung wachruft – ein unauslöschliches Gefühl. Seine Stirn, obwohl nur leicht gefältelt, scheint den Stempel einer Myriade von Jahren zu tragen. – Seine grauen Haare sind Annalen der Vergangenheit, und seine graueren Augen Sybillen der Zukunft. Dicht hingestreut über den Fußboden der Kajüte lagen seltsame Folianten mit Eisenschließen, brüchige wissenschaftliche Instrumente, und altfränkische, längstüberholte Seekarten. Er hielt den Kopf tief auf seine Hände niedergebeugt, und durchging mit glühendem unstetem Auge ein Papier, das mir eine Bestallungsurkunde däuchte, das aber auf jeden Fall die Unterschrift eines Monarchen trug. Er murmelte mit sich selbst, gleich jenem ersten Seemann, den ich im Schiffsraum sah, ein grämelnd leises Gesilbel in fremder Zunge; und ob schon der Sprechende ellbogendicht neben mir war, schien seine Stimme mein Ohr aus meilenweiter Entferntheit her zu erreichen.

Das Schiff & Alle in ihm, sind durchtränkt mit dem Geist des Alters. Die Mannschaften gleiten hin & her, wie die Gespenster zu Grabe getragener Jahrhunderte; ihre Augen haben einen wunderlich- & unruhigen Ausdruck; und wenn ihr Handgegaukel im Wildlicht der Gefechtslaternen, meinen Weg kreuzt, dann fühle ich, wie ich nie zuvor gefühlt habe; obschon ich doch mein Leben lang mich mit Antiquitäten abgegeben, und in meinen Geist die

Schatten gestürzter Säulen aufgenommen habe, zu Balbec, zu Tadmor und Persepolis, bis meine Seele selbst zur Ruine geworden.

Wenn ich um mich schaue, fühle ich mich beschämt ob meiner früheren Befürchtungen. Zitterte ich schon vor dem Sturm, der uns bisher begleitet hat, sollte ich dann nicht entgeistert stehen dürfen, bei einem Widerstreit von Wind und Ozean, von dem eine entfernte Idee zu vermitteln Worte wie ›Tornado‹ und ›Taifun‹ sich als banal & unwirksam erweisen? In der unmittelbaren Nachbarschaft des Schiffes ist alles Schwärze & ewige Nacht & ein Chaos schaumlosen Wassers; aber rund 1 Legua zu beiden Seiten von uns, lassen sich, undeutlich & nur zuzeiten, stupende Festungswälle aus Eis wahrnehmen, die sich nach aufwärts in den öden Himmel verlieren, und wirken, wie die Mauern des Universums.

Was ich mir schon dachte, hat sich bestätigt: das Schiff befindet sich in einem Sog; falls dergleichen Bezeichnung angemessenerweise einer Strömung gegeben werden kann, die heulend & kreischend am weißen Eis dahindonnert, immer nach Süden zu, mit einer Geschwindigkeit, so jäh & reißend wie ein Katarakt.

Sich vom Grauenhaften meiner Gefühlslage einen Begriff zu machen, wird, wie ich annehme, völlig unmöglich sein; trotzdem überwiegt eine gewisse Neubegier, die Geheimnisse dieser schrecklich hehren Regionen zu ergründen, selbst meine Verzweiflung noch; und versöhnt mich gleichsam wieder mit dem Aspekt auch des scheußlichsten Todes. Liegt es doch auf der Hand, daß wir vorwärts stürmen, irgendeiner erregendsten Erkenntnis zu – einem niemals bekanntzumachenden Geheimnis, dessen Erreichung gleichbedeutend ist mit Zerstörung. Vielleicht führt uns ja diese Strömung direkt zum Südpol selbst. Es muß gestanden werden, daß eine scheinbar so verwilderte Hypothese jegliche Wahrscheinlichkeit zu ihren Gunsten hat.

Die Mannschaft mißt das Deck mit unruhigen & tremulierenden Schritten; aber über ihren Angesichtern liegt es eher wie ein Ausdruck eifernden Hoffens denn wie die Resignation der Verzweiflung.

Inzwischen haben wir den Wind noch immer von achtern; und da wir unter solchem Press von Segeln fahren, hebt es das Schiff zuzeiten buchstäblich aus der See – Oh Grauen über Grauen! Das Eis öffnet sich plötzlich zur Rechten; auch zur Linken; und wir wirbeln wie betäubt, in immensen konzentrischen Kreisungen, so rund wie rund wie rund herum, in einem gigantischen Amfi-Theater, dessen Wändungen sich nach obenhin in Dunknis & Distanz verlieren. Aber nur karge Zeit wird mir vergönnt sein, über mein Kismet zu meditieren – die Kreise werden sehr rasch enger – wir strudeln wie irr, gepackt vom Wirbelpfuhl – und inmitten des Röhrens & Blökens & Donnerns, von Ozean und von Sturm, beginnt das Schiff zu vibrieren oh GOtt! und – alles versinkt –

Anmerkung Edgar Poe's – Der ›*Manuskriptfund in einer Flasche*‹ ist ursprünglich 1831 veröffentlicht worden, und erst eine ganze Zahl von Jahren später geschah es, daß ich mit den Landkarten Mercators bekannt wurde, auf denen dargestellt ist, wie der Ozean sich durch 4 Mündungen in einen (nördlichen) Polar-Schlund stürzt & das Innere der Erde ihn in sich einschlingt. Der Pol selbst wird durch einen schwarzen Felsen repräsentiert, der in unermeßliche Höhen emporragt.

Schatten

Eine Parabel

Ihr, die Ihr lest, weilt noch unter den Lebenden; aber ich, der ich
schreibe, werde dann längst schon meines Weges ins Reich der
Schatten gegangen sein. Denn, wahrlich, seltsame Dinge werden
sich ereignen, und Verborgnes wird offenbar werden, und viele
Centurien werden dahingehen, bevor Menschen dieses mein Me-
morandum erblicken. Und nachdem sie es erblickt haben, werden
Einige sein, die ihm den Glauben verweigern; und Andere, die
da zweifeln; und, obschon Wenige, auch Solche, die werden vieles
zu grübeln finden an diesen Zeichen hier, die ein Stylus aus Eisen
ritzte.

Das Jahr war ein Jahr des Schreckens gewesen, und von Empfindungen, nachhaltiger denn Schrecken, für die aber noch kein
Name ist auf unserer Erde. Denn viele Wunderzeichen & Omina
waren erfolgt; und nah & fern, über Land & Meer, hatte die Pest
ihre schwarzen Schwingen weithin gebreitet. Dessenungeachtet
war es den der Gestirne Kundigen nicht unbekannt geblieben,
daß der Himmel längst voller schlimmer Aspekte war; und, gleich
einigen Anderen unter ihnen, war es zumal mir, Oinos dem Griechen, klar ersichtlich, daß der Wechsel jenes 794-jährigen Cycels
anbrechen wollte, wo, beim Eintritt in den Widder, der Planet Ju-
piter sich in Konjunktion vereint mit dem roten Ring des
schrecklichen Saturnus. Auch machte sich, falls ich nicht gröblich
irre, solch absonderliche Stimmung der Sfären durchaus mani-
fest; nicht nur im physischen Zustand des Erdkreises; sondern
auch in den Seelen der Menschen, ihren Betrachtungen und Ge-
dankenspielen.

Über einigen Krügen mit rotem Wein von Chios, im Innern einer stolzen Halle, inmitten einer düsteren Stadt, Ptolemais geheißen, saßen wir zur Nacht beieinander, wir, unserer Sieben. Und
keinen Eingang gab es zu unserm Gemach, als einzig den durch
eine hochgewölbte Pforte von Erz; eine Pforte, entworfen & aus-
geführt vom guten Meister Corinnos, die, da von so rarer Kunst-

fertigkeit, von innen zu schließen war. Schwarze Verhängungen, im gleichweis' glummen Gemach, schlossen den Mond von unsern Blicken aus, auch die geisternden Sterne, und die leut'losen Straßen – aber das Gedenken an's Schlimme & und sein Fatidikes, sie ließen sich mitnichten auf solche Weise ausschließen. Waren doch Dinge um uns & über uns, von denen ich keinen exakten Bericht zu erstatten vermag – Dinge stofflicher und übersinnlicher Art – ein Drücken in der Luft – ein Gefühl des Erstikkens – der Beängstigung – vor allem jedoch jener schreckliche Zustand wie der Nervöse ihn kennt, wenn die Sinne hellwach sind & überscharf, während die Denkkraft indes wie im Schlummer liegt. Gleich Bleigewicht lastete es auf uns. Es beschwerte unsere Gliedmaßen – jeden Einrichtungsgegenstand – auch die Humpen aus denen wir tranken – und alle Dinge waren darob deprimiert & wie zu Boden gezogen – alle Dinge, ausgenommen einzig die Flammen der sieben eisernen Lampen, die unserm Gelage leuchteten. In hohen, schlanken Lichtlinien richteten sie sich auf, und verblieben so während ihres Brenn-Seins, ganz bleich süchtig-regungslos; und in dem Spiegel, der ihr Glanz auf der ebenhölzernen Rundtafel bildete, an der wir saßen, nahm Jeder von uns Versammelten die Blässe des eigenen Antlitzes wahr, wie auch die flackernde Unrast in den niedergeschlagenen Augen seiner Gefährten. Dennoch lachten wir & waren frohgemut auf unsere Art – die Hysterie war; und sangen die Lieder Anakreons – die blanker Wahnsinn sind; und tranken tiefen Zugs – ob uns der purpurne Wein schon an Blut gemahnte. Denn wir hatten noch einen weiteren Mitbewohner unsres Gemachs, in Gestalt Zoilus, des jungen. Tot lag er da, und lang ausgestreckt im Leichenlaken – der Genius dieser Scene, und ihr Dämon zugleich. Wehe!, er hatte nicht Anteil an unserer Lustigkeit; höchstens, daß sein von der Seuche entstelltes Antlitz, wie auch die Augen, in denen der Tod das hitzige Feuer der Pest nur halb gelöscht hatte, ein solches Int'resse an unserer Fröhlichkeit zu nehmen schienen, wie – es kann immer sein – die Toten vielleicht an der Fröhlichkeit Derer nehmen, die zu sterben sich anschicken. Aber obgleich ich, Oinos, empfand, daß die Augen des Dahingeschiedenen auf mir ruhten, dennoch zwang ich mich, die Bitterkeit ihres Ausdrucks nicht zur Kenntnis zu nehmen; blickte vielmehr standhaft in die Tiefen des ebenhölzernen Spiegels, und sang dazu, mit lauter sonorer Stimme, die Weisen des Sohnes von Teos. Doch meine Lieder, sie verstummten nach & nach; und ihre Echos – sie kollerten-schollerten zwischen den schwarzen Verhängungen des Raumes dahin, weit inferne – wurden schwächer, und ununterscheidbar, und verhauchten dann ganz. Und, schau!, aus den Falten so schwarzer Verhängung, wo die Laute des Liedes abreißten, trat ein dunkler & umrißloser Schatte hervor – ein Schatte, wie ihn der Mond, wenn er tief unten im Himmel steht, von der Gestalt eines Menschen entwerfen mag: aber es war nicht der Schatte eines Menschen, und auch der keines Gottes, noch von sonst etwas Vertraulichem. Und nachdem er eine Weile zwischen den Wandverhängungen herumgezögert hatte, kam er endlich zur Ruhe und voll vor unsern Blick, auf der Oberfläche der Pforte aus Erz. Aber vag' war der Schatte, & formlos, & unbestimmt; und war nicht der Schatte eines Menschen, noch irgend eines Gottes – weder der Götter Griechenlands, noch der Götter Chaldäas, noch irgend eines ägyptischen Gottes. Und der Schatte ruhte aus auf dem erzenen Eingang, und unter dem Gewölbe des Säulengebälkes der Pforte, und regte sich nicht & sprach auch kein Wort; sondern wurde nur stetig dort, und verharrte. Und die Pforte, auf der der Schatte ruhte, war, wenn ich mich recht entsinne, just gegenüber den Füßen des jungen Zoilus, er, im Leichenlaken. Aber wir, die alldort versammelten Sieben, sehr wohl des Schattens gewahr geworden, wie er ausgetreten war aus den Wandverhängen, wagten mit nichten, ihn fest ins Auge zu fassen; schlugen vielmehr die Blicke zu Boden, und schauten lieber beharrlich in die Tiefen des ebenhölzernen Spiegels. Doch am Ende äußerte ich, Oinos, einige halblaute Worte, und verlangte des Schatten Behausung zu erfahren, und auch seinen Namen. Und der Schatte erwiderte: »Ich heiße *Schatte;* und meine Wohnung ist nahe der Katakomben von Ptolemais, unfern der dämmrigen Ebenen von Helusion, die da angrenzen an den modrigen Charontischen Kanal.« Und da fuhren wir, die Sieben, doch auf von unsren Sitzen vor lauter Grausen, und standen zitternd & schaudernd & entsetzt: denn die Töne der Stimme des Schattens waren nicht Töne 1 einzelnen Wesens; sondern von einer Vielheit von Wesen; und ihre Kadenzen, verschieden von Silbe zu Silbe, schallten uns unklar im Ohr, gleich den gewohnten & wohlvertrauten Akzenten von so vielen Tausenden abgeschiedener Freunde.

Berenice

*Da versicherten mir die Tischgenossen, daß es
meinem Kummer in gewissem Grade Erleichterung
bringen würde, wenn ich das Grab meines
Liebchens besuchte.*

Ebn Zaiat

Elend ist mannigfach. Die irdische Erbärmlichkeit vielgestaltig.
Dem Regenbogen gleich überspannt sie den weiten Horizont;
ihre Schattierungen sind nicht minder variantenreich als die
Farbtönungen jenes Gewölbten – auch ebenso deutlich, und
ebenso delikat ineinander übergehend. ›Den weiten Horizont
überspannend, gleich einem Regenbogen‹: wie bin ich darauf
verfallen, von Schönheit zu etwas typisch Unlieblichem überzu-
gehen? – vom Zeichen des Friedensbundes auf dein Sinnbild der
Sorge? Aber, gleich wie im Sittlichen das Böse die Hohlform des
Guten ist, so, wahrlich, wird ausmitten von Freuden der Kummer
geboren. Endweder macht die Erinnerung vergangener Wonnen
das Heute zur Plage; oder die Martern die *sind*, haben ihren Ursprung in den Entzückungen, die *hätten sein können*.

Mein Taufname ist Egaeus; den meiner Familie will ich nicht
nennen. Aber altehrwürdiger sind keine Burgen im Lande, als die
dämmernden, grauen Hallen meiner Väter. Man hat unsere Linie
als ein Geschlecht von Visionären bezeichnet; und in so manchen
auffälligen Einzelheiten – dem äußeren Habitus unsres Herren-
hauses – den Fresken im Großen Salon – den Gobelins der
Schlafzimmer – den Steinornamenten gewisser Strebepfeiler in
der Rüstkammer – aber ausgeprägter noch an den alten Gemälden in der Galerie – am Stil des Bibliothekszimmers – und,
schließlich, an der beträchtlich eigentümlichen Natur des Inhalts
unserer Bibliothek – gibt es schon hinreichend Anhaltspunkte,
um eine solche Ansicht zu rechtfertigen.

Meine ersten Erinnerungen aus allerfrühesten Jahren, sind ver-
lötet mit eben jenem Zimmer & den Reihen seiner Bücherrücken
– was die Letzteren betrifft, will ich weiter nichts sagen. Hier starb
meine Mutter. In ihm wurde ich geboren. Aber es wäre müßig &
eine Nichtigkeit, zu behaupten, daß ich nicht vorher schon gelebt
hätte – daß die Seele keine pränatale Existenz habe. Ihr leug-

net's? – woll'n wir darüber nicht lange streiten. Zutiefst überzeugt, suche ich nicht zu überzeugen. (Dennoch existieren, irgendwie, Erinnerungsreste an arielische Gestalten – an geisterreichvielsagend Äugendes – an Klänge, musisch ob schon trist – Erinnerungen, die wegzudenken es nicht gestattet – Mnemystisches wie Schatten, verwaschen, sich wandelnd, undeutlich, instabil; und auch darin dem Schatten ähnlich, daß ich seiner unmöglich ledig zu werden vermag, solange das Sunlicht meiner Raison anhellt.)

In jenem Zimmer bin ich geboren. Dergestalt plötzlich auffahrend aus langer Nacht dessen, was Nicht-Sein schien (es aber nicht wahr), hinein in die Mit-Region eines Feenlands – in einen Palast der Fantasie – in die wilden Bezirke skolastischer Denkelei & Gelehrsamkeit – steht es nicht zu verwundern, daß ich begierigen brennenden Auges um mich schaute – meine Knabheit bei Büchern versäumte, und meine Jugend in Träumen vertat. Aber *das ist* befremdlich, daß, als die Jahre dahinrollten, und der Mittag der Mannheit mich noch immer im Haus meiner Väter fand – es *ist* verwunderlich, wie Stockung & Stillstand die Quellen meiner Vitalität befiel – verwunderlich, wie allumfassend die Umkehrung war, die der Charakter meiner simpelsten Gedankengänge erfuhr. Die Realitäten dieser Welt berührten mich wie Halluzinationen, und *nur* wie Halluzinationen; während stattdessen die wilden Gebilde des Reiches der Träume ihrerseits zu – ja nicht bloß zur Basis meines Alltagsdaseins wurden – vielmehr, gewiß & wahrhaftig & einzig & ausschließlich, dies Dasein selbst.

Berenice & ich waren Kusin & Kusine, und wuchsen nebeneinander auf in meinen elterlichen Hallen. Doch wie verschieden wuchsen wir auf – ich schwächlicher Gesundheit, und von Düster umcirct; sie anmutig gelenkig, und übersprudelnd von Energien – sie leichtfüßig schweifend am Hügelhang; ich, mönchisch-gebückt, über Studien – ich nur im eigenen Herzen lebend & webend, und, süchtig an Seel' & Leib, schier schmerzlich gespanntem Meditieren ergeben; sie sorglos durchs Leben hin streifend, ohne im geringsten der Schatten auf ihrem Pfad zu gedenken, oder der stummen Flucht der rabenfiedrigen Stunden. Berenice – ich rufe beschwörend ihren Namen: Berenice! – und aus dem Trümmergrau des Gedächtnisses schwirren 1000 tumultuarische

Erinnerungen auf, ob solchen Klangs! Ah, deutlich steht ihr Bild itzt vor mir; lebhaft wie in den Tagen, da sie leichtherzig war & froh! Oh, prunkend- doch fantastische Schönheit! Oh, Sylphide im Buschwerk von Arnheim! Oh, Najade in all seinen springenden Bronnen! – aber dann –– ja, dann ist nichts mehr als Rätsel und Graus und eine Erzählung, die nicht erzählt werden sollte.

Leiden – ein schleichend-tödliches Leiden – kam, samumgleich, über sie & ihre Gestalt; ja, während mein Blick auf ihr ruhte noch, schweifte der Wechselgeist über sie hin, durchdrang ihr Gemüt, ihre Gewohnheiten, ihr Wesen, und verstörte auf allersubtilste & -gräßlichste Weise sogar die Identität ihrer Persönlichkeit! Weh, der Zerstörer kam & ging, und sein Opfer – ja, wo war es? Ich kannte es nicht – ich erkannt' es nicht länger als ›Berenice‹.

Unter dem zahlreichen Schwarm von Leiden, die sich jener heillosen, ursprünglichen Krankheit, die eine so erschreckende Verwandlung im Wesen & Aussehen meiner Kusine bewirkte, hinzugesellten, mag als das hartnäckigste & niederschlagendste, eine Art Epilepsie erwähnt sein, die nicht selten in Trance überging – einen Trancezustand, der endgültiger Auflösung gefährlich nahe kam; und aus dem in den meisten Fällen ein Erwachen erfolgte, das in seiner abrupten Plötzlichkeit erschrecken machte. In der Zwischenzeit nahm mein eigenes Leiden – denn man hat mir gesagt, daß ich es mit keinem andern Namen zu bezeichnen hätte – mein eigenes Leiden also, nahm rapide zu; bis es endlich zu einer Art Monomanie stieg, von gänzlich neuem und außerordentlichem Charakter – der stündlich, ja augenblicklich an Beschleunigung gewann – und am Ende die allerunbegreiflichste Gewalt über mich erlangte. Besagte Monomanie, wie ich sie wohl nennen muß, bestand in einer morbiden Überreiztheit desjenigen Gehirnzentrums, das von der Psychologie das ›wahrnehmungsspeichernde‹ genannt wird. Es ist mir mehr als wahrscheinlich, daß man mich nicht begreift; aber ich fürchte sowieso, daß es mir auf keinerlei Weise möglich sein werde, dem Geist des bloß normalen Lesers einen annähernden Begriff von jener nervösen *Angespanntheit des Interesses* zu vermitteln, mit dem sich in meinem Fall die Kraft der Betrachtung (um keinen unverständlicheren terminus technicus zu gebrauchen), ins Anschauen & Auffassen auch der alltäglichsten Gegenstände der Außenwelt, einbohrte & förmlich verwühlte.

Längliche Stunden unermüdbarer Versenkung, während all

mein Aufmerken sich auf untergeordnetes Randleistendetail irgend eines Buches konzentrierte, oder auch auf dessen bloße Typografie; die schönere Hälfte eines Sommertages sich von einem wunderlichen Schatten in Anspruch nehmen lassen, der verquer an die Tür schlich, oder schräg zur gewirkten Tapete; eine geschlagene Nacht hindurch mich in Beschauung des ernsten Flämmchens einer Lampe zu verlieren, oder still vegetierender Feuersgluten; über dem Arom' einer Blume ganze Tage zu verträumen; ein gänzlich banales Wort einförmig so lange zu wiederholen, bis seine bloße Klangfolge, aufgrund sturer Perseveranz, aufhörte, im Verstand noch etwas wie ›Sinn‹ zu bewirken; jedweden Gefühls von Bewegung, ja, leiblicher Existenz überhaupt, dadurch verlustig zu gehen, daß ich mich lange & starrsinnig zwang, von jeder körperlichen Regung Abstand zu nehmen – das waren so einige der mir geläufigsten und noch am wenigsten verwerflichen Schrullen, herbeigeführt durch eine bestimmte Seelenlage, die zwar, zugegeben, nicht absolut ohnegleichen dasteht; jedoch der Analyse oder der Einsicht in ihre Mechanismen ohne Frage spottet.

Aber man verstehe mich nicht etwa falsch. – Die durch ihrer eigentlichen Natur nach belanglose Objekte sich bei mir entzündende, unverhältnismäßige, ernstliche & ungesunde Fixierung der Aufmerksamkeit, darf, ihrem Wesen nach, ja nicht mit dem allen Menschen eigenen Hang zu Tagträumereien verwechselt werden, wie sich ihm ganz besonders Individuen mit hitziger Einbildungskraft hinzugeben pflegen. Auch handelte es sich mit nichten, wie man vielleicht zunächst annehmen möchte, um einen extremen Grad, eine Art von Übersteigerung solchen Hanges; sondern von vornherein um etwas grundsätzlich und dem innersten nach Verschiednes & Abweichendes. Im Normalfalle nämlich, geht der Träumer oder Gedankenspieler von einem, im allgemeinen *nicht* pervers-belanglosen Motiv aus; verliert diesen Ansatzpunkt in der Wirrnis von sich anschließenden Anregungen & Eingebungen unmerklich ganz aus den Augen; bis er dann endlich, gegen Ende des *oft von Ersatzgenüssen randvollen* Tagtraums, jenes *incitamentum*, jene erste Keimzelle seiner Versenkung, total vergessen und ›verspielt‹ hat. In *meinem* Fall dagegen, war der Ausgangspunkt *grundsätzlich belanglos;* obschon er, beim Durchgang durch das Medium meiner verzerrenden Optik, stets rasch eine irreale, gleichsam abgeknickte Wichtigkeit gewann. Falls überhaupt, ergaben sich nur ganz wenige Abweichungen von der vorgezeichneten Grundrichtung; und auch sie recurrirten hartnäckig auf den ursprünglichen Anlaß, wie auf ein geheimes Zentrum. Weiterhin waren meine Gedankenspiele *niemals* angenehmer Natur; und am Ende jeglicher Traumserie hatte die Erste Ursache, anstatt außer Sicht geraten zu sein, vielmehr jene übernatürlich-ausschweifende Bedeutsamkeit angenommen, die den vorherrschenden Zug meines Leidens bildete. Mit einem Wort: die überwiegend in Kontribution gesetzten Geisteskräfte waren, ich erwähnte es bereits, in meinem Fall die *wahrnehmungsspeichernden;* während es, beim Tagträumer normalen Schlages, mehr die *kombinierend-schweifenden* sind.

Meine Lektüre zu dieser Zeit – falls sie nicht tatsächlich dazu beigetragen hat, die Aberration noch zu steigern – ahmte, wie man gleich erkennen wird, in der Fantastik und Unlogik ihrer Zusammensetzung, die charakteristischen Symptome der Erkrankung selbst, in großen Umrissen nach. Ich entsinne mich, unter anderem, noch deutlich der Abhandlung jenes edlen Italiäners, des Coelius Secundus Curio, ›*De Amplitudine Beati Regni Dei;* an Sankt Augustins großes Buch vom ›*Gottesstaat‹;* und Tertullians ›*De Carne Christi‹,* in welchem die paradoxe Sentenz ›*Mortuus est Dei filius; credibile est quia ineptum est: et sepultus resurrexit; certum est quia impossibile est‹* durch viele Wochen emsigen & fruchtlosen Spekulierens, meine ungeteilte Aufmerksamkeit gänzlich in Anspruch nahm.

Dergestalt wird männlich einsehen, wie mein Verstand – nur von Trivialstem aus dem Gleichgewicht zu bringen – Ähnlichkeit trug mit jener Meeresklippe, von der uns Ptolemäus Chennus berichtet, der Sohn des Hephaistion, daß sie allen Bemühungen menschlichen Ungestüms unentwegt widerstand, auch der wilderen Wut der Wasser & Winde; vielmehr nur erbebte, wenn man sie mit dem Stengel der Pflanze berührte, die da heißt Asphodel. Und ob schon einem gedankenlosen Denker als gesicherter Tatbestand erscheinen könnte, wie die von der unseligen Krankheit bei Berenice bewirkten seelischen Depressionen mich mit so manchem Ansatzpunkt zu abnorm-intensiven Träumungen (von der Art, wie ich sie eben des Breiten auseinandersetzte) versehen hätten – so war doch solches nie, nicht im geringsten Grade, der Fall. In den helleren Augenblicken meines eigenen Unwohlseins verursachte mir ihr Jammer sehr wohl Leid; und wenn ich mir den vollen Schiffbruch ihres schön- & sanften Lebens einmal so recht zu Herzen nahm, verfehlte ich gar nicht, des langen & bitteren über die erstaunlichen Ursachen nachzudenken, die eine so befremdlich totale Veränderung so plötzlich hatten eintreten machen. Aber dergleichen Überlegungen hatten dann mit der speziellen Form meiner eigenen Erkrankung nichts gemein; waren vielmehr von einer Art, wie sie unter gleich gelagerten Umständen der gewöhnlichen Mehrheit der Menschen ebenfalls eingekommen wären. Nein; meine Abartigkeit schwelgte, ihrer sonderlichen Artung sehr getreu, vielmehr in den unwichtigeren aber für mich weit aufregenderen Veränderungen, die *im Äußeren* Berenices auftraten – in der eigenartigen & über die Maßen schreckhaften Verformung ihrer individuellen, persönlichen Kennzeichen.

Während der strahlendsten Tage ihrer unvergleichlichen Schönheit schon, hatte ich sie, und das steht fest, niemals geliebt. Mir, in der raren Abnormität meines Wesens, waren Gefühle *nie aus dem Herzen* gekommen; meine Leidenschaften entsprangen *stets nur dem Kopfe*. Ob im Graulicht des frühesten Morgens – ob in Schattenspalieren des Hochwalds zur Mittagszeit – ob in der Stille des Büchersaales zur Nacht – war sie sehr wohl meinen Augen vorbeigehuscht, und ich hatte sie wahrgenommen – nicht als die lebende, atmende Berenice; sondern wie die Berenice eines Traums – nicht als Wesen dieser Erde, als erdisch; sondern wie die Abstraktion eines solchen Wesens – nicht als Gegenstand der Bewunderung; sondern der Analyse – nicht als Liebesobjekt; wohl aber als Thema abstrusesten, obschon planlos-plänkelnden Spekulierens. Aber *nunmehr* – nunmehr schauderte ich in ihrer Gegenwart; und erbleichte, wenn sie sich annäherte; und ob ich auch bitterlich ihren hoffnungslos verfallenen Zustand beklagte, rief ich mir ins Gedächtnis zurück, daß sie mich ja schon lange geliebt habe; und, in einem schlimmen Moment, sprach ich ihr von Heirat.

Und da war auch der Zeitpunkt des Brautbettes schließlich herbeigekommen – es war Nachmittag, und im Winter des Jahrs; einer dieser widersinnig lauen, dunstigen Kalmentage, die die Vorläufer der schöneren halkyonischen sind – da saß ich (und saß, wie ich dachte, allein) im innersten Zirkel des Büchersaals. Doch als ich die Augen aufhob, sah ich, daß Berenice vor mir stand.

War es meine eigene überreizte Einbildungskraft – oder der

Einfluß des dunstigen Wetters – oder das ungewisse Zwielicht hier im Raum – oder die grauen Faltenwürfe um ihre Gestalt – was ihre Umrisse so undeutlich & schwankend machte? Ich wußte's nicht zu sagen. Sie sprach kein Wort; und ich – nicht um Alles in der Welt hätte ich 1 Silbe herausbringen können. Eisige Kälte durchschauerte mich ganz; ein Gefühl unerträglicher Angst legte sich drückend über mich; eine verzehrende Neugier durchdrang meine Seele; ich sank auf den Stuhl zurück, und verharrte eine zeitlang regungs- & atemlos, die Augen unverwandt auf ihre Figur geheftet. Wehe!, sie war abgemagert über alles Begreifen; und nicht das kleinste Linienstück ihres Umrisses besprach mehr eine Spur von dem, was sie früher gewesen. Mein brennender Blick fiel endlich auch auf ihr Gesicht.

Hoch, und sehr bleich, und eigentümlich gelassen war ihre Stirn; das einst rabenschwarz schwellende Haar fiel ihr stellenweise hinein, und überschattete die eingefallenen Schläfen in zahllosen Ringeln, aber itzt von einem lebhaften Gelb, und in ihrem fantastischen Charakter im schreiendsten Widerspruch mit der das Gesicht ansonsten beherrschenden Schwermut. Die Augen waren ohne Leben, stumpf, und scheinbar pupillenlos; ich schauderte unwillkürlich vor ihrem glasigen Stieren zurück, und wandte mich der Betrachtung der dünn gewordnen, eingeschrumpften Lippen zu. Die gingen auseinander; und, in einem Lächeln von absonderlicher Bedeutsamkeit, enthüllten sich *die Zähne* der veränderten Berenice langsam meinen Blicken. Wollte GOtt, daß ich ihrer nie ansichtig geworden, oder aber, im selben Augenblick, tot zu Boden gesunken wäre!

Das Zufallen einer Tür störte mich auf; und als ich hoch schaute, gewahrte ich, daß meine Kusine den Raum verlassen hatte. Aber die regelwidrigen Räume meines Hirns hatte es, weh mir!, nicht verlassen, und wollte sich auch durch nichts austreiben lassen, das weiß geisternde *spectrum* der Zahnreihen. Kein Pünktchen ihrer Vorderflächen – keine Trübung ihres Schmelzes – nicht die leichteste Zackung ihrer schneidigen Beißkanten – nichts war mir entgangen; der Zeitbruchteil ihres Lächelns hatte hingereicht, mein Gedächtnis damit zu brandmarken. Sah ich sie doch *jetzt* noch unverwechselbarer vor mir, als ich sie *vorhin* wahrgenommen hatte. Die Zähne! – die Zähne! – sie waren hier & da & überall, und waren schau- & tastbar vor mir: lang, und eng gestellt, und von extremer Weißheit, und blasse Lippenfäden krümmten sich um sie herum, genau wie im Moment ihrer ersten schreckhaften Bloßlegung. Schon setzte, mit voller Wucht & Wut meine *Monomanie* ein; und ich rang vergebens an gegen ihren unerhörten und unwiderstehlichen Einfluß. Unter all den minutiösen Tausendfältigkeiten der Außenwelt fand ich keinen andern Gedanken, als nur den an diese Zähne. Nach ihnen verzehrte ich mich, in phrenetischem Verlangen. Alle sonstigen Angelegenheiten, sämtliche irgend divergierenden Interessen, gingen unter in dieser 1 speziellen Betrachtung. Sie – und nur *s e* – waren dem inneren Auge gegenwärtig; und sie, in ihrer spezifischen Einundeinzigkeit, wurden zum Grundton meiner ganzen Mentalität. Ich versetzte sie in jegliche Beleuchtung. Ich drehte sie unter jedem denkbaren Winkel. Ich maß feldmesserisch ihre Topografie. Ich verweilte auf ihren Eigenheiten. Ich sann nach über ihren Feinbau. Ich vertiefte mich in mögliche Wandlungen ihres Wesens. Ich schauderte, als ich ihnen im Geist die Gabe zuschrieb, zu fühlen & zu empfinden; ja, selbst unterstützt von Lippen, eine Fähigkeit, Moralitäten auszudrücken. Man hat von Ma'm'selle Sallé sehr hübsch gesagt, ›*que tous ses pas étaient des sentiments*‹; aber ich, meinerseits, möchte von Berenice weit ernstlicher annehmen, *que toutes ses dents étaient des idées*. Siehe da: *des idées* – das war der idiotische Einfall, der mir zum Verderben wurde! ›*Des idées!*‹ – ach, deshalb also gelüstete mich so wahnwitzig nach ihnen! Deshalb hatte ich die Empfindung, daß ihr Besitz allein mir jemals Frieden bringen, mich der Verständigkeit wiedergeben könne.

Dergestalt sank der Abend über mich herab – und die Dunkelheit kam; und verweilte; und schwand – und wieder graute ein Tag – und die Dünste der nächsten Nacht stiegen auf in der Rund' – und immer noch saß ich reglos im einsamen Raum; und saß immer noch in Gedanken versunken; und immer noch regierten mich *Zahnfantasien* mit grauser Oberherrlichkeit, und umschwebten mich, inmitten der wechselnden Lichter und Schatten des Raumes, mit der allerlebhaftesten & -scheußlichsten Deutlichkeit. Auf einmal brach es in meine Träumungen ein wie Schreie von Schreck & Bestürzung zugleich; und ihnen folgte, nach einer Weile, verstörtes Stimmengeräusch, untermischt mit manch sorglichem Gestöhn, oder auch wie von Schmerz. Ich erhob mich von meinem Sitz, stieß eine der Türen des Büchersaals auf, und erkannte im Vorraum eine Dienerin stehen, in Thränen gebadet, die mir mitteilte, daß Berenice – nicht mehr sei. Ein Anfall ihrer Epilepsie habe sie überkommen, morgens in aller früh'; und jetzt, da die Nacht einbrach, war das Grab schon bereitet für Die, die es anging, und sämtliche Vorbereitungen zur Bestattung getroffen.

Als ich zu mir kam, saß ich in der Bibliothek, und saß auch wieder alleine dort. Mir däuchte, ich sei neuerlich erwacht aus einem verworrnen unruhigen Traum. Ich war mir bewußt, daß es irgendwie Mitternacht war; und auch des dacht' ich wohl, daß wir, seit die Sonne zur Rüste ging, Berenice beerdigt hatten. Aber dem trüben Interregnum, das sich eingeschoben hatte, war mir kein verläßlicher – zumindest kein klar umrissener Begriff geblieben. Dennoch war das bloße Denken daran randvoll mit Grauen – Grauen, noch grauser ob seiner Ungestaltheit; und Schrecken, noch schrecklicher ob seiner Unbestimmbarkeit. Es mußte eine fürchterliche Seite im Buch meines Lebens sein; ängstens beschrieben mit scheußlich matten, mit nicht zu entziffernden Erinnerungen. Ich mühte mich wahrlich, sie zu entschlüsseln, jedoch vergebens; obschon immer wieder, dem Geist eines längst verhallten Geschalles gleich, das durchdringend schrille Kreischen einer Frauenstimme, mir in den Ohren zu klingen schien. Ich hatte etwas getan – was war es doch? Ich stellte mir die Frage dann laut; und flüsternde Echos des Raumes entgegneten mir: »*Was war es doch?*«

Auf dem Tisch mir zur Seite brannte die Lampe, und neben ihr lag ein kleines Etui. Es hatte nichts auffälliges an sich, und ich hatt' es auch häufig vorher gesehen, war es doch das Eigentum unsres Hausarztes; aber wieso kam es *hierher*, auf meinen Tisch, und warum schauderte ich, wenn ich es ansah? Ich vermochte mir auf keine Weise Rechenschaft über diese Dinge zu geben; und schließlich glitten meine Blicke auch ab, zu der aufgeschlagenen Seite eines Buches, und einem Satz, der sich dort unterstrichen fand. Die Worte, merkwürdig & doch in ihrer Art einfach auch, waren die des Dichters Ebn Zaiat: »*Dicebant mihi sodales si sepulchrum amicae visitarem, curas meas aliquantulum fore levatas.*« Warum denn, da ich sie jetzt überlas, sträubte sich mir fühlbar das Haupthaar, und wieso gerann mir das Lebensblut in den Adern?

41

Da tupfte es sacht an meine Bibliothekentür, und, fahl wie ein Grabbewohner, erschien, auf Zehenspitzen, ein dienstbarer Geist. Sein Blick war verwildert vor Grauen, und die Stimme, mit der er zu mir sprach, war bebend, heiser, und überaus leise. Was wollte er? – einige abgebrochene Sätze vernahm ich. Er sprach von einem wilden Ruf, der die Stille der Nacht verstört hätte – wie sich die sämtliche Dienerschaft versammelt – man eine Suche angestellt habe, in Richtung des Schalls – und hier wurden seine Töne thrillernd deutlich, als er mir etwas von einem geschändeten Grabe zuwisperte – einer entstellten Gestalt im Leichentuche, noch immer atmend, noch immer zuckend, noch immer *am Leben!*

Er zeigte auf meine Kleidung – sie war schmutzig von Erde & geronnenem Blut. Ich erwiderte nichts, und er griff sich sacht meine Hand – die war wie gemustert mit Eindrücken von Fingernägeln. Er lenkte meine Aufmerksamkeit auf einen Gegenstand, der an der Wand lehnte – ich besah ihn mir sorgsam minutenlang – es war ein Spaten. Da schnellte ich doch aufkreischend zum Tisch hin, und packte das Etui, das darauf lag. Aber mir mangelte die Kraft, es zu öffnen; auch zitterte ich so, daß es mir aus der Hand glitt, und schwer zu Boden fiel, und in Stücke ging; und heraus rollten, es klapperte beträchtlich, diverse zahnärztliche Instrumente, vermischt mit 32 kleinen, weißen, wie Elfenbein wirkenden Stückchen, die sich übers Parkett weg zerstreuten, guck, hierhin, & dorthin.

Siope

Eine Fabel im Stil der Psychological
Autobiographists

Eidoysin d'oreon koryphai te kai pharanges
Proones te kai charadrai.

Alcman 60 (10) 646

Die Zinnen der Berge schlummern;
Tale, Grat' und Höhlen, sie schweigen.

»Hör jetzt *mir* zu«, sagte der Dämon, während er seine Hand auf mein Haupt legte. »Das Gebiet, von dem ich spreche, ist ein trostloses Gebiet, in Libyen, an den Ufern des Flusses Zaïre. Und es gibt weder Ruhe dort, noch Stille.«

»Die Wasser des Flusses sind saffranen & widrig von Farbe, und sie strömen mit nichten fürder, dem Meere zu, sondern pulsen am Ort dort, für immer & immer, unterm roten Cyclopenauge der Sonne, zuckend tummelt & krampft sich die Flut. Das schlammige Bett des Flusses entlang, meilenweit zu beiden Seiten, breiten sich bleiche Wüstenein voller Liliengigantinnen, voll Wasserlilien. Sie seufzen einander an, die Eine die Andere, in jener Einsamkeit; sie dehnen die langen gespenstischen Hälse gen Himmel, und nicken dann ihre immerwährenden Häupter hin & her. Auch gibt es ein unbestimmtes Murmeln, das irgend zwischen ihnen hervorkommt, wie das Bruseln unterirdischer Wässer. Und sie seufzen einander an, die Eine die Andere.«

»Aber ihr BeReich hat eine Grenze – die setzt ihm der düstre, der schreckhaft & hohe Forst. Das niedrige Buschwerk dort ist in beständiger Erregung, den Wogen um die Hebriden gleich. Aber es ist kein Wind im Himmel, nirgendwo & nie. Und die uranfänglichen Baumriesen wiegen sich ewig hierhin & dorthin, und rauschen darob, ein mächtiges Schallen. Und von ihren sehr hohen Wipfeln fällt immerdar der Tau; Tropf, und Tropf. Und zu ihren Wurzeln liegen seltsam giftige Blumen, und winden sich langsam im verstörten Alpschlummer. Und allem zu Häupten, ein aufdringlich Rauschegeräusch, stromschnellt graulich Gewölk, westwärts unentwegt, bis es zuschlechterletzt außer Sicht stürzt, hinab über die Feuermauern des Horizonts. Aber es ist kein Wind im Himmel; nirgendwo & nie. Und an den Ufern des Flusses Zaïre gibt es weder Ruhe noch Stille.«

»Nacht war es, und Regen fiel; fallend war er Regen; aber da er gefallen war, bares Blut. Ich stand im Morast, inmitten der hochgewachsenen Lilien, und jener Regen fiel mir aufs Haupt – und die Lilien seufzten einander an, feierlich-öd-verlassen, die Eine die Andre.«

»Als, unversehens, die Mondin aufstieg, dünn geisternd durch Dunst, und Carmin hieß ihre Farbe. Da fiel'n meine Augen auf ein groß-graues Gefels, das am Ufer des Flusses ragte, nun angeleuchtet vom Licht der Mondin. Der Fels war grau, und, geistisch und hoch – und der Fels war grau. Auf seiner Wasserfront trug er Schriftzeichen, eingegraben in den Stein; und ich drang vor durch den Sumpf aus Wasser-Lillies, daß ich in Ufer-Näh' käm' & sie lesen könnte, die Zeichen am Stein. – Aber ich konnte sie nicht entziffern. Und ich ging schon wieder zurück, hinein zum Morast, da schien mir die Mondin ein pralleres Rot, und ich drehte mich um, und sah einmal mehr auf den Fels, & die Zeichen der Schrift; – – und die Zeichen waren *Verlassenheit.*«

»Und ich richtete den Blick höher: da stand 1 Mann auf der obern Fläche des Felsens; und ich barg michselbst zwische'm Wassergelilje, daß ich die Gebärdung des Mannes erkennen möge. Der Mann war stattlich & hoch von Gestalt, und befaltenwurft, von der Schulter bis zum Knöchel, mit der Toga Alt-Roms. Und die Konturen der Gestalt waren zwar undeutlich – seine Züge jedoch die Züge einer Gottheit; denn die Mäntel der Nacht, & des Dunsts, & der Mondin, & des Taus, hatten sämtlich die Züge seines Antlitzes unverhüllt belassen. Seine Stirn war hoch, ob vieler Gedanken; sein Blick verwildert vor Sorge; und den kargen Lineamenten seiner Gewangung entlas ich die Fabeln des Kummers, und der Ermüdung, auch des Mißfallens am Menschen, ja, die Sucht nach Alleinsein.«

»Und der Mann setzte sich auf den Fels, und er stützte den Kopf in die Hand, und sah hinauf auf die Verlassenheit. Er schaute hinab ins ruhelos niedere Buschwerk, und hinauf in die riesig uranfänglichen Bäume, und höher dann in den rauschenden Himmel, und ins Carmin der Mondin. Und ich lag, dicht geschmiegt in Liliendeckung, und hatte Acht der Gebärdung des Mannes. Und der Mann bebte inmitten der Einsamkeit; – doch die Nacht schlich & schwand, und er saß auf dem Felsen.«

»Und der Mann wandte seine Aufmerksamkeit ab vom Himmel, und hielt Ausschau über den trostlosen Fluß Zaïre, und über die gelb trollenden Wasser, und über die bleichen Legionen der Liliengigantinnen. Und der Mann lauschte den Seufzern der Wasserlilien, und dem Gemurmel, das zwischen ihnen hervorkam. Und ich lag, dicht geschmiegt in Hinterhältigkeit, und hatte Acht der Gebärdung des Mannes. Und der Mann bebte inmitten der Einsamkeit; – doch die Nacht schlich & schwand, und er saß auf dem Felsen.«

»Da begab ich mich tiefer in morastige Abgeschiedenheit, und watete weit hinein in die Lilienwildnis, und rief den Flußpferden, die zwischen Sümpfen hausen, in morastiger Abgeschiedenheit. Und die Flußpferde horchten auf meinen Ruf, und drangen, ganz Behemoth, bis zum Fuß jenes Felsens, und grölten laut & erschreckend unterm Monde. Und ich lag, dicht geschmiegt in Hinterhältigkeit, und hatte Acht der Gebärdung des Mannes. Und der Mann bebte inmitten der Einsamkeit; – doch die Nacht schlich & schwand, und er saß auf dem Felsen.«

»Da fluchte ich über die Elemente den Fluch des Aufruhrs; und ein fürchterlicher Orkan zog sich am Himmel zusammen, dort, wo zuvor kein Wind gewesen war. Und der Himmel wurde mißfarben vor der Heftigkeit des Orkans – und Regen schlugen den Mann aufs Haupt – und die Fluten des Flusses sammelten sich – und der ganze Fluß wurde zu Schaum gequält – und die Wasserlilien schrillten in ihren Betten – und der Wald tat, wie wenn er sich auflösen wolle vor Wind – und der Donner rollte – und die Blitze zuckten genug – und der Fels federte bis in seine Grundvesten. Und ich lag, dicht geschmiegt in Hinterhältigkeit, und hatte Acht der Gebärdung des Mannes. Und der Mann bebte inmitten der Einsamkeit; – doch die Nacht schlich & schwand, und er saß auf dem Felsen.«

»Da packte mich Ärger, und ich fluchte den Fluch der *Stille* über den Fluß und die Lilien und den Wind und den Forst und den Himmel und den Donner und das Geseufze der Wasserlilien. Und Verfluchung kam über sie, und *sie schwiegen*. Und die Mondin hielt inne im Wankegang ihren Pfad himmelauf – und der Donner erstarb – und der Blitz fletschte nicht mehr – und reglos hing das Gewölk – und die Flut sank ein auf den ihr geziemenden Stand, und verhielt dort – und die Baumriesen unterbrachen ihr

Schwanken – und die Wasserlilien seufzten nicht mehr – und kein Gemurmel war zwischen ihnen zu vernehmen – noch auch der Schatte eines Klangs mehr aus all der unbegrenzbar vielseitigen Einöde. Und mein Blick fiel auf die Schriftzeichen am Fels, siehe, die waren verändert – und die Zeichen waren *Stille*.«

»Und mein Auge fiel auf das Gesicht des Mannes, und sein Gesicht war blaß vor Entsetzen. Und, schleunig, hob er den Kopf von der Hand, und trat an die Felskante vor, und horchte. Aber keinerlei Stimme war zu vernehmen aus all der unbegrenzbar vielseitigen Einöde, und die Zeichen am Fels waren *Stille*. Und der Mann erschauderte, und wandte das Gesicht zur Seite, und floh davon, weit fort, in Eile, so daß ich ihn bald aus den Augen verlor.«

Nun gibt es feine Geschichten in den Folianten der Magier – in den eisenbeschlagnen, schwermütigen Folianten der Magier. Glorreiche Historien sind darin, ich wiederhole es Euch, vom Himmel, und von der Erde, und von der großmächtigen See – auch von den Genien, die über die See gesetzt sind, und über die Erde, und über den luftigen Himmel. Auch war viel Weistum in Sagen, die die Sybillen sagten; und heiligheilige Dinge vernahm man seit altersher von Blätterschattenzungen, die um Dodona wisperten – aber, so wahr Allah lebt, die Fabel, die mir der Dämon erzählte, als er mir zur Seite im Schatten der Grabnische hockte, däucht mir die wundersamste von allen! Und als der Dämon seiner Geschichte ein Ende gemacht hatte, fiel er schier hintüber in die Höhlung der Grabnische, so lachte er. Ich aber konnte nicht mit dem Dämon mitlachen, und er fluchte auf mich, weil ich nicht lachen konnte. Und der Luchs, der immerdar in jener Grabnische haust, kam aus ihr hervor, und legte sich zu den Füßen des Dämons nieder, und schaute ihm ins Gesicht, unverwandt.

Ligeia

Und darin leit der Wille, der stirbet nimmer.
Wer kennt die mysteria des Willens sampt seiner Macht?
Ist doch GOtt selbst nur ein großer Wille,
der durchdringt alle Ding ob seines hohen Eiferns.
Der Mensch stehet den Engeln nach,
ja letztlich dem Tode selbst,
nur kraft der Schwäche seines so matten Willens.

Joseph Glanvill, 1636-80

Ich kann nicht, und ging's um mein Seelenheil, mich entsinnen,
wie oder auch nur präzise wann ich zuerst bekannt wurde mit der
Lady Ligeia. Lange Jahre sind seitdem verflossen, und mein Gedächtnis ist matt ob der vielen Erleidnisse. Oder, mag sein, ich
kann mir diese Dinge jetzt nicht mehr vergegenwärtigen; weil,
wie es denn in Wahrheit so ist, der Charakter meiner Geliebten,
ihre seltene Bildung, der einzigartige & dennoch sanfte Typ ihrer
Schönheit, und endlich die verhexende versklavende Überred-
samkeit ihrer halblauten Stimmusik, sich den Weg in mein Herz
mit so standhaft verstohlenen Schritten gebahnt haben, daß sie
mir unwahrnehmbar & unverzeichnet geblieben sind. Dennoch
möchte ich meinen, daß ich ihr zuerst & am häufigsten begegnet
bin, in irgendeiner großen, alten, verfallenden Stadt nahe am
Rhein. Von ihrer Familie – hab' ich sie sicherlich reden hören.
Daß sie aus grauster Vorzeit datiert, kann nicht bezweifelt werden. Ligeia! Ligeia! Vergraben wie ich bin, in Studien von einer
Art, mehr als alle andern dazu angetan, gegen Eindrücke der Außenwelt abzutöten, ist es durch jenes holde Wort allein – durch
›Ligeia‹ – daß ich vor meinem geistigen Auge das Bild Ihrer er-
zeuge, die nicht mehr ist. Und jetzt, da ich dies niederschreibe,
blitzt mir die Erkenntnis auf: daß ich von Ihr, die mir Freundin
war & Angelobte, die die Partnerin meiner Studien wurde, ja
schließlich das Weib meines Busens, den Familiennamen *nie ge-*
kannt habe! War das eine verspielte Zumutung seitens Ligeias?
oder war es eine bewußte Probe der Stärke meiner Neigung, daß
ich hinsichtlich dieses Punktes keinerlei Querelen anstellen
sollte? oder war es gar eine Caprice meinerseits – die wildroman-
tische Opfergabe am Schreine der allerleidenschaftlichsten Erge-

benheit? Aber ich entsinne mich nur undeutlich der Sache selbst – was wunders, daß ich so gänzlich der näheren Umstände vergaß, die jene bewirkten oder begleiteten? Und, wahrlich, wenn je der Geist, den man die *Romanze* nennt – wenn jemals sie, die bleich-hinfällige ägyptisch-dunstschwingige *Ashtophet* idololatrischen Angedenkens – die Schutzgöttin, wie man sagt, von Ehen übler Vorbedeutung ist; dann ist sie nur allzugewiß die Schutzgöttin der meinigen gewesen.

1 teuren Themenkreis jedoch gibt es, bei dem mein Gedächtnis mir nicht versagt – es ist das *Äußere* Ligeias. Sie war hoch von Wuchs, etwas sehr schlank, ja in ihren letzten Tagen ausgesprochen mager. Es wäre vergebens, wollte ich versuchen, die Majestät, die gemache Ruhe ihrer Haltung abzuschildern, oder die unbegreifliche Leichtigkeit & Spannkraft ihres Schreitens. Sie kam und sie schwand wie ein Schatte. Nie bin ich ihres Eintretens in mein abgesondertes Studio gewahr geworden, ehe die teure Musik ihrer süßgedämpften Stimme anhub, und sie mir ihre Marmorhand auf die Schulter legte. In Schönheit des Angesichts glich ihr nie eine Maid. Es war das Gestrahle eines Opiumtraums – eine Vision, luftiger, geisterhöhender, göttlich-wilder, als alle Phantasien, die je die schlummernden Seelen der Töchter von Delos umschwebten. Dennoch waren ihre Züge mit nichten von jenem vorbildlichen Regelmaß, das in den klassischen Bildwerken der Heidenzeit zu verehren man uns fälschlicherweise beigebracht hat. »Es gibt keine höchstrangige Schönheit,« sagt Bacon, Lord Verulam, sehr richtig von sämtlichen Formen & *genera* des Schönen, »ohne eine gewisse *Fremdartigkeit* in ihren Proportionen.« Trotzdem, ob ich gleich sah, daß die Züge Ligeias kein klassisches Regelmaß hatten – ob ich gleich wahrnahm, daß ihre Lieblichkeit einwandfrei »höchstrangig« war und empfand, wie viel an »Fremdartigem« hier durchschimmerte – trotzdem habe ich stets vergeblich versucht, besagte Unregelmäßigkeit zu entdecken, oder meinen eigenen Eindruck des »Fremdartigen« auf seinen letzten Ursprung zurückzuführen. Ich studierte den Kontour der hohen & blassen Stirn – er war untadelig – (welch kaltes Wort das, es auf eine so göttliche Majestät anzuwenden!) – ihre Haut, die mit dem reinsten Elfenbein wetteiferte; die gebietende Ausdehnung & Ruhe, die breite Sanftheit der Schläfenregion; und endlich das rabenschwarze, das schimmernde, das üppige & natürlich-gelockte Haargeflecht, das die Vollkraft des Homerischen

Epithets ›hyakinthos!‹ handgreiflich vor Augen stellte. Mein Blick ruhte auf den delikaten Umrissen ihrer Nase – und nirgendwo, es sei denn in den anmutsvollen Medaillons der Hebräer, habe ich je ähnliche Perfektion erschaut. Hier wie dort die gleiche üppige Geglättetheit der Oberfläche; die gleiche kaum wahrnehmbare Tendenz zum Aquilinen; die gleichen harmonisch geschwungenen Nüstern, die von freiem Geiste sprachen. Ich betrachtete den süßen Mund. Hier, in der Tat, triumfierte Alles, was himmlisch ist – die magnifike Schwingung der kurzen Oberlippe – der wollüstig-kissenhafte Schlummer der unteren – die Grübchen, die spielten, und die Farbe, die sprach – die spiegelnden Zähne, die mit geradezu frappierender Brillianz jeglichen Schimmer des heiligen Lichtes widergaben, den ihr heiter & sanftes, und dabei hinreißendes Lächelgestrahle über sie ausgoß. Ich musterte achtsam die Bildung des Kinns – und auch hier fand ich es alles wieder, das sanfte Gebreite, die Weichheit & Majestät, die Fülligkeit & Vergeistertheit der Griechen – jene Kontouren, die, und auch dann nur im Traum, der göttliche Apoll dem Kleomenes, dem großen Sohne Athens, offenbarte. Und dann spähte ich, tief, in die mächtigen Augen Ligeias.

Was Augen betrifft, haben wir keine Vorbilder aus antiker Zeit. Und es mag auch sein, daß eben in diesen Augen meiner Geliebten jenes Geheimnis lag, auf das Lord Verulam hindeutet. Sie waren, wie ich glauben muß, weit größer als die gewöhnlichen Augen, die unserm Geschlecht zuteil geworden sind. Sie waren voller, als selbst die vollsten der Gazellenaugen des Stammes im Tale von Nourjahad. Doch geschah es lediglich in Abständen – in Augenblicken höchster Erregung – daß diese Eigentümlichkeit mehr als nur leicht auffällig an Ligeia wurde. Und in solchen Augenblicken dann war ihre Schönheit – vielleicht erschien es meiner erhitzten Fantasie nur also – wie die Schönheit von Wesen, die entweder über oder doch abseits der Erde sind – gleich der Schönheit der fabelhaften Houris der Türken. Die Farbe der Bälle war ein allerschimmerndstes Schwarz, und weit über sie herab hingen jett-dichte Wimpern von beträchtlicher Länge. Die Brauen, leicht unregelmäßig geschwungen, hatten den gleichen Farbton. Die »Fremdartigkeit« jedoch, die ich in diesen Augen fand, war von einer Art, die mit der Form, der Farbe, dem Glanz der Einzelzüge nicht zusammenhängt, und muß letzten Endes ihrem *Ausdruck* zugeschrieben werden. Ach, des Worts ohne Bedeutung!, hinter dessen bloßer fonetischer Breitenausdehnung wir unsre Unkenntnis von so viel Spirituellem verschanzen. Der Ausdruck der Augen der Ligeia! Wie oft, stundenlang, hab' ich darüber nachgegrübelt! Wie hab' ich, eine ganze Mittsommernacht hindurch, mich gemüht, ihn zu ergründen! Was war es – dieses ›tiefer als der Brunnen des Demokritus‹ – das dort fern im Hintergrund der Pupillen meiner Geliebten lag? Was *war* es doch? Ich war wie besessen von der Passion des Entdeckens. Diese Augen!, diese mächtigen, diese schimmernden, diese göttlichen Bälle!, sie wurden für mich zum Zwillingsgestirn der Leda, und ich der inbrünstig-devoteste ihrer Beobachter.

Unter den vielen unverstandnen Anomalien der Wissenschaft von der Seele, gibt es keinen Punkt so frappierend & aufregend, wie den Umstand – von der Schulweisheit noch nicht einmal bemerkt, wie ich glaube – daß wir beim Bemühen, uns etwas lang Vergessenes ins Gedächtnis zurückzurufen, uns oftmals *ganz dicht am Rande* des Erinnerns finden, ohne doch, am Ende dann, der Erinnerung selbst habhaft werden zu können. Und wie oft habe ich dergestalt, während meines konzentrierten Forschens in Ligeia's Augen, die volle Erkenntnis ihres Ausdrucks sich nahen gefühlt – sich nahen gefühlt – aber immer noch nicht ganz mein – und dann am Ende sich wiederum gänzlich entfernen! Und (selt-, oh seltsamstes Mysterium von allen!) ich fand in den gewöhnlichsten Objekten des Universums einen Großkreis von Analogien für diesen Ausdruck. Ich will damit sagen, daß im Anschluß an die Periode, da Ligeia's Schönheit in meinen Geist eingegangen war & dort waltete wie in einem Heiligenschreine, mich ob so mancher Existenzen in der materiellen Welt Empfindungen überkamen, wie ich sie grundsätzlich angesichts ihrer mächtigen leuchtenden Augenbälle um mich & in mir fühlte. Dennoch vermochte ich meine Empfindung deswegen nicht des näheren zu definieren, oder zu analysieren, oder auch nur sie fester ins Auge zu fassen. Ich erkannte sie manchmal, sei mir die Wiederholung vergönnt, beim Beobachten einer schnellwachsenden Weinranke – bei Kontemplation einer Motte, eines Schmetterlings, einer Chrysalis, eines rinnenden Wassers. Ich habe sie im Ozean gespürt; und beim Fall eines Meteors. Ich habe sie gespürt bei den Seitenblicken ungewöhnlich alter Leute. Und es stehen 1 oder 2 Sterne am Himmel – (besonders einer; ein Stern 6. Größe, doppelt & gleichzeitig veränderlich; er findet sich nahe dem Hauptstern der *Leier*) – bei deren teleskopischer Beobachtung ich jenes Gefühls gewahr geworden bin. Ich bin damit erfüllt worden bei bestimmten Klangfolgen von Saiteninstrumenten, und nicht unhäufig bei gewissen Stellen in Büchern. Unter zahllosen anderen Beispielen entsinne ich mich besonders des einen, in einem Band Joseph Glanvill's, das (vielleicht nur seiner Kuriosität halber – wer kann das schon sagen?) nie verfehlt hat, mich mit jenem Gefühl zu inspirieren.

»Und darin leit der Wille, der stirbet nimmer. Wer kennet die mysteria des Willens sampt seiner Macht? Ist doch GOtt selbst nur ein großer Wille, der durchdringt alle Ding ob seines hohen Eiferns. Der Mensch stehet den Engeln nach, ja letztlich dem Tode selbst, nur kraft der Schwäche seines matten Willens.«

Länge der Jahre & das entsprechende Nachdenken haben mich freilich in den Stand gesetzt, eine entfernte Verbindung zwischen dieser Stelle des englischen Moralisten und einem Teilzuge im Charakter Ligeias ausfindig zu machen. Die *Hochgespanntheit* des Gedankens, der Tat, der Rede, ist bei ihr möglicherweise ein Ergebnis, oder zumindest ein Anzeichen, jener gigantischen Willenskraft gewesen, die während unsres langen Umgangs andere & direktere Belege ihres Vorhandenseins zu geben verfehlt hat. Von allen Frauen, die ich je gekannt habe, fiel sie, die äußerlich ruhige, die immermilde Ligeia, dem ungestüm andringenden Fittichschlage tiefer Leidenschaft am heftigsten zur Beute. Und von solcher Leidenschaft konnte ich nie anders eine Mutmaßung mir bilden, als eben durch jene miraculöse Expansion ihrer Augen, die mich immer so entzückte & gleichzeitig erschreckte – durch die schier magische Melodie, Modulation, Deutlichkeit & Sanftheit ihrer sehr tiefgedämpften Stimme – und durch die wütende Energie (doppelt eindrucksvoll durch den Kontrast mit ihrer Sprechweise), der wilden Worte, die sie gewohnheitsmäßig äußerte.

Ich hatte bereits Ligeia's Wissen erwähnt: es war immens – wie ich es sonst nie beim Weibe gekannt habe. In den klassischen Zungen war sie zutiefst bewandert; und soweit sich meine eigene Bekanntschaft mit den modernen europäischen Dialekten erstreckt, habe ich sie nie versagen hören. Um ehrlich zu sein: habe ich Ligeia bei irgend einem Thema, und sei es das meist bewunderte (weil schlicht das abstruseste) gerühmtester akademischer

Gelehrsamkeit, *jemals* versagen sehen? Wie singulär – wie prik-kelnd-aufregend, hat grade dieser 1 Punkt im Wesen meiner Gattin, sich in diesen letzten Jahren meiner Erinnerung wieder aufgedrängt! Ich habe gesagt, ihr Wissen sei der Art gewesen, wie ich es sonst nie beim Weibe gekannt habe – aber wo lebt & atmet der Mann, der, und zwar mit Erfolg, *all* die weiten Gebiete des ethischen, physikalischen & mathematischen Wissens durch-schritten hat? Ich habe damals nicht eingesehen, was ich jetzt klar erkenne, daß Ligeia's Errungenschaften gigantisch waren, er-staunlich waren; immerhin war ich mir ihrer unendlichen Überle-genheit soweit bewußt, daß ich mich voll kindlichen Vertrauens ihrer Führung durch die kaotischen Welten metaphysischer Un-tersuchungen überließ, mit denen ich während der ersten Jahre unseres Ehelebens meistens beschäftigt war. Mit welch umfas-sendem Triumphgefühl – mit wie lebhaftem Entzücken – mit wie viel von alldem, was die Hoffnung an Ätherischem hat – *fühlte* ich, wenn sie sich bei nur wenig gepflegten – und noch weniger gekannten – Studien über mich beugte – wie sich langsam, schrittweise, jene köstliche Aussicht immer weiter vor mir zu dehnen begann, deren langen, gorgonisch-prächtigen & noch ganz unbetretenen Pfad ich im Lauf der Zeit würde fürderschrei-ten dürfen, bis hin zum Ziel einer Weisheit, allzu himmlisch köst-lich, um nicht verboten zu sein!

Wie tiefgehend also muß der Kummer gewesen sein, mit dem ich nach Ablauf einiger Jahre meine wohlbegründeten Hoffnun-gen die Schwingen breiten & mir davon fliegen sah! Ohne Ligeia war ich nur ein Kind, das umnachtet tappt & tastet. Ihre Anwe-senheit, ihre Kommentare allein, machten die so manchen My-sterien des Transcendentalen, in die wir uns versenkt hatten, le-bendig & lichtvoll. Ohne den Lüsterglanz ihrer Augen wurden selbst Lettern, sonst lampig & golden, stumpfer denn saturnisches Blei. Und nun schienen diese Augen wenig- & immer weniger häufig auf die Seiten ob denen ich brütete. Ligeia erkrankte. Die wilden Augen loderten mit einer all-, einer allzu glorreichen Strahlung; die bleichen Finger nahmen die transparente, die wächserne Färbung des Grabes an; und die blauen Venen der ho-hen Stirn schwellten & sanken ungestüm im Gezeitentakt auch der sänftlichsten Erregung schon. Ich sah, daß sie sterben mußte – und ich rang verzweiflungsvoll im Geist mit dem grimmigen Azrael. Und das Ringen des leidenschaftlichen Weibes war zu meinem Erstaunen sogar noch energischer als das meine. In ihrer festen Sternennatur war so vieles gewesen, das bei mir den Eindruck hatte aufkommen lassen, ihr würde der Tod ohne seine Schrecknisse nahen; aber weit gefehlt. Worte sind impotentes Zeug & können keinen rechten Begriff von der Wut des Widerstandes geben, mit dem sie gegen das Phantom anrang. Ich stöhnte vor Seelenpein ob des bemitleidenswürdigen Schauspiels. Ich würde ja beschwichtigt – würde vernünftig zugesprochen haben; aber angesichts der Hochgradigkeit ihrer wilden Begier nach Leben – Leben – *nichts als Leben!* – wären Tröstung wie auch Verständigkeit gleichermaßen der Gipfel der Narretei gewesen. Dennoch wurde, bis zum letzten Moment, und bei den krampfigsten Konvulsionen ihres ungestümen Geistes, die äußerliche Gelassenheit ihres Betragens mit nichten erschüttert. Ihre Stimme wurde noch sanfter – wurde noch gedämpfter – doch auf der verwilderten Bedeutung der so ruhig geäußerten Worte möchte ich lieber nicht verweilen. Mein Hirn schwindelte, wenn ich verzückt einer mehr als sterblichen Melodie lauschte – Anmaßungen & Sehnsüchten, Sterblichen vordem ungekannt.

Daß sie mich liebe, würde ich nicht bezweifelt haben; und auch dessen hätte ich ohne weiteres gewiß sein dürfen, daß in einem Busen, wie dem ihren, die Liebe ungleich der gewöhnlich so genannten Leidenschaft regiere. Aber erst im Tode bekam ich den vollen Eindruck von der Stärke ihres Gefühls. Lange Stunden, während deren sie sich meiner Hand bemächtigt hielt, ergoß sie vor mir das Überströmen eines Herzens, dessen mehr als leidenschaftliche Ergebenheit sich dem Götzendienst näherte. Wie hatte ich mir nur verdient, durch solche Geständnisse beseelt zu werden? – und wie hatt' ich mir verdient, so verflucht zu werden durch Abberufung meiner Geliebten in eben der Stunde, wo sie sie machte. Aber ich kann es nicht ertragen, mich über diesen Gegenstand zu verbreiten. Sei mir vergönnt, mich darauf zu beschränken, daß in Ligeia's mehr als weiblicher Hingebung an eine Liebe – wehe!, wie unverdient; wie einem Unwürdigen gespendet – ich endlich das Grundprinzip ihres Sehnens erkannte, ihrer so ungestüm ernstlichen Begierde nach einem Leben, das ihr nunmehr so reißend entschwand. Es ist dies wilde Sehnen – diese eifervolle Heftigkeit der Sucht nach Leben – *nichts als Leben* – das getreulich zu schildern ich nicht die Macht habe – nicht die Fähigkeit es in klare Ausdrücke zu fassen.

Es war just um die Mitte der Nacht da sie von mir ging, als sie mich gebieterisch an ihre Seite winkte, und mich ihr gewisse Verse wieder vorsprechen hieß, die sie selbst, nur wenige Tage zuvor, gedichtet hatte. Ich gehorsamte. Es waren aber diese: –

Ho! Eine Gala-Nacht;
im öden Spätjahr welch Pläsier! –
Ein Engelhauf in Schleiertracht,
beschwingt, mit Thränenzier,
sitzt im Theater, anzuschaun
ein Stück von Furcht & Gier
und ein Blasorchester probt stoßweis', traun,
Sphärenmusikmanier.

Mimen, sie murr'n & mümmeln leis',
Puppen in GOtt-Livreen,
und kommen & irr'n im Kreis. –
Geheim gestaltlos ungesehn
vollziehen Wesen die Regie,
die auch die Bühne beliebig drehn;
kondorgeschwingt verhängen sie
unsichtbare Weh'n.

Vom scheck'gen Spiel – seid unbesorgt
soll nichts vergessen sein!
Das Phantom nicht; nicht die Dauerjagd
all der Menge hinterdrein;
in sich selbst stets zurück läuft die Zirkelbahn
und der Irrsinnsreih'n.
Das Thema: viel Sünde, und mehr von Wahn,
doch hauptsächlich Schrecken & Pein.

Doch sieh, was ringelt sich zuletzt
dort ein in die Redoute?!
Ein blutrot Ding, das einsam bis jetzt
in der Kulisse ruht'.
Wie's ringelt! – wie's ringelt! – es würgt im Sturm
jed' armen Mimnichtgut;
und bei Seraph's schluchzt's, so lutscht der Wurm
geliertes Menschenblut.

Aus – aus gehn die Lichter – allaus. –
Genug ward gebebt; und alsbald
kommt stürmisch (ein Bahrtuch, oh Graus!)
der Vorhang herniedergewallt.
Und die Engel stehn auf; bleich, gedrückt,
bestätigen sie den Verhalt:
›*Mensch*‹ hieß das gesehene Stück,
und ›*Der Wurm*‹ war die Siegergestalt.

»O Gott!« – Ligeia schrie es halb, als ich mit diesen Zeilen ein
Ende machte, indem sie aufsprang & mit einer krampfigen Gebärde die Arme nach oben reckte – »O GOtt! O himmlischer Vater! – sollen diese Dinge denn unwandelbar so sein? – soll dieser
Sieger denn nicht 1 Mal besiegt werden? Sind wir denn nicht Dei-
nes Wesens ein Teil? Wer – wer kennet die mysteria des Willens
sampt seiner Macht? Der Mensch stehet den Engeln nach, *ja
letztlich dem Tode selbst*, nur kaft der Schwäche seines so matten
Willens.«

Und nun, wie wenn erschöpft vor Erregung, ließ sie es zu, daß
ihre weißen Arme an ihr herniedersanken, und kehrte feierlich
auf ihr Totenbette zurück. Und als sie ihre letzten Seufzer aus-
hauchte, da kam, vermischt mit ihnen, ein leises Murmeln zwischen ihren Lippen hervor. Ich legte mein Ohr an sie, und unterschied wiederum die Schlußworte jener Stelle im Glanvill: – »*Der
Mensch stehet den Engeln nach, ja letztlich dem Tode selbst, nur
kraft der Schwäche seines so matten Willens.*«

Sie starb: und ich, völlig zu Boden geschlagen vor Kummer, vermochte die Öde & Einsamkeit meiner Behausung, in der düstern,
verfallenden Stadt am Rheine nicht länger mehr zu ertragen. Ich
hatte nicht Mangel an dem, was die Welt Wohlstand nennt. Ligeia
hatte mir weit mehr, erheblich weit mehr mitgebracht, als Sterblichen gewöhnlich zuteil wird. Nach einigen wenigen Monaten
schlaffen & ziellosen Umherwanderns, erstand ich deshalb eine
Abtei, die ich nicht näher zu bezeichnen gedenke, in einer der
wildesten & wenigst besuchen Gegenden des schönen England,
und ließ sie einigermaßen wohnlich herrichten. Die düstre, traurige Großartigkeit des Bauwerks, die schier barbarische Verwil-
derung des Grundstücks, die vielen sich an beide knüpfenden,
schwermütigen & altehrwürdigen historischen Erinnerungen,
standen weitgehend im Einklang mit den Gefühlen gänzlichen

Verlassenseins, die mich in diesen entlegenen & unwirtlichen Teil des Landes getrieben hatten. Aber ob auch das Äußere der Abtei, allerorts überhangen vom grünenden Verfall, nur geringe Veränderungen zuließ; machte ich in einer Art kindlicher Perversität, oder, mag sein, auch mit der schwachen Hoffnung, mich von meinem Kummer abzulenken, im Inneren förmlich Profession davon, einen mehr als königlichen Prunk zu entfalten. An derlei Tollheiten hatte ich selbst in frühester Kindheit schon Geschmack gefunden, und nun kamen sie mir zurück, als sei ich vor Gram wieder kindisch geworden. Ach, ich fühl' es durchaus, wieviel sich sogar von beginnendem Wahnsinn hätte entdecken lassen in der Überpracht & Fantastik dekorativer Wandbehänge, in den feierlichen Bildwerken Ägyptens, in den wilden Kehlungen der Leisten & Möbel, in den Tollhausmustern der Teppiche aus büschelig-langhaarigem Goldbrokat! Ich war zum regelrechten Sklaven in den Fesseln des Opiums geworden, und all meine Unternehmungen, wie das, was ich in Auftrag gab, trug etwas von der Farbe meiner Träumungen an sich. Aber diese Absurditäten alle herzuzählen ist die Zeit zu schade. Laßt mich nur von dem 1 ewig verfluchten, Gemache sprechen, in das ich, in einem Augenblick geistiger Abwesenheit, vom Altare als meine Braut – als die Nachfolgerin der unvergeßlichen Ligeia – sie führte, die blondhaarige, die blauäugige Lady Rowena Trevanion, von Tremaine.

Das ist nicht 1 einziges Stück jenes Brautgemaches, ob Architektur ob Dekoration, das nicht jetzt noch sichtbar vor mir stünde. Wo hatten die hochmütigen Angehörigen der Braut wohl ihre Seelen, als sie, aus Durst nach Golde, der Maid, dem so geliebten Kind, erlaubten, die Schwelle eines *so* geschmückten Raums zu überschreiten?! Ich sagte bereits, daß ich mich ans Detail des Gemaches ganz genau erinnere – ob ich schon arg vergeßlich geworden bin, was die allerbedeutungsvollsten Dinge anbelangt – und hier, in dem fantastischen Gepränge, war weder Harmonie noch ein System, das dem Gedächtnis hätte Anhalt bieten können. Der Raum war in einem hohen Türmchen der burgartig gebauten Abtei gelegen, war pentagonalen Grundrisses, und von beträchtlicher Geräumigkeit. Die ganze nach Süden gerichtete Wand des fünfseitigen Prismas nahm das einzige Fenster ein – eine immense, ununterteilte Scheibe von venezianischem Glas – aus einem einzigen, bleigrau gefärbten Stück; so daß die hindurchfallenden Strahlen, sei's Sonne sei's Mond, einen geisterhaften Lüsterglanz auf die Objekte im Innern werfen mußten. Über den obern Teil dieses Kolossalfensters zog sich das Rankenwerk eines alten Weinstocks hin, der die massige Mauer des Türmchens empor geklommen war. Die Zimmerdecke aus düster-schwarzem Eichenholz war ausschweifend hoch, gewölbt, und mit künstlichen Schnitzereien in wild- & grotesken Mustern, halbgotisch halbdruidisch, über & über bedeckt. Vom höchsten entlegensten Schlußstein dieser melancholischen Wölbung, hing an einer einzelnen langgliedrigen Goldkette eine mächtige Weihrauch-Lampe aus dem gleichen Metalle herab, von reich durchbrochener, sarazenischer Arbeit, und so eingerichtet, daß eine pausenlose Folge buntscheckiger Flammen sich mit schlangengleicher Vitalität innen, wie auch nach außen heraus, ringelte.

Einige wenige Ottomanen und golden orientalische Kandelabergestalten standen an einzelnen Stellen herum; und dann war eben auch das Ruhebett – das Braut-Bette – nach einem indischen Vorbild, und niedrig, und geschnitzt aus schwerem Ebenholz, mit einem Baldachin darüber gleich einem Bahrtuch. In jeglichem der Winkel des Raumes stand aufrecht 1 gigantischer Sarcophag von schwarzem Granit, aus den Königsgräbern gegenüber von Luxor, mit ehrwürdig skulpturenüberlaufenen Deckeln, unvordenklich zu schauen. Aber in der Wandbekleidung des Gemachs bestand, weh' mir! die Hauptfantasterei von allem. Die ragenden Wände, gigantischaufstrebend – ja, imgrunde inproportioniert hoch – waren vom Gipfel bis zum Fuß behangen mit schweren, breitfaltigen, massiv gewirkten Tapeten – Tapeten aus einem Material, das sich gleichermaßen auf dem Fußboden als Teppich wiederholte, als Bezug der Ottomanen & der Ebenholzbettstatt, als Baldachin dieser Bettstatt, und endlich in dem prächtigen Faltengerolle der Vorhänge, die das Fenster teilweise verschatteten. Das Material bestand aus dem schwersten Goldbrokat; war allerorts, in unregelmäßigen Abständen, mit arabesken Figuren von etwa 1 Fuß Durchmesser gemustert, von tiefstem Jettschwarz & dem Stoff eingewebt. Aber besagte Figuren wirkten nur von 1 ganz bestimmten Standpunkt aus gesehen wie echte Arabesken. Durch einen heutzutage allgemein geläufig gewordenen Trick, (und der sich sogar in sehr entlegene Epochen des Altertums zurückverfolgen läßt), hatte man ihr Aussehen je nach Standpunkt veränderlich eingerichtet. Einem, der den Raum betrat, schienen sie zunächst einmal simple Mißgestalten; bei weiterem Fürderschreiten aber schwand dieser Eindruck allmählich; und Schritt auf Schritt, wie der Besucher seinen Ort im Raum veränderte, sah er sich umzingelt von einer endlosen Folge gespenstischer Bildungen, wie sie den Aberglauben des Nordmannen eigen sind, oder in den Schlummerstunden schuldiger Mönche aufsteigen. Dieser fantasmagorische Effekt wurde noch beträchtlich dadurch erhöht, daß immerfort ein starker künstlich erzeugter Windstrom hinter den Wandbehängen entlang strich – was dem Ganzen eine scheußliche & wunderliche Regsamkeit verlieh.

In Hallen dieser Art – einem Brautgemach dieser Art – verbrachte ich mit der Lady von Tremaine die unheiligen Stunden des ersten Monats unsrer Ehe – verbrachte sie unter nur geringer Unruhe. Daß mein Weib die wilde Verdrossenheit meines Wesens fürchtete – daß sie mich mied & nur recht wenig liebte – mußte ich wohl oder übel erkennen; aber es bereitete mir dies eher Vergnügen als das Gegenteil. Denn ich verabscheute sie mit einem Haß, der eher einem Dämon angestanden hätte, als einem Menschen. All mein Gedenken floh zurück, (oh, mit welchem Grad von Reue!) zu Ligeia, der geliebten, der erhabenen, der schönen, der begrabenen. Ich schwelgte in Erinnerungen an ihre Reinheit, an ihre Weisheit, an ihr hohes ätherisches Wesen, an ihre leidenschaftliche, ihre abgöttische Liebe. Nun endlich brannte mein Geist voll & frei von all & noch mehr als all den Feuern, mit denen ihr eigner geflammt hatte. In den Euphorieen meiner Opiumträume, (denn ich war habituell in den Fesseln & Banden der Droge), rief ich oft laut ihren Namen in die Stille der Nacht, oder durch die schlupfwinkligen Täler & Schluchten bei Tag; wie wenn ich durch den wilden Eifer, die leidenschaftliche Feierlichkeit, die verzehrende Glut meines Sehnens nach der Dahingeschiedenen, sie wieder auf die alten Pfade dieser Erde zurückrufen könnte, die sie – ach, *konnte* es denn für immer sein? verlassen hatte.

Um den Beginn des zweiten Monats unsrer Ehe, wurde die Lady Rowena von plötzlicher Krankheit befallen, von der sie sich nur langsam erholte. Das Fieber das sie verzehrte, brachte Unruhe in ihre Nächte; und in den verworrenen Zuständen des Halbschlummers sprach sie von Geräuschen & Bewegungen inner-

wie außerhalb des Turmgemachs, die meines Erachtens ihren Ursprung nur in einer in Unordnung geratenen Fantasie hatten, oder vielleicht in den gaukelnden narrenden Einwirkungen des Gemaches selbst. Sie begann schließlich zu genesen – dann zu gesunden. Aber nur eine kurze Zwischenzeit ging dahin, als eine zweite, heftigere Unpäßlichkeit sie erneut auf ein Krankenbett warf; und von dieser Attacke erholte sich ihr, von Natur aus zarter Leib, nie mehr ganz & gar. Ihre Beschwerden nahmen nach dieser Zeit alarmierenden Charakter an, und alarmierender noch waren die häufigen Anfälle, die gleichermaßen der Kunst wie den größten Bemühungen ihrer Ärzte spotteten. Parallel mit dem Zunehmen dieses chronischen Leidens, das demnach anscheinend bereits zu festen Fuß bei ihr gefaßt hatte, um durch menschliche Mittel noch beseitigt werden zu können, mußte ich wohl oder übel eine entsprechende Zunahme der nervösen Reizbarkeit ihres Temperamentes feststellen, wie auch eine steigende Anfälligkeit, sich bei trivialen Anlässen zu fürchten. Wiederum sprach sie, und diesmal häufiger & beharrlicher, von den Geräuschen – den leichten Geräuschen – und jenen ungewöhnlichen Bewegungen in den Falten der Wandbehänge, auf die sie früher bereits hingedeutet hatte.

Eines Nachts, es ging schon gegen den September, erzwang sie sich mit noch mehr als dem gewöhnlichen Nachdruck meine Aufmerksamkeit für dies unleidliche Thema. Sie war just aus unruhigem Schlummer erwacht; während ich unter Gefühlen, halb Angst halb vages Grausen, dem Arbeiten ihrer abgemagerten Züge zugesehen hatte. Ich saß an der Seite ihrer ebenhölzernen Bettstatt, auf einer der Ottomanen aus Indien. Sie richtete sich mit halbem Leibe auf, und sprach in eindringlichem leisem Flüsterton von Geräuschen, die sie *eben, jetzt*, höre – von denen ich jedoch nichts vernahm – von Bewegungen, die sie *eben, jetzt*, sähe – von denen ich jedoch nichts erblickte. Der Wind rauschte recht überstürzt hinter den Wandbehängen, und ich gedachte ihr zu beweisen, (was, ich will es nur gestehn, ich *völlig* selbst nicht glaubte), wie dort die schier unartikulierten Atemstöße & hier die so sehr sachten Änderungen der Figuren an der Wand nichts als die natürlichen Auswirkungen seien, jener mechanisch immerrauschenden Winde. Aber eine tödliche Blässe, die ihr Gesicht überzog, bewies mir schon, daß all meine Bemühungen, sie zu beschwichtigen, fruchtlos bleiben würden. Ihr schien übel werden zu wollen, und von der Dienerschaft war keines in Rufweite. Ich entsann mich, wo eine Karaffe leichten Weines stünde, den ihre Ärzte verordnet hatten, und hastete quer durchs Gemach, ihn zu holen. Aber als ich in den Lichtkegel der Weihrauch-Lampe steppte, zogen 2 Ereignisse von überraschender Natur meine Aufmerksamkeit auf sich. Ich hatte gefühlt, wie ein greifbar- ob schon unsichtbares Etwas leicht an mir vorbei geschlüpft war; und weiterhin sah ich, wie auf dem goldnen Teppich, genau inmitten des komplizierten Überschimmers den der Weihrauch-Lüster warf, ein Schatte lag – ein schwacher, unbestimmter Schatte, von englischem Aspekt – wie man sich etwa den Schatten eines Schattens denken würde. Aber mir war was wild zumut, so erregte mich eine unmäßige Dosis Opium, und ich achtete dieser Dinge nur wenig, noch erwähnte ich ihrer gegenüber Rowena. Da ich den Wein gefunden hatte, durchquerte ich wiedrum das Gemach; ich schenkte den Pokal voll ein, und hielt ihn an die Lippen der hinsinkenden Lady. Sie hatte sich jedoch zum Teil schon wieder erholt und nahm mit eigner Hand das Trinkgefäß; während ich auf die nächste Ottomane sank und meine Augen fest auf ihre Gestalt richtete. Und da geschah es, daß ich deutlich des leichten Schritts gewahr ward, quer übern Teppich her & hin zur Bettstatt; und 1 Sekunde nur darauf, da Rowena eben im Begriff war, den Wein an ihre Lippen zu setzen, sah ich, (o'r meinethalben träumte daß ich säh'), wie wenn aus einem unsichtbaren Quell, tief in der Luft des Raumes, 3 oder 4 schwere Tropfen einer strahlend rubinroten Flüssigkeit in den Pokal fielen. Aber ob auch ich dies sah – Rowena nicht also. Sie schluckte den Wein ohne Zaudern; und ich meinerseits enthielt mich, ihr gegenüber eines Umstands zu erwähnen, der, wie ich mir sagte, letzten Endes, doch wohl nur das Gaukelspiel einer lebhaften Einbildungskraft gewesen sein mußte, zu überhitzter Tätigkeit gesteigert infolge der Schreckhaftigkeit der Lady, des Opiums, und der Stunde.

Doch kann ich's vor mir selber nicht verbergen, wie, dem Fallen der Rubintropfen unmittelbar folgend, im Leiden meiner Gattin eine rapide Wendung zum Schlimmeren eintrat; so daß am dritten Abend drauf die Hände ihrer Dienerinnen sie für die Gruft herrichteten, und ich am vierten, allein mit ihrem Leib im Leichenlaken, in dem fantastischen Gemache saß, das sie als meine Braut empfangen hatte. – Wilde Wische, Schattenflitter, opiumbürtig, hatt' ich vor mir. Unruhigen Auges starrte ich auf die Sarkophage in den Ecken des Raumes, auf die wechselnden Figuren der Wandbehänge, und auf das Geringel der buntscheckigen Feuer in dem Lüster mir zu Häupten. Dann fielen meine Blicke, als ich mir die Umstände einer früheren Nacht zurückrief, auf den Lichtfleck unterm Weihrauchlüster, wo ich die schwache Fährte des Schattens gesehen hatte. Sie war jedoch nicht länger dort; und, befreiter atmend, richtete ich mein Auge nach der bleich- & starren Gestalt auf der Bettstatt. Da stürmten tausend Erinnerungen an Ligeia auf mich ein – da kam, mit der tosenden Heftigkeit einer Überschwemmung, die ganze Summe jenes unnennbaren Wehes meinem Herzen wieder, mit dem ich *sie* einst also aufgebahrt betrachtet hatte. Die Nacht ging dahin; und immernoch saß ich, den Busen voll bitterer Gedanken an die Eine einzig & über alles geliebte & starrte auf den Körper Rowenas.

Es mag um Mitternacht gewesen sein, oder vielleicht auch früher oder später, denn ich hatte auf die Zeit nicht acht gegeben, als ein schluchzender Laut, leise sanft doch ganz bestimmt, mich aus meiner Verträumtheit aufschreckte. Ich *fühlte* daß er von dem Bett aus Ebenholz her kam – dem Bett des Todes. Ich lauschte in einem Übermaß von abergläubischem Entsetzen – doch erfolgte keine Wiederholung des Lautes. Ich strengte meine Sehkraft an, um eine etwaige Bewegung des Leichnams zu entdecken – aber nicht die geringste war zu erkennen. Dennoch konnte ich mich nicht getäuscht haben. Ich *hatte* das Geräusch gehört, wie schwach auch immer, und meine Seele in mir war geweckt worden. Beherzt & ausdauernd konzentrierte ich meine Aufmerksamkeit auf jenen Leib. Viele Minuten verstrichen, ehe ein Umstand eintrat, dazu angetan, Licht auf das Geheimnis zu werfen. Schließlich wurde unverkennbar, daß ein schwacher, ein ganz leichter & kaum wahrnehmbarer Schimmer von Farbe auf den Wangen erschienen war und längs der eingesunknen kleinen Venen ihrer Augenlider. Ein Gemisch von unaussprechlichem Grausen & heiliger Scheu, für welches die Sprache der Sterblichen kein hinreichend eindringliches Wort kennt, machte, daß ich mein Herze stillestehen, meine Glieder erstarren fühlte, dort wo ich saß. Doch endlich bewirkte ein Gefühl der Pflicht, daß ich die Herrschaft über mich selbst wieder gewann. Ich konnte nicht länger daran zweifeln, daß wir bei unsern Zurüstungen übereilt vorgegangen waren – daß Rowena noch lebte. Es war erforderlich, daß auf der Stelle etwas unternommen werde; aber das Türmchen war gänzlich abgesondert von dem Teile der Abtei, den die Diener bewohnten – keiner von ihnen befand sich in Rufweite – ich hatte keine Möglichkeit, sie mir zu Hülfe herbeizurufen, ohne den Raum für mehrere Minuten zu verlassen – und das zu tun, konnte ich wiederum nicht wagen. Deshalb begann ich das Ringen allein & mein Bemühen, den noch zögernd weilenden Geist zurückzubeschwören. Nach kurzer Zeit jedoch wurde es gewiß, daß ein Rückfall eingetreten sei: der Farbanflug verschwand von Wangen wie von Lidern, und hinterließ eine Bleichheit die die des Marmors noch übertraf; die Lippen schrumpften & kniffen sich ein im gespenstischen Ausdruck des Todes; eine widerliche Kälte & Klammheit breitete sich aus, rapide über den ganzen Körper hin; und unmittelbar darauf war auch schon all die übliche steife Starre eingetreten. Mit einem Schauder fiel ich auf die Couch zurück, von der es mich so unversehens aufgeschreckt hatte, und überließ mich wieder leidenschaftlich wachen Visionen von Ligeia.

Eine Stunde war so dahingegangen, als (konnte es möglich sein?) ich zum zweiten Mal eines vagen Lautes gewahr wurde, der aus Richtung des Bettes herkam. Ich lauschte – in einem Übermaß an Grauen. Wieder kam der Laut – es war ein Seufzer. Ich stürzte hin zum Leichnam, und sah – sah deutlich – ein Zittern um die Lippen. Binnen einer Minute darauf entspannten sie sich, und gaben eine helle Linie, die Perlenzähne, frei. Bestürzung kämpfte jetzt in meinem Busen mit der tiefen heil'gen Scheu, die bis hierher dort allein geherrscht hatte. Ich fühlte, daß mein Auge trübe zu werden, mein Verstand irre zu gehen begann; und nur vermittelst einer gewaltsamen Anstrengung gelang es mir schließlich, meine Kraft für die Aufgabe zusammenzunehmen, auf die mich die Pflicht dergestalt noch einmal hingewiesen hatte. Ein Hauch von Rot lag nunmehr stellenweise über Stirn, und über Wangen & Kehle; eine spürbare Wärme durchdrang die ganze Gestalt; ja, sogar ein leichter Herzschlag war vorhanden. Die Lady *lebte*; und mit verdoppelter Inbrunst widmete ich mich der Aufgabe ihrer Wiedererweckung. Ich rieb & badete ihr Schläfen & Hände, und bediente mich jeglichen Mittels, das Erfahrung & eine nicht geringe medizinische Lektüre nur eingeben konnten. Aber umsonst. Urplötzlich floh die Farbe, der Puls stockte, die Lippen gewannen neuerlich den Ausdruck des Todes, und 1 Augenblick darauf hatte der ganze Leib bereits die Eiseskälte, die bleiblaugraue Färbung, die verspannte Starre, die eingesunkenen Kontouren, und all die sonstigen ekelhaften Eigenheiten Eines angenommen, der manchen Tag schon in der Gruft gehaust hat.

Und wiederum versank ich in Visionen von Ligeia – und wiederum (was wunders, daß ich schaudre, da ich's schreibe?) *wiederum* erreichte mein Ohr ein schwacher Schluchzer aus den Bereichen der Ebenholzbettstatt her. Aber warum im einzelnen die unsagbaren Schrecken jener Nacht her zählen? Warum des breiten vermelden, wie, in Abständen, bis nahzu schon der Morgen grauen wollte, dies grausige Drama der Wiederbelebung sich ständig wiederholte; wie jedwede schreckliche Wiederkehr immer nur ausmündete in einen strengern & scheinbar unwiderruflicheren Tod; wie jedwede Agonie den Eindruck eines Kampfes machte, mit einem unsichtbaren Feind; und wie jedweder Kampf gefolgt ward von ich weiß nicht was für wilden Veränderungen in der persönlichen Erscheinung des Leichnams? Sei mir vergönnt, zum Schluß zu eilen.

Der größere Teil der fürchterlichen Nacht war verbraucht, und sie, die tot gewesen war, regte sich wieder einmal – und diesmal mächtiger als bislang, obgleich auffahrend aus einer Auflösung, die in ihrer äußersten Hoffnungslosigkeit entmutigender gewesen war, als alle bisherigen. Ich hatte längst schon aufgehört zu ringen oder mich zu bewegen, blieb vielmehr starr auf meiner Ottomane sitzen, eine hülflose Beute im Wirbel heftigster Erregungen, von denen extreme Scheu vielleicht noch die am wenigsten schreckliche, am wenigsten angreifende war. Der Leichnam, wiederhol' ich, rührte sich, und diesmal flammte das Gesicht auf von Farben des Lebens – die Glieder entspannten sich – und wären nicht die Augenlider noch so krampfig zusammengepreßt gewesen, und hätten nicht die Binden & Gewandungen des Grabes der Gestalt noch ein Friedhofsgepräge gegeben, ich hätte mir einbilden können, daß Rowena diesmal endgültig die Fesseln des Todes abgeschüttelt habe. Aber wenn ich mir auch, selbst jetzt, diese Idee nicht gänzlich zu eigen machte; so konnt' ich schließlich doch nicht länger zweifeln, als drüben sich's vom Bett erhob, und wankend, schwachen Schritts, geschlossnen Auges, mit der Gebärdung Eines schwer vom Traum Befangnen, das etwas im Leichenlaken keck & handgreiflich bis in Zimmermitte vordrang.

Ich zitterte nicht – ich rührte mich nicht – denn ein Schwarm undefinierbarer Einbildungen, die mit Aussehen, Wuchs, Gehaben der Gestalt in Verbindung standen, und mir überstürzt durch den Kopf fuhren, hatte mich gelähmt – mich zu Stein erkältet. Ich rührte mich nicht – doch starrte die Erscheinung an. Eine wahnhafte Mißordnung war in meinen Gedanken – ein unstillbarer Tumult. Konnt' es denn tatsächlich die *lebende* Rowena sein, die mir entgegentrat? Konnt' es denn *überhaupt* Rowena sein – die blond-haarige, blauäugige Lady Rowena Trevanion von Tremaine? Warum, *warum* sollt' ich daran zweifeln? Die Binden lagen schwer um ihren Mund – aber konnt' es denn nicht der Mund der atmenden Lady von Tremaine sein? Und die Wangen – da blühten die Rosen wie am Mittag ihres Lebens – ja, das mochten in der Tat die hübschen Wangen der lebendigen Lady von Tremaine sein. Und das Kinn, mit den Grübchen der Gesunden, konnt' es nicht das ihre sein? – aber *war sie denn größer geworden während ihrer Krankheit?* Welch unaussprechlicher Wahnsinn packte mich bei dem Gedanken? 1 Sprung, und ich hatte ihre Füße erreicht! Im Zurückschrecken vor meiner Berührung lösten sich von ihrem Haupt die gespenstischen Leichenbinden, die es behindert hatten, und schon ergossen sich, hinein in die rauschende Atmosphäre des Gemachs, mächtige Massen eines langen & aufgelösten Haars: *es war schwärzer denn die Rabenschwingen der Mittnacht!* Und nun taten sich auch, langsam, die Augen der Gestalt auf, die vor mir stand. »Hier nun zumindest«, ich schrie es laut, »kann ich niemals – niemals irre gehen – dies sind sie, die vollen, & die schwarzen, & die wilden Augen – meiner toten Liebe – der Lady – der *Lady Ligeia*!«

Der Fall des Hauses Ascher

Sein Herz gleicht der hängenden Laute;
rührst Du sie nur an – sie erklingt.

Béranger, ›Le Refus‹

Einen geschlagenen Tag lang, starr, trüb, tonlos & tief im Herbste des Jahres, war ich allein, zu Pferde, unter dem bedrückend lastenden Wolkenhimmel, durch einen ungewöhnlich öden Strich Landes dahingeritten; und fand mich endlich, da die Schatten des Abends sich anschickten heraufzuziehen, angesichts des melancholischen Hauses Ascher. Ich weiß nicht, wie es geschah – aber beim ersten flüchtigen Anblick des Baues beschlich ein Gefühl unleidlicher Düsternis meinen Geist. Ich mußt ›unleidlich‹ sagen; denn der Eindruck wurde durch keine jener halb-angenehmen, weil immerhin poetischen, Empfindungen gemildert, mit denen das Gemüt normalerweise selbst die ernstesten Naturbilder von Verlassenheit und Grauen akzeptiert. Ich blickte auf die Szene vor mir – das Gebäude selbst, und die kargen Linienzüge der zugehörigen liegenden Gründe – auf die unwirtlichen Mauern – die blicklosen Fensteraugen – ein paar geile Binsenbüschel – die wenigen bleichen Rümpfe verstorbener Bäume – und eine solche Verödung der Seele überkam mich, daß ich kein irdisches Gefühl passender damit vergleichen kann, als den Traumrückstand des Opiumsüchtigen – das bittere Abgleiten in Nüchternheit & Alltag – die scheulich-schlimme Entschleierung. Etwas fein Eisiges stellte sich ein, vor dem das Herz sank und verelendete, eine durch nichts einzulösende Gedankentrübsal, die kein Anspornen der Fantasie zu etwas dem Erhabenen Ähnlichen hin zwingen konnte. Was war es nur – und ich verhielt grübelnder – was machte mich eigentlich so wehrlos-nervös beim Betrachten dieses Hauses Ascher? Das Geheimnis blieb mir gänzlich undurchschaubar, und ebensowenig konnte ich des Schattenvolks an Grillen Herr werden, das sich um mich Spintisierenden her zu drängeln begann. Ich mußte mich schließlich mit dem unbefriedigenden Ergebnis bescheiden, daß es eben unzweifelhaft Kombinationen von ganz simplen Naturgebilden gibt, die die Macht haben, uns in der angedeuteten Art zu beeinflussen; obschon eine klare Begründung dieses Einflusses unsere analytischen Fähigkeiten übersteigt. Ich erwog, daß vielleicht schon eine bloße andere Gruppierung der einzelnen Gegenstände, der Bildbestandteile, hinreichen möchte, den trübseligen Eindruck der Szenerie zu mildern, oder ihn gar ganz aufzuheben – schon gab ich diesem Einfall nach, lenkte mein Roß an den abschüssigen Rand einer schlimmschwarzen Teichscheibe, die glänzend & faltenlos am Hause lag, und spähte hinabhinein – aber noch durchdringender als zuvor schüttelte mich Schauder, ob der abgeformten & verkehrten Spiegelgestalten des grauen Röhrichts, und der spukhaften Baumschäfte, und der blicklosen Fensteraugen.

Nichtsdestoweniger hatte ich mir vorgenommen, in eben diesem Herrensitz der Verfinsterung für ein paar Wochen meinen Aufenthalt zu nehmen; war doch sein Besitzer, Roderick Ascher, einer der besten Freunde meiner Knabenzeit gewesen, obschon viele Jahre seit unsrer letzten Zusammenkunft verstrichen waren. Vor kurzem jedoch hatte ein Brief mich, den in einem entfernten Teil des Landes Weilenden erreicht – ein Brief von ihm – dessen wild zudrängende Art eigentlich nur noch eine mündliche Antwort zuließ. Schon die Handschrift zeugte einwandfrei von nervöser Reizbarkeit. Der Briefschreiber berichtete von akutem körperlichem Unwohlsein – von Unregelmäßigkeiten in geistiger Hinsicht, die ihn ängstigten – und endlich von dem dringenden Bedürfnis, mich, seinen besten & in der Tat einzigen persönlichen Freund, bei sich zu sehen; mit der ausgesprochenen Absicht, in meiner Gegenwart Aufheiterung und Linderung seiner Krankheit zu suchen. Die ganze Art, in der all das, und Vieles mehr noch, ausgedrückt war – der unverkennbare *Herzenston* seiner Bitte – war es gewesen, das mir zum Zögern nicht Raum ließ; und so hatte ich denn prompt dem gehorsamt, was ich allerdings auch jetzt noch als eine recht seltsame Zitation anzusehen geneigt war.

Obgleich wir als Jungen sogar sehr intime Gespielen gewesen waren, wußte ich in Wirklichkeit doch nur wenig von meinem Freunde. Seine Zurückhaltung war allzeit außerordentlich & wie angeboren gewesen. Immerhin war mir doch so viel bekannt, daß sich in seinem extrem alten Geschlecht seit undenklicher Zeit immer wieder eine fremdartige verfeinerte Seelenlage manifestiert, und ihren Ausdruck viele Menschenalter hindurch in zahlreich-überspannten Kunstgebilden gefunden, sich in neuerer Zeit jedoch zu wiederholten Malen in Akten einer wahrhaft fürstlichen aber verschwiegenen Wohltätigkeit kundgetan hatte, sowie in einer leidenschaftlichen Hingabe an die Musik, und zwar fast mehr an deren verwickelte wissenschaftliche Grundlagen, als an ihre allgemein anerkannten & leichtwahrnehmbaren Schönheiten. Auch war mir die, doch wohl anmerkenswerte Tatsache bekannt geworden, daß der Stamm der Ascher, so altehrwürdig er auch sein mochte, zu keiner Zeit einen lebensfähigen Seitenast hervorgetrieben hatte; mit anderen Worten, daß also, von ganz unbedeutenden & ephemeren Ausnahmen abgesehen, sämtliche Familienmitglieder grundsätzlich nur in direkter Linie voneinander abstammten. Das mußte es wohl auch sein, erwog ich, während ich in Gedanken den absoluten Einklang des Charakters der Baulichkeiten mit dem, den man ihren Bewohnern nachsagte, überschlug, und darüber nachsann, wie sich beide, im Lauf der Jahrhunderte, wechselwirkend beeinflußt haben mochten – dieser Mangel an Seitenlinien war es vermutlich, und die daraus folgende unabänderliche Übertragung von Besitz & Namen vom Vater auf den einzigen Sohn, die Beides schließlich so verschmolzen hatte, daß der ursprüngliche Name des Anwesens in der queren & doppelsinnigen Bezeichnung ›Das Haus Ascher‹ aufgegangen war – eine Bezeichnung, die im Sprachschatz des Landvolks Beide, das Geschlecht & den Stammsitz, zu umfassen schien.

Ich habe schon erwähnt, daß der einzige Effekt meines etwas kindischen Experimentes – nämlich des Hinabgaffens in den Pfuhl – lediglich der gewesen war, den ursprünglichen befremdlichen Eindruck zu vertiefen. Zweifellos trug das Bewußtwerden des raschen Zunehmens meines Aberglaubens – denn warum sollte ich ihn nicht so definieren? – beträchtlich dazu bei, besagtes Zunehmen wiederum noch zu beschleunigen. Ist solches doch, wie ich längst weiß, das paradoxe Grundgesetz aller dunklen Empfindungen, deren Wurzel das Grausen ist; und lediglich aus diesem Grunde mag es gewesen sein, daß, als ich erneut den Blick vom Bild im Pfuhl zum Hause selbst erhob, eine ungewöhnliche Einbildung in mir zu kellerkeimen begann – eine wahrlich so lachhafte Einbildung, daß ich sie überhaupt nur zum Zeugnis der Zwanghaftigkeit hierher setze, mit der diese Sinneseindrücke mich beklemmten. Hatte ich meine Fantasie doch tatsächlich derart übersteigert, daß ich allen Ernstes zu glauben anfing, um das ganze Haus & seine unmittelbare Umgebung herum, lagere eine sonderliche & nur ihm eigene Atmosfäre – ein Dunstkreis, gänzlich unverwandt der Himmelsluft; wohl aber den Baumleichen entquollen, und dem Mauergrau, und der schweigsamen Lache – ein pesthaftes & mystisches Gedämpf, trüb, schlaffhaft, kaum erkennbar & bleifarben.

Ich schüttelte energisch von mir ab, was nur bare Träumerei gewesen sein *konnte;* und prüfte den objektiven Anblick des Gebäudes nunmehr eingehend und nüchtern. Der erste & Haupteindruck schien der einer unmäßigen Veralterung zu sein; und der Lauf der Zeiten hatte ihm schier alle Farbe genommen. Zarter Mauerschwamm überzog das Äußere gänzlich, und hing als feines, verworrenes Gespinst von den Dachkrämpen; und trotzdem wurde durch all-dies nicht etwa der Eindruck außergewöhnlicher Baufälligkeit erweckt. Direkt eingestürzt war das Mauerwerk an keiner Stelle; aber irgendwie schien ein krasser Widerspruch zu walten, zwischen der immer noch untadelig lückenlosen Oberfläche, und der bröckeligen Beschaffenheit des Einzelsteines. Vieles hierin erinnerte mich unwillkürlich an die trügerische Gesundheit alten Holzwerks, das, von jedem äußern Luftzug ungestört, während langer Jahre in irgendeinem verlassenen Gewölbe verrottet ist; jedoch außer dieser 1 Andeutung auf weit vorgeschrittenen Verfall wies der Bau kaum Male beginnender Zerstörung auf. Vielleicht hätte das Auge eines besonders geschulten Betrachters noch einen kaum wahrnehmbaren Riß entdeckt, der, unterm Dach der Frontseite beginnend, im Zickzack an der Mauer herunterlief, und sich schließlich in den widrigen Wassern des Teiches verlor.

Während solcher & ähnlicher Beobachtungen ritt ich, über einen kurzen Fahrdamm dahin, dem Hause zu. Ein aufwartender Groom übernahm mein Pferd; und ich betrat den gotisch gewölbten Bodengang zur Halle. Von hier aus führte mich ein schweigender Diener verstohlenen Schritts immer weiter, durch so manche dämmernde & verwinkelte Korridore, hin zum *Studio* seines Herrn. Mehreres, das mir auf diesem Wege begegnete, nährte wiedrum mehr, ich weiß nicht wie, die undefinierbaren Empfindungen, von denen ich schon einiges angedeutet habe. Während die Gegenstände um mich – das Schnitzwerk der Zimmerdecken; die gedunkelten Wandbehänge; die Ebenholzschwärze der Parkettböden; die fantastisch triumfierenden Waffenrosetten (die vor meinen Schritten leise zu klirren anhoben) und doch immerhin Dinge waren, die mir ebenso, oder zumindest ähnlich, von Kindesbeinen an bekannt waren – obgleich ich also

68

gar nicht zögerte, mir ständig zu sagen, wie vertraut mir all dergleichen sei – dennoch wunderte ich mich immer wieder neu, welch ungewohnte Gefühle solch gängige Gebilde mir auf einmal erweckten. Auf einer der Treppenfluchten begegnete uns der Hausarzt – sein Gesicht trug, wie mich bedünkte, einen Ausdruck teils von niedriger Pfiffigkeit, teils schien es ratlos. Er grüßte mich irgendwie betreten, und eilte weiter. Dann öffnete der Diener aber auch schon Türflügel, meldete mich seinem Herrn, und ließ mich ein.

Der Raum, in dem ich mich fand, war überaus groß und hochgewölbt. Die Spitzbogenfenster waren lang & schmal, und in so beträchtlicher Höhe über dem schwarzeichenen Parkettboden gelegen, daß sie von innen her praktisch unzugänglich sein mußten. Matte karminene Lichtschimmer kamen durch die vergitterten Scheiben, und ließen wenigstens die augenfälligeren Gegenstände ringsum leidlich erkennbar werden; aber in die entfernteren Winkel des Gemaches, oder das verschlungene Schnitzwerk der Deckenwölbungen zu dringen, versuchte der Blick vergebens. Die Wände waren mit gedunkelten Gobelins behangen und die ganze Einrichtung wirkte uraltväterisch & unbehaglich & überkraus & verschlissen. Viele Bücher lagen umher, und Musikinstrumente nicht minder; aber auch sie vermochten die Szene nicht im geringsten zu beleben. Beim bloßen Atmen erspürte ich Belastungen – ein Hauch von ernsthafter, tiefer, unaustilgbarer Schwermut umhüllte und durchdrang Alles.

Bei meinem Eintritt erhob sich Ascher von dem Sopha, auf dem er bisher lang ausgestreckt geruht hatte, und begrüßte mich so lebhaft & warm, daß es mir für den ersten Augenblick schier ein zu viel an übertriebener Artigkeit zu enthalten schien – zu viel der formelhaften Höflichkeit des ennuyierten Weltmannes. 1 Blick in sein Gesicht jedoch überzeugte mich von seiner völligen Aufrichtigkeit. Wir nahmen Platz; und einige Herzschläge lang, während deren auch er schwieg, starrte ich auf ihn, halb mitleidig, halb voll ehrerbietiger Scheu. Wahrlich; nie noch hatte sich Jemand in so kurzer Zeit so schrecklich verändert, wie Roderick Ascher hier! Nur mit Mühe konnte ich mich dazu überreden, daß dies welke Wesen vor mir identisch sein solle, mit dem Gespielen meiner frühen Knabenjahre. Zwar das Gepräge seines Kopfes war schon immer eindrucksvoll gewesen – die Leichenblässe der Haut; ein Auge, groß, feucht & von unvergleichlicher Leuchtkraft; Lippen, zwar schmal & sehr bläßlich, aber von unsäglich schönem Schwung; eine Nase von edelstem hebräischem Schnitt, obschon von einer, bei solchen Formen ungewöhnlichen Breite der Nüstern; ein delikat modelliertes, aber so wenig vorspringendes Kinn, daß es einen Mangel an Willenskraft besprach; dazu ein Haar von gespinsthafter Weiche & Feinheit – all das waren Züge, die, im Verein mit einer übermäßigen Ausdehnung der Stirn von Schläfe zu Schläfe, ein Antlitz ergaben, das man so leicht nicht vergaß. Zur Zeit allerdings hatte die bloße Übersteigerung des eigentümlichen Charakters all dieser Einzelzüge, gekoppelt mit der Ausdrucksfülle, die wie eh & je von ihnen ausging, eine solche Summe an Verändertheit ergeben, daß mir Zweifel kommen wollten, zu Wem ich eigentlich hier spräche. Vor allem waren es die itzt geisterhafte Blässe der Haut, und der nunmehr unirdische Glanz des Auges, die mich frappierten, ja mit Ehrfurcht schlugen. Auch das seidige Haar hatte ungehindert wuchern dürfen; und wie es jetzt, als wilde sommerfädige Webe sein Antlitz mehr umflutete als umrahmte, konnte ich dessen arabesken Ausdruck selbst beim besten Willen nicht mehr mit dem hergebrachten Bilde der Species Mensch vereinbaren.

Im Gebaren meines Freundes fiel mir sogleich etwas Sprunghaftes Unbeständiges auf; und ich erkannte auch bald daß dies von einer nicht abreißenwollenden Reihe schwächlicher & flüchtiger Anläufe seinerseits herrührte, ein habituelles Zittern zu unterdrücken – eine übergroße nervöse Erregtheit. Auf etwas der Art war ich übrigens gefaßt gewesen; nicht minder des erwähnten Briefes halber, als auch in Erinnerung an gewisse Wesenszüge schon des Knaben, und aufgrund von theoretischen Folgerungen aus seiner ganzen eigentümlichen Körper- und Geistesbeschaffenheit. Seine Gebärdung war abwechselnd lebhaft und lahm. Die Stimme konnte unversehens umschlagen; sie schwankte zwischen einem unentschlossenen Beben, wenn die Lebensgeister völlig abwesend schienen und einer ganz spezifischen gedrungenen Energie – jener abrupten, wuchtigen, uneiligen, hohlgewölbten Formung aller Laute – dieser bleiern austarierten, völlig gaumig modulierten Sprechweise, wie man sie beim Gewohnheitstrinker antrifft, oder auch dem unheilbaren Opiumesser in den Stadien konzentriertester Euphorie.

In solcher Art also sprach er nun von Sinn & Zweck meines Besuches, von seinem sehnlichen Wunsch, mich zu sehen, und der wohltätigen Wirkung, die er sich davon erhoffe. Auch ließ er sich mit einer gewissen Ausführlichkeit auf das ein, was er als die vermutliche Natur seines Leidens ansah. Es handelte sich, wie er sagte, um ein konstitutionell bedingtes, ein Familienübel, eines, für das ein Heilmittel zu finden er verzweifelte – übrigens eine bloße Nervenangelegenheit, fügte er sofort hinzu, die zweifelsohne bald vorübergehen werde. Sie äußere sich in einem ganzen Schwarm unnatürlicher Empfindnisse, von denen einige, über die er sich näher ausließ, mich beträchtlich interessierten & befremdeten; obwohl vermutlich seine Wahl der Worte, und überhaupt die ganze Art der Berichterstattung so mächtig wirkten. Er litt schwer unter einer krankhaften Verfeinerung der Sinne; nur die fadesten Speisen waren eben noch erträglich; er konnte nur noch Gewänder aus ganz bestimmten Stoffen tragen; jegliche Art Blumenduft wirkte bedrückend; selbst schwaches Licht marterte seine Augen; und es gab nur ganz spezielle Sorten von Klängen und auch die lediglich von Saiteninstrumenten, die ihn nicht mit Entsetzen erfüllten.

Geradezu sklavisch unterworfen aber fand ich ihn 1 anormalen Schrecken. »Ich vergehe«, sagte er, »ich *muß* zugrunde gehen an dieser unseligen Torheit; so – so & nicht anders, werde ich verkommen: ich fürchte alles künftige Geschehen; fürchte es nicht als solches, aber in seinen weiter wuchernden Folgen. Mir graut vor dem bloßen Gedanken an jedes, und sei es das trivialste Ereignis, das in diesem unerträglichen seelischen Erregungszustand jetzt auf mich einwirken könnte. Ich fürchte wahrlich nicht ›Die Gefahr‹ an sich – wohl aber ihre letzte Auswirkung, das Grauen. Und in diesem wehrlosen – diesem erbarmungswürdigen Zustand – fühle ich, daß früher oder später der Zeitpunkt eintreten muß, wo ich Verstand & Leben zugleich einbüßen werde, in irgend einem Ringkampf mit dem grimmen Schattenwesen *Furcht*!«

Zwischendurch, aus abgerissenen und wie vermummten Andeutungen, erfuhr ich von einem weiteren kennzeichnenden Zug seiner Geistesverfassung: es verfolgten ihn abergläubische Vorstellungen hinsichtlich des Gebäudekomplexes, den er bewohnte, und den er, seit so manchem Jahre, nicht mehr zu verlassen gewagt hatte – einer möglichen Einwirkung halber, von deren selbsterdachter Macht er in allzu schattenhaften Ausdrücken sprach, als daß ich sie hier verständlich wiedergeben könnte – einer Einwirkung, die bestimmte Eigentümlichkeiten der bloßen

Gestalt & des Materials seines Stammhauses, infolge zu langer Duldung, über seinen Geist erlangt hätten – eine Herrschaft, die das rein *Körperhafte* der grauen Mauern & Zinnen, zumal in Kombination mit Teichgedunste, in das sie alle hinabstarrten, schließlich eben doch über seine *Seelenlage* hätten an sich reißen können.

Er gestand freilich, wenn auch unter Zögern, ein, daß Vieles von diesen ihn so peinigend heimsuchenden Verdüsterungen, sich auch auf eine natürlichere & wesentlich handfestere Ursache zurückführen lasse – nämlich auf die ernstliche & langwierige Erkrankung – ja, die ersichtlich nahe bevorstehende Auflösung – einer zärtlich geliebten Schwester – seiner alleinigen Gefährtin seit vielen Jahren – seiner letzten & einzigen Verwandten hier auf Erden. »Ihr Ableben,« sagte er, mit einer Bitterkeit, die ich nie vergessen kann, »würde ihn (ihn den hoffnungslos Zerbrechlichen!) als Letzten des alten Stammes der Ascher zurücklassen.« Noch indem er diese Worte sprach, schritt Lady Madeline (denn so, erfuhr ich, war ihr Name) langsam durch den Hintergrund des Gemaches, und schwand vorüber, ohne meine Anwesenheit bemerkt zu haben. Ich betrachtete sie mit äußerstem Befremden, das nicht frei von Furcht war – und doch wäre es mir nicht möglich gewesen, dies mein Gefühlsgemisch zu begründen. Jedenfalls legte es sich wie Erstarrung an mich, während mein Auge ihrem entschwindenden Schreiten folgte. Als dann, nach langer Zeit endlich, eine Tür hinter ihr ins Schloß fiel, suchte mein Blick unwillkürlich & eifrig die Züge des Bruders – Der jedoch hatte sein Gesicht in den Händen vergraben, und ich gewahrte nur das: wie eine noch weit ungewöhnlichere Blässe die abgezehrten Finger überzogen hatte, und manche heiße Träne hindurch perlte.

Das Leiden der Lady Madeline hatte schon seit langem der Kunst ihrer Ärzte gespottet. Eine tiefwurzelnde Apathie, allmählich fortschreitende Abzehrung, und häufige, obschon vorübergehende Anfälle von teilweise starrkrampfähnlichem Charakter – so lautete die ungewöhnliche Diagnose. Bisher war sie standhaft gegen die Krankheit angegangen, und hatte sich mit nichten von ihr endgültig ans Bett fesseln lassen; aber just am Tage meines Eintreffens hier im Hause, bei Einbruch der Dunkelheit, unterlag sie, (wie ihr Bruder mir zur Nacht unter unsäglichen Erregungen mitteilte), der gliederlösenden Macht des Zerstörers; und ich mußte zur Kenntnis nehmen, daß jener mir flüchtig gewährte Anblick ihrer Gestalt wahrscheinlich auch der letzte sein – daß mein Auge die Lady, zumindest als Lebende, nicht mehr erschauen würde.

In den anschließenden Tagen erwähnten jedoch weder Ascher noch ich ihres Namens mehr; und ich ließ mir während dieser Zeit ernstlich angelegen sein, die Schwermut meines Freundes zu lindern. Wir lasen und malten zusammen; oder ich lauschte auch, wie im Traume, den wilden Improvisationen, wenn er seiner Guitarre die Zunge löste. Und nun, da eine enger & immer enger sich gestaltende Vertraulichkeit mir die Klüfte seines Inneren stets rückhaltloser erschloß, erkannte ich um so schmerzlicher, wie unzulänglich alle Bemühungen ausfallen mußten, eine Seele aufzuheitern, aus welcher wirklich & wirksam gewordene Dunkelheit über alle Objekte seines geistigen & physischen Universums flutete, in einer einzigen nicht endenwollenden Schwarzen Strahlung.

Immer werde ich das Gedenken der langen feierlichen Stunden mit mir herum tragen, die ich dergestalt allein mit dem Herrn & Meister des Hauses Ascher verbrachte. Und doch würde mir jeglicher Versuch fehlschlagen, eine exakte Vorstellung von dem Charakter unserer Studien, beziehungsweise Beschäftigungen zu vermitteln, zu denen er mich verleitete, beziehungsweise in die er mich verwickelte. Eine übersteigerte und hochgradig exzentrische Vergeistertheit warf ihren schwefligen Glanz über Alles. Seine langen improvisierten Totenklagen werden mir immerdar in den Ohren klingen. Auch hält mein Gedächtnis, unter anderem, eine eigentümliche Umkehrung & Paraphrase der wilden Klänge von v. Weber's Letztem Walzer schier schmerzhaft deutlich fest. Von den Malereien, in denen seine überzüchtete Imagination sich emanierte, die, Strich um Strich, in immer neue Unbetretbarkeiten hinein wuchsen, und die mich um so mehr erschauern machten, als ich das Warum dieses So nicht wußte – von diesen Gemälden also (so lebhaft sie mir auch im Augenblick vor Augen stehen) würde ich vergeblich mehr als nur eine ganz kleine Anzahl zu verdeutlichen suchen, deren Thema möglicherweise noch im Ausdrucksbereich des geschriebenen Wortes liegt. Vermittelst der äußersten Vereinfachung, wie auch der absoluten Unverhülltheit der Absicht, verschüchterte & faszinierte er gleichzeitig den Nachempfindenden – wenn je ein Sterblicher Ideen gemalt hat, so war dies Roderick Ascher. Mich zumindest

haben – in der damaligen Lage & Umgebung – die reinen Gegen-
standslosigkeiten, die der Hypochonder auf seine Leinwände zu
bannen verstand, mit einer unbeschreiblich tiefen Ehrerbietung
erfüllt, wie ich sie später, etwa bei Betrachtung der, zugegeben
auch glühenden, aber doch allzu handfesten Träumereien Fu-
seli's, auch nicht annähernd ähnlich empfunden habe.

Einer der phantasmagorischen Entwürfe meines Freundes, der
nicht ganz so rigoros vom Geiste der Abstraktion durchtränkt
war, mag obgleich unzulänglich, durch Worte hier anzudeuten
versucht werden. Das kleinformatige Bild zeigte das Innere eines
unermeßlich langen Gewölbes oder Tunnels von rechteckigem
Querschnitt, mit niederen Seitenwänden, glattweiß, und durch
nichts, durch keinerlei grafisches Element, aufgelockert. Gewisse
Einzelheiten der Zeichnung weckten & beförderten den Eindruck, daß sich dieser Höhlengang in großen Tiefen, weit unter
der Oberfläche der Erde, befinden müsse. Ein Ausweg aus ihm
war nirgendwo, in seiner ganzen Erstreckung nicht, zu entdek-
ken: auch keine Fackel oder andere künstliche Lichtquelle wahrnehmbar; und dennoch war er von hellstem Gestrahle durchflu-
tet, das das Ganze in einen geisterhaft widersinnigen Glanz
tauchte.

Ich habe zuvor schon von der krankhaften Empfindlichkeit der
Gehörnerven des Leidenden gesprochen, die ihm jegliche Musik,
mit Ausnahme bestimmter Klangfolgen aus Saiteninstrumenten,
unerträglich machte. Vielleicht war es eben diese selbstgewählte
Beschränkung nur auf die Guitarre allein, was seinem Vortrag
so überwiegend fantastischen Charakter verlieh; aber die flak-
kernde Leichtigkeit der *Impromptus* konnte daraus allein
schwerlich erklärt werden. Töne & Worte seiner wilden Fanta-
sieen (denn nicht selten begleitete er sein Spiel aus dem Stegreif
mit Reimen) können nur das Ergebnis jener intensiven geistigen
Gesammeltheit & Konzentration gewesen sein, deren ich vorhin,
als nur den seltenen Augenblicken höchster, künstlich herbeige-
führter Euphorie eigen, gedacht habe. Der Wortlaut einer dieser
Rhapsodien blieb mir besonders im Gedächtnis haften. Vielleicht
war ihr Eindruck, so wie er sie vortrug, auf mich um so nachhaltiger, weil ich mir einbildete, daß eine unverkennbare Unterströ-
mung an Doppelsinnigkeit, mir, und zwar zum ersten Male, sichtbar werden ließ, wie bewußt doch Ascher selbst seine efische
Vernunft auf ihrem Throne wanken fühlte. Die Strophen, ›Das

Geisterschloß‹ überschrieben, lauteten fast genau (wenn nicht gar wörtlich) wie folgt:

I

In dem grünsten unsrer Täler,
guter Engel stete Rast,
hob sein Haupt – schön, ohne Fehler –
einst ein stattlicher Palast.
Wo Fürst Geist befiehlt den Dingen,
ragte er!
Nie noch schirmten Seraphs-Schwingen
ein Gebild' nur halb so hehr.

II

Stolze Banner wogten golden,
fluteten vom Dache frei;
(dies – all dies – war in der holden
Zeit, lang vorbei).
Da kosten Melodieen helle
die süße Luft,
die längs des Federschmucks der Wälle
hinauszog, ein beschwingter Duft.

III

Wandrer sahn vom Pfad im Haine,
durch zwei Fenster, dort im Saal
Geister musisch gehn, wie eine
Laute klingend es befahl;
rund um einen Thron, wo prächtig
(porphyrogen!)
geschmückt nach seinem Range mächtig,
der Herr des Reiches war zu sehn.

IV

Von Perlen und Rubinen glutend
war des Palastes Tor,

und stets kam flutend, flutend, flutend
daraus ein Schimmerchor
von Echos, deren süße Pflichten,
in Näh' und Fern
mit Zauberstimmen zu berichten
von Witz und Weisheit ihres Herrn.

V

Doch schlimm Gezücht, Gewandt wie Sorgen,
befiel den hohen Fürsten dann –
(Ach, laßt uns klagen; denn kein Morgen
bricht dem Verzweifelten mehr an!).
Das hohe Haus, die goldnen Tage,
das Blütenrot,
sind nur noch trüb-verschollne Sage,
die Zeit ist lang schon tot.

VI

Und wer nun reist auf jenen Wegen,
sieht durch der Fenster rot Geglüh
Gebilde sich fantastisch regen
zu einer schrillen Melodie;
und durch das fahle Tor stürzt schwellend
ein Spukhauf her,
auf & davon – sie lachen gellend –
doch lächeln nimmermehr.

Ich erinnere mich noch sehr wohl, daß uns diese Ballade auf Gedankengänge brachte, in deren Verfolg sich eine weitere Überzeugung Aschers kund tat, die ich noch nicht einmal so sehr ihrer
Neuheit halber erwähne – denn Andere haben früher bereits
ähnlich gedacht – als vielmehr um der Hartnäckigkeit willen, mit
der er sie verfocht. Besagte Ansicht spricht, in ihrer allgemeinen
Fassung, von einer Beseeltheit der gesamten Pflanzenwelt. In
Aschers abwegiger Einbildungskraft aber hatte die Hypothese
verwegeneren Charakter angenommen, insofern als sie, unter
bestimmten Bedingungen, sogar in die Bereiche des Anorgani-
schen übergriff. Mit Worten vermag ich weder die ganze Ausdeh-

nung dieses Glaubens, noch seine ernstliche Verhaftetheit daran wiederzugeben; jedoch hing er, (wie früher schon angedeutet), mit den graulichen Steinen des Hauses seiner Vorväter zusammen. In diesem speziellen Fall waren, seiner Angabe nach, die Voraussetzungen für eine Beseeltheit durch die Methode der Übereinanderschichtung dieser Steine erfüllt worden – sowohl durch die Art ihrer Anordnung, als auch infolge des unmäßigen Mauerschwamms, der sie überzogen hatte – weiterhin durch die toten Bäume, wie sie hier umherstanden – vor allem aber durch das lange, ungestörte Nebeneinanderbelassen all dieser Dinge; sowie ihre zusätzliche Verdoppelung in den reglosen Wassern des großen Pfuhls. Der Beweis, – Beweis, wohlgemerkt, für die Tatsache der Beseeltheit! – sei unschwer erkennbar, sagte er, (und an dieser Stelle fuhr ich nun doch auf), in der langsamen aber sicheren Bildung eines eigenen Dunstkreises über den Wassern & um das Gemäuer herum. Die Folgen ließen sich, wie er hinzusetzte, jenem schleichenden aber unabwendbaren & fürchterlichen Einfluß entnehmen, der seit Jahrhunderten schon die Geschicke seines Geschlechtes gelenkt, und nunmehr auch ihn zu dem umgebildet habe, was er geworden sei – was ich vor Augen sähe. Derlei Ansichten bedürfen keines Kommentars, und ich gedenke auch keinen zu geben.

Unsere Bücher – Bücher, die seit Jahren keine geringe Rolle im geistigen Haushalt des Kränkelnden gespielt hatten – standen, wie man sich unschwer wird vorstellen können, in genauem Einklang mit diesem Grundton an Phantastik. Gemeinsam vertieften wir uns in Werke wie den ›Vert-Vert‹ oder die ›Chartreuse‹ von Gresset; den ›Belphegor‹ Machiavellis; ›Himmel & Hölle‹ von Swedenborg; ›Die unterirdische Reise des Nikolas Klim‹ von Holberg; die diversen Chiromantien von Robert Fludd, Jean d'Indaginé und De la Chambre; Tieck's ›Reise ins Blaue hinein‹; und den ›Sonnenstaat‹ Campanellas. Ein Lieblingsbuch war eine Ausgabe in Klein-Oktav des ›Directorium Inquisitorum‹, verfaßt von dem Dominikaner Eymeric de Gironne; und im Pomponius Mela gab es Stellen, über die alten Satyrn und Aegipane Afrikas, über denen Ascher sitzen und träumen konnte, stundenlang. Sein allerhöchstes Entzücken jedoch fand er beim Durchlesen eines äußerst raren und merkwürdigen gotischen Quartbandes – dem Manuale einer längst vergessenen Glaubensgemeinschaft – den ›Vigiliae Mortuorum secundum Chorum Ecclesiae Magun-

77

tinae‹.

Ich mußte, ob ich wollte oder nicht, sofort an das schwärmerische Ritual dieses Werkes, sowie seinen sehr möglichen Einfluß auf den Hypochonder denken, als er mir, eines Abends, nach der abrupten Mitteilung, daß Lady Madeline nicht mehr sei, seine Absicht eröffnete, ihren Leichnam vierzehn Tage lang (bis zur endgültigen Beisetzung also) in einem der zahlreichen Gewölbe innerhalb der Hauptmauern des Hauses aufzubahren. Dennoch war auch die rein äußerliche Begründung, die er für ein so eigenartiges Vorgehen anführte, von der Art, daß ich mich nicht berechtigt fühlte, sie zu diskutieren. Der Bruder war (so teilte er mir mit) in Anbetracht des ungewöhnlichen Krankheitscharakters der Abgeschiedenen, und gewisser verdächtig-zudringlicher Erkundigungen seitens der sie behandelnden Ärzte, zu solchem Entschluß bewogen worden; wozu noch die Abgelegenheit & Ungeschütztheit des eigentlichen Familienfriedhofes hinzukam. Ich will auch nicht leugnen, daß – wenn ich mir so die sinistre Visage des Menschen vergegenwärtigte, dem ich damals, am Tag meiner Ankunft im Hause, auf der Treppe begegnet war – ich wirklich keinerlei Lust verspürte, mich dem zu widersetzen, was ich höchstens als eine gänzlich harmlose & keinesfalls unnatürliche Vorsichtsmaßnahme ansah.

Auf Aschers Ansuchen hin, war ich ihm sogar eigenhändig bei Durchführung dieser vorläufigen Bestattung behülflich. Nachdem der Körper eingesargt worden war, trugen wir Zwei allein ihn an seine Ruhestätte. Das Gewölbe, in dem wir ihn niedersetzten, (und das so lange nicht geöffnet worden war, daß unsre in der Stickluft fast verlöschenden Fackeln uns kaum die nächste Umgebung erkennen ließen), war klein, dumpfig, ohne jegliche Öffnung, die dem Licht Zutritt gewährt hätte; und lag in großer Tiefe genau unter jenem Teil des Gebäudes, in dem sich mein Schlafzimmer befand. Offensichtlich war es, in den vergangenen Zeiten des Faustrechts, als Burgverließ übelster Sorte benützt worden; in späteren Tagen dann anscheinend als Lagerungsort für Pulver oder andere hochfeuergefährliche Stoffe; denn ein Teil des Fußbodens war, ebenso wie das ganze Innere des langen Tunnelganges, durch den wir hereingekommen waren, sorgfältig mit Kupfer ausgekleidet. Auch die Tür aus massivem Eisen war gleichermaßen geschützt – ihr ungeheuerliches Gewicht erzeugte, wie sie sich in ihren Angeln wälzte, ein ungewöhnlich durchdringendes Knarren und Kreischen.

Nachdem wir unsere traurige Bürde an diesem Ort des Grauens auf Böcke abgestellt hatten, hoben wir den noch unzugeschraubten Deckel des Sarges ein Stück zur Seite, und betrachteten das Antlitz der Bewohnerin. Eine frappierende Ähnlichkeit zwischen Bruder und Schwester fiel mir als Erstes auf; und Ascher, der vermutlich meine Gedanken erraten mochte, murmelte ein paar Worte des Sinnes: daß die Verstorbene & er Zwillinge gewesen seien, und stets die innigste, schier unbegreifliche Seelengemeinschaft zwischen ihnen gewaltet habe. Unsere Blicke verweilten allerdings nicht lange auf der Toten – vermochten wir sie doch nicht ohne scheue Ehrfurcht zu betrachten. Das Leiden, das die Lady dergestalt in der Blüte ihrer Jugend aufs Totenbett hinstreckte, hatte – wie alle diese Krankheiten mit ausgeprägt kataleptischem Charakter – auf Busen und Antlitz eine zarte Röte zurückgelassen, die wie Hohn wirkte; und um die Lippen jenes lässige verhaltene Lächeln, das bei Toten so grauenhaft ist. Wir legten den Deckel wieder auf und befestigten ihn; verwahrten die Tür aus Eisen; und suchten dann mühsam unsern Weg in die kaum minder düsteren Gemächer im oberen Teil des Hauses.

Und nun, nachdem ein paar Tage bitteren Grames verflossen waren, trat eine merkliche Änderung im Charakter der seelischen Erkrankung meines Freundes ein. Sein bisher mir gewohntes Benehmen war verschwunden; seine gewohnten Beschäftigungen wurden vernachlässigt oder waren ganz vergessen. Mit hastigem, ungleichem und ziellosem Schritt streifte er von Zimmer zu Zimmer. Die Blässe seines Teints hatte womöglich eine noch geisterhaftere Tönung angenommen – die Leuchtkraft des Auges jedoch war gänzlich erloschen. Die vordem zuweilen hörbare Aufgerauhtheit der Stimme war dahin; dafür kennzeichnete sie nunmehr ein anhaltend hohes Tremulieren, wie etwa unter äußerster Schreckeinwirkung. Es gab tatsächlich manchmal Augenblicke, wo ich dachte, sein ständig aufgeregter Geist arbeite sich mit irgendeinem drückenden Geheimnis ab, und er ringe unaufhörlich nach dem erforderlichen Mut, sich dessen durch Aussprechen zu entlasten. Zu andern Zeiten wieder war ich genötigt, all das für die bloßen unberechenbaren Launen der Wahnhaftigkeit zu halten; sah ich ihn doch buchstäblich Stunden hintereinander mit der Miene angespanntester Aufmerksamkeit ins Leere starren, wie wenn er irgend eingebildeten Geräuschen zuhöre.

Kein Wunder, daß sein Zustand mich entsetzte – ja, langsam ansteckte. Ich fühlte deutlich, wie mir schrittweise aber nur allzugewiß, seine ebenso phantastischen wie suggestiven Wahngebilde immer näher auf den Leib rückten.

Absonderlich erfuhr ich die ganze Macht solcher Vorstellungen, als ich mich am siebten oder achten Tage, nachdem wir Lady Madeline in das Burgverließ geschafft hatten, spät in der Nacht zur Ruhe zu begeben im Begriff stand. Kein Schlaf nahte meinem Lager – während Stunde um Stunde verrann. Ich versuchte, die Nervosität, die sich meiner bemächtigt hatte, gewaltsam wegzudenken. Ich nahm mir fest vor, zu glauben, daß das Meiste, wenn nicht gar Alles von dem was ich empfand, lediglich auf Rechnung des verwirrenden Einflusses der bedrückenden Zimmereinrichtung hier zu setzen sei – etwa der dunklen & zerschlissenen Draperien, die, vom Atem eines aufziehenden Unwetters bis zur Regsamkeit gequält, sich unstet an den Wänden bewegten, und ruhelos am Schnitzwerk der Bettstatt raschelten. Aber meine Bemühungen blieben fruchtlos. Ein ununterdrückbares Zittern bemächtigte sich stufenweise meines ganzen Körpers, und zuletzt hockte mir die allergrundloseste Angst wie ein Alp auf der Brust. Ich schüttelte ihn endlich keuchend & gewaltsam von mir; richtete mich in den Kissen auf, und lauschte, während ich angespannt in die dichte Finsternis des Gemaches spähte – warum weiß ich nicht; aber irgendein Instinkt zwang mich dazu – auf gewisse leise & undefinierbare Geräusche, die in längeren Abständen, sobald der Sturm etwas abflaute, an mein Ohr drangen – woher, wußt' ich nicht. Von einem unerträglichen Gefühl, durchdringenden obschon unerklärlichen Grauens übermannt, warf ich hastig meine Kleider um, (fühlte ich doch, daß ich diese Nacht sowieso ohne Schlaf bleiben würde); und versuchte dann ernstlich, mich aus dem kläglichen Zustand, in den ich verfallen war, dadurch zu ermannen, daß ich rasch im Gemach auf & nieder ging.

Ich hatte erst ganz wenige Male die Kehre hin & her gemacht, als ein leichter Schritt auf der angrenzenden Treppe mich aufhorchen ließ – ich erkannte ihn sofort als den Ascher's. Unmittelbar darauf klopfte er auch schon, sehr sacht, an meine Tür; und trat dann ein, eine Lampe in der Hand. Sein Gesicht war, wie gewöhnlich, leichenbleich – aber diesmal schillerte es in seinen Augen, wie eine Art irrer Fröhlichkeit – etwas wie gewaltsam zurückgehaltene *Hysterie* sprach sich in seinem ganzen Benehmen aus. Sein Gehaben erschreckte mich – aber schließlich war ja Alles meiner so lang & mühsam erduldeten Einsamkeit vorzuziehen, und ich begrüßte sein Erscheinen deshalb sogar mit einem Gefühl der Erleichterung.

»Und Du hast es nicht gesehen?«, fragte er unvermittelt, nachdem er einige Augenblicke schweigend um sich in die Runde gestarrt hatte – »Du hast es also noch nicht gesehen? – Aber warte nur! gleich –«. Mit diesen Worten hastete er, nicht ohne zuvor sorglich seine Lampe abgedunkelt zu haben, an eines der Fenster, und stieß die Flügel auf, mitten in den Sturm hinein –: die rasende Wut der Böe hätte uns beinah zu Boden geworfen! Es war unleugbar eine rechte Windnacht, und herrlich fremdartig dazu, voller Schrecknis & Schönheit. Ein Wirbelsturm mußte allem Anschein nach in der Nachbarschaft toben; denn die Windrichtung änderte sich oft & ungestüm; und selbst die seltene Schwere des Gewölks, (von einem Tiefgang, daß es schier die Zinnen des Hauses erdrückte), verhinderte uns nicht daran, die Geschwindigkeit wahrzunehmen, mit der es von allen Seiten wie lebendig aufeinander einjagte, ohne daß es sich jedoch wiederum zu zerstreuen schien. Ich habe gesagt, daß wir all dies trotz der außergewöhnlichen Schwere des Gewölks erkennen konnten – obgleich weder Mond noch Sterne sichtbar waren, noch Blitzähnliches zuckte, oder das Wetter leuchtete. Aber die bauchigen unteren Flächen der riesig wogenden Dunstmassen erglommen, ebenso wie sämtliche irdischen Gegenstände unsrer allernächsten Umgebung, in dem unnatürlichen Eigenlicht einer schwächlich fosforeszierenden aber deutlich sichtbaren gasigen Ausdünstung, die das Haus umlungerte, und wie ein Mantel einhüllte.

»Du sollst – Du darfst Dir das nicht ansehen!«, sagte ich erschaudernd zu Ascher, indem ich ihn, mit sanfter Gewalt, vom Fenster fort und zu einem Sitz hinzog. »Bei diesen Erscheinungen, die Dich so verstören, handelt es sich lediglich um, gar nicht einmal so seltene, elektrische Fänomene – oder meinetwegen mögen auch die schädlichen Miasmen des Teichs an dem ganzen Spuk schuld sein. Laß uns das Fenster einfach zumachen; – die Luft ist erkältend, und schädlich für Dich. Hier hab' ich einen Deiner Lieblingsromane – ich lese vor, und Du hörst zu – und so wollen wir diese gruselige Nacht zusammen herumbringen, ja?«

Der altfränkische Band, den ich zur Hand genommen hatte, war der ›Tristoll‹ des Sir Launcelot Canning; aber ich hatte ihn mehr in kümmerlichem Scherz denn im Ernst als Lieblingsbuch Aschers bezeichnet, findet sich doch in all seiner ungefügen & fantasiearmen Weitschweifigkeit wahrlich nur wenig des Anziehenden für so ätherische & vergeistigte Idealitäten, wie die meines Freundes. Immerhin war es als einziges Buch just zur Hand; und ich nährte eine schwache Hoffnung, daß die Erregung, die jetzt in dem Hypochonder arbeitete, sich vielleicht gerade durch das Übermaß an Narretei lösen könnte, das ich ihm vortragen würde; (denn die Geschichte der Geisteskrankheiten ist schließlich voll von ähnlichen Widersinnigkeiten). Hätte ich nur nach dem Eindruck wilder überanstrengter Munterkeit urteilen dürfen, mit der er den Worten der Erzählung lauschte, dann allerdings hätte ich mich zu dem Erfolg meines Kunstgriffs sehr wohl beglückwünschen können.

Ich war bei jener wohlbekannten Stelle des Buches angelangt, wo Ethelred, der Held des ›Tristoll‹, nachdem er im guten vergebens versucht hat, Zutritt zu der Klause des Eremiten zu erhalten, nunmehr dazu übergeht, sich den Einlaß gewaltsam zu erzwingen. Wie man sich erinnern wird, heißt es im Text ab hier wörtlich also:

»Und Ethelred, der von Natur mannhaften Herzens war, und dazu durch die Tüchtigkeit des Weins, den er getrunken, machtvoll ganz & gar, versäumte sich nicht länger in Verhandlungen mit dem Eremiten, der, traun, eigensinnig war, ja von boshafter Denkart durch & durch; vielmehr, da er den Regen auf seinen Schultern fühlte und das aufziehende Wetter scheute, hob er unverzüglich den Streitkolben, machte, nicht unhurtigen Schlages, Raum in den Türbohlen für seine beerzte Hand, und nun zog er so derbe, und ruckte & splitterte & riß auseinander, daß das Krachen des dürren & hohlberstenden Holzes im ganzen Forst schollerte & widerschallte.«

Nach Beendigung dieses Satzes fuhr ich auf, und hielt einen Herzschlag lang inne; schien es mir doch (obschon ich sofort folgerte, daß meine aufgepeitschte Fantasie mich gefoppt haben müsse) – dennoch schien es mir, wie wenn aus irgend einem, sehr entlegenen, Teil des Gebäudes undeutlich etwas an mein Ohr gedrungen wäre, was in seiner völligen Ähnlichkeit geradezu ein Echo (wennschon freilich ein ersticktes & dumpfes) eben jenes splitternden & berstenden Getöses hätte sein können, das Sir

Launcelot so sonderlich beschreibt. Zweifellos war es dies zeitliche Zusammentreffen allein, das mich derart hatte aufhorchen machen; denn inmitten all des Gerappels der Fensterrahmen, untermischt mit den normal-undefinierbaren Geräuschen des immer noch zunehmenden Sturmes, hatte der Ton selbst gewißlich nichts an sich gehabt, was mich hätte besonders ablenken oder verstören können. Ich fuhr also in der Geschichte fort:

»Da aber der wack're Degen Ethelred nunmehr in die Türe trat, war er empfindlich erstaunt & erzürnt zugleich, keine Spur mehr des tückischen Einsiedels zu finden; wohl aber an seiner Statt einen Drachen, schuppigen & greulichen Gebarens und feuriger Zunge, der vor einem goldnen Pallast mit silbernem Estrich die Wacht hielt, und an der Wand dort hing ein Schild aus schimmerndem Erz, mit dieser Legende darauf eingegraben –

›Allhier trete ein nur ein Sieger allein;
erschlägt er den Drachen, der Schild wird dann sein.‹

Und Ethelred hob neuerlich seinen Kolben und schmetterte ihn auf das Haupt des Drachen, der darob vor ihm zusammenbrach, und seinen pestigen Atem verhauchte, in einem abscheulich- & rauhen Schrei, und der überdem noch so durchdringend war, daß Ethelred sich am liebsten hätte die Ohren mit den Händen verhalten mögen, gegen das fürchterliche Getön, dergleichen niemals zuvor erhört worden ist, an keinem Ort.«

Hier hielt ich plötzlich wiederum inne, und diesmal mit dem Gefühl wilder Bestürztheit – denn es bestand keinerlei Zweifel mehr, daß ich in eben diesem Augenblick tatsächlich einen gedämpften und anscheinend fernen Ton vernommen hatte (obgleich ich in Betreff der Richtung, aus der er kam, nicht die geringste Angabe hätte machen können); aber rauh war er gewesen, auch langgezogen, und nicht minder ganz ungewöhnlich krächzend & knarrend – haargenau so, wie meine Einbildung mir das unnatürliche Drachengekreisch, von dem der alte Romanschreiber berichtet, heraufbeschworen hatte.

Verstört, wie ich infolge des Eintretens dieses zweiten & überaus erstaunlichen Zusammentreffens zugestandenermaßen war, und bestürmt von tausend widerstreitenden Empfindungen, unter denen Verwunderung & höchster Schreck vorherrschten, bewahrte ich doch immer noch Geistesgegenwart genug, um durch keinerlei diesbezügliche Bemerkung die nervöse Empfindlichkeit meines Gefährten zu steigern. Ich war mir keineswegs darüber sicher, ob auch er die betreffenden Geräusche vernommen hätte; obgleich während der letzten paar Minuten fraglos eine seltsame Veränderung in seinem Gehaben eingetreten war. Ursprünglich in einer Stellung, mir gerade gegenüber, hatte er nach & nach seinen Stuhl so herumgedreht, daß er nunmehr mit dem Gesicht zur Zimmertür hin saß; wovon die Folge war, daß ich seine Züge nur zum Teil noch wahrnehmen, wohl aber erkennen konnte, wie seine Lippen bebten, als murmele er Unhörbares. Der Kopf war ihm auf die Brust gesunken – aber 1 flüchtiger Blick auf das weit & starr offen stehende Auge in seinem Profil, verriet mir, daß er mit nichten schlafe. Auch die Bewegung seines Leibes stand in genugsamem Widerspruch mit solcher Möglichkeit – denn er wiegte sich mit sanftem, aber anhaltendem & gleichförmigem Schwunge hin & her. Nachdem ich all dies blitzgeschwind zur Kenntnis genommen hatte, setzte ich den Bericht Sir Launcelots aufs neue fort, und las:

»Und nunmehr, da der Recke der furchtbaren Wut des Drachen entronnen war, und des ehernen Schildes gedachte und der darüber verhängten Bezauberung, die er lösen wollte, räumte er den Leichnam aus seinem Wege, und schritt kühn über das silberne Pflaster des Schlosses fürder, dahin, wo der Schild an der Mauer hing – der, wahrlich, wartete nicht, bis der Held völlig heran war; sondern fiel zu seinen Füßen nieder, auf den Silberestrich, mit mächtig großem & erschrecklich hallendem Gedröhn.«

Kaum waren diese Worte über meine Lippen gekommen, da – als sei in diesem Augenblick tatsächlich ein erzener Schild auf einen silbernen Estrich niedergestürzt – vernahm ich deutlich einen hohlen, metallisch klangvollen, obschon offenbar gedämpften Widerhall. Völlig verstört sprang ich auf; Ascher jedoch ließ sich in seiner gemessen schaukelnden Bewegung nicht stören. Ich stürzte zum Stuhl hin, auf dem er saß. Die Augen starrten ihm gradeaus, und in seinem ganzen Gesicht regierte steinerne Starrheit. Aber als ich ihm jetzt die Hand auf die Schulter legte, durchrann ein heftiger Schauder seine Gestalt; ein kränkliches Lächeln vibrierte um seine Lippen; und ich sah ihn, als ahne er meine Anwesenheit nicht, halblaut hastig überstürzt vor sich hin plappern – da ich mich tiefer über ihn beugte, faßte ich endlich auch die gräßliche Bedeutung seiner Worte: »Ich nicht hören? – ja, ich hör' es, und *hab'* es gehört. Lang – lang – lange – viel Minuten, viele Stunden, viele Tage lang hab' ich's gehört – doch ich wagte nicht – oh mir, ich elender Wicht, der ich bin! – ich wagte nicht – *wagte* es nicht, zu reden!: *Wir haben sie lebend in die Gruft gesenkt!* Sagte ich nicht, meine Sinne seien scharf? So wisse nun, daß ich ihre ersten schwachen Regungen im hohlen Sarge hörte. Sie hörte – viele, viele Tage sind's – doch ich wagt' nicht – *ich wagt' nicht zu sprechen!* Aber heute – zur Nacht – ›Ethelred‹: haha! – da barst des Einsiedels Tür, und da kreischte der Drache im Tod, und der Schild erdröhnte!? – sag' lieber gleich: da zerriß der Sarg, und die Kerkertür schrie aus eisernen Angeln, und sie müht' sich heran durch den kupfernen Gang des Gewölbes! Oh, wohin soll' ich fliehn? Wird sie nicht binnen kurzem hier sein? Eilt sie nicht schon, mir meine Überstürzung vorzuwerfen? War das nicht ihr Schritt auf den Stufen? Vernehm' ich nicht schon den schweren, den schrecklichen Schlag ihres Herzens? – *Tollmann!*«, hier sprang er rasend hoch, und kreischte seine Silben heraus, als gebe er in der Anstrengung seinen Geist auf – »*Tollmann! Ich sage dir, daß sie in diesem Augenblick vor der Tür steht!*«

Wie wenn durch die übermenschliche Energie seines Aufschreis Geistergewalt entbunden worden sei – so öffnete das schwere alte Türgetäfel, auf das der Sprecher deutete, ungesäumt seine gewichtigen, ebenhölzernen Kiefer. Wohl war es nur die Wucht der tosenden Bö – aber da draußen vor der Tür *stand* die hohe verhüllte Gestalt der Lady Madeline von Ascher. Blut war auf ihren weißen Gewanden, und Spuren verzweifelter Anstrengung überall entlängs des abgezehrten Leibes. Einen Herzschlag lang verharrte sie zitternd auf der Schwelle und schwankte und taumelte hin und her. Dann, mit einem leise stöhnenden Schrei, schlug sie nach vorn, an den Körper ihres Bruders, und riß ihn, in ihrem heftigen und nunmehr endgültigen Todeskampf mit sich zu Boden – auch er eine Leiche, ein Opfer des Grauens, wie er es ahnend vorweggenommen hatte.

Aus dem Gemach und aus diesem Hause floh ich wie gehetzt! Der Sturm ging noch immer um in all seiner Wut, als ich mich auf dem alten Fahrdamm wieder fand. Plötzlich schoß Wildlicht grell über meinen Weg, und ich fuhr herum, um zu sehen, von wo solch seltsamer Schimmer ausgehen könne; waren doch hinter mir einzig das Haus & seine weitläufigen Schatten. Die Strahlung entstammte dem blutrot seinem Untergang zusinkenden Vollmond, der nunmehr satt durch jenen kaum sichtbaren Riß schimmerte, welcher, wie eingangs erwähnt, im Zickzackzug vom Dach des Gebäudes bis hinab zur Grundmauer verlief. Während ich noch so hinstarrte, klaffte der Riß rapid weiter auf – rasend fauchte ein Windstoß heran – der volle Kreis des Satelliten brach auf einmal hervor – mir schwindelte der Kopf, als die Mauern wie Vorhänge auseinander flogen – da erscholl ein langes tumultuarisches Gegröhl, wie die Stimme von tausend Wassern – und der unergründliche klamme Pfuhl zu meinen Füßen schloß sich mürrisch & schweigend über den Trümmern des *Hauses Ascher*.

William Wilson

»Kein Wort von ihm? Nichts vom Gewissensgrimm,
dem Spuk auf meinem Pfad?«

William Chamberlayne, ›Pharronida‹

Sei mir erlaubt, mich für den gegenwärtigen Zweck ›William Wilson‹ zu nennen. Das mir itzt vorliegende saubere Blatt braucht nicht mit meinem wahren Namen befleckt zu werden. Der ist schon allzusehr ein Gegenstand des Spotts – des Grauens – des Abscheus der ganzen Gattung. Haben nicht die unwilligen Winde seine beispiellose Schändlichkeit bis in die entferntesten Teile des Erdballs getragen? Oh, Ausgestoßener noch aus den verworfensten Ausgestoßenen! -- bist Du der Erde nicht für immer tot? – ihren Ehrungen, ihren Blüten, ihrem goldenen Trachten? – und eine Wolke, dick düster & grenzenlos, hängt sie nicht ewig zwischen Deinen Hoffnungen und dem Himmel?

Selbst wenn ich's könnte, möchte ich doch heut & hier nicht einen zusammenfassenden Bericht bringen über das unaussprechliche Elend, die unverzeihlichen Verbrechen, meiner späteren Jahre. Jene Epoche – diese späteren Jahre – unterfingen sich einer jähen Eigenbewegung zu Gipfeln der Verworfenheit, über deren Ursprung Angaben zu machen, lediglich meine gegenwärtige Absicht ist. Gewöhnlich wird der Mensch schrittweise schlechter. Von mir fiel all- & jede Tugend schlagartig ab, wie ein Mantel. Von relativ geringfügigen Niederträchtigkeiten ging ich, mit dem Schritt eines Giganten, zu Ungeheuerlichkeiten über, schlimmer als Heliogabal. Welcher Zufall – welches 1 Ereignis das Übel herbeiführte & auslöste, – man habe Geduld mit mir, während ich es berichte. Der Tod rückt näher; und der Schatten, der ihm vorangeht, hat einen besänftigenden Einfluß auf meinen Geist geübt. Ich sehne mich, bei meiner Wandrung im finstern Tal, nach der Anteilnahme – beinah hätt' ich gesagt, nach dem Mitleid meiner Mitmenschen. Gern würde ich es sehen, wenn sie glauben könnten, daß ich in gewissem Maße der Sklave von Umständen gewesen bin, die außerhalb menschlicher Kontrolle liegen. Wünschen würde ich, daß aufgrund des Details, das zu liefern ich mich anschicke, sie inmitten der Wildniss meiner Verirrungen 1 kleine Oase vorbestimmten Verhängnisses für mich ausfindig machten. Einräumen hören möchte ich sie – was einzuräumen sie nicht umhin können – nämlich daß, ob schon gleichgroße Versuchungen vordem existiert haben mögen, zumindest noch nie 1 einzelner Mensch vor mir *so* versucht worden – gewißlich aber noch nie *so* gefallen ist. Und liegt es daran, daß noch nie Einer so gelitten hat? Habe ich nicht buchstäblich wie in einem Traum dahingelebt? Und sterbe ich nun nicht, als ein Opfer des Grauens & Mysteriums der wildesten aller Visionen unterm Mond? –

Ich bin der Abkömmling eines Geschlechtes, dessen Temperament, sei es ob seiner leichten Erregbarkeit, sei es ob seiner Bildkraft, allzeit Aufsehen erregt hat; und schon in frühester Kindheit soll ich zu erkennen gegeben haben, daß ich die Familienmerkmale voll & ganz erbte. Wie ich zunahm an Jahren, entwickelten sie sich immer ausgeprägter; und wurden, aus verschiedenen Gründen, eine Quelle ernster Beunruhigung für meine Freunde & positiven Schadens für mich selbst. Ich wurde eigenwillig, den wildesten Capricen ergeben, und überhaupt eine Beute der unlenksamsten Passionen. Meine Eltern, willensschwach und von ähnlich labiler Konstitution wie ich selbst, konnten nur wenig unternehmen, um die üblen Neigungen, die mich auszeichneten, in Schach zu halten. Einige schwächliche & ungeschickte Bemühungen in dieser Richtung endeten mit kompletten Fehlschlägen ihrer-, und ergo mit totalem Triumph meinerseits. Von da an war meine Stimme Gesetz im Hause; ich sah mich, in einem Alter wo erst wenige Kinder des Gängelbandes ledig sind, der Leitung meines eigenen Willens überlassen; und wurde in allem, außer dem Namen nach, Herr meiner Handlungen. –

Meine frühesten Erinnerungen an ein Schulleben sind mit einem großen, weitläufigen Elisabethanischen Gebäude, in einer immer neblig wirkenden ländlichen Ortschaft Englands verknüpft, wo eine gewaltige Anzahl gigantischer knorriger Bäume herumstanden, und wo sämtliche Häuser im höchsten Grade altertümlich dreinschauten. Wahrlich, es war ein traumhaftes & beruhigendes Fleckchen Erde, dieses ehrwürdige alte Städtchen. Jetzt, im Augenblick noch, spüre ich etwas wie die erfrischende Kühle seiner tiefschattenden Alleen; atme ich den Wohlgeruch seiner tausend zieren Gesträuche; durchschauert mich erneut, mit unerfindlichem Entzücken, der gewölbte tiefe Ton der Kirchenglocke, wie er, jedwede Stunde, verdrossen unversehens aufgrollend, Stille &

Dämmerdunst durchbrach, in die das Maßwerk des gotischen Spitzturmes eingebettet & verschlafen dalag.

Es bereitet mir vielleicht so hohe Lust, wie ich sie überhaupt jetzt noch zu empfinden imstande bin, auf dem Kleindetail der Erinnerungen an meine Schule & deren Angelegenheiten zu verweilen. Mir, der ich im tiefsten Elend walle – einem Elend, ach, nur allzu wirklich – wird man die Schwäche verzeihen, daß ich Linderung, sei sie noch so leicht & vorübergehend, bei ein paar planlos- weitläufigen Einzelheiten suche. Sie haben überdem – obschon ganz trivial, ja an sich sogar lachhaft – für mein Gefühl eine Art fatidiker Wichtigkeit angenommen, da sie gekoppelt sind mit einem Lebensabschnitt & einer Örtlichkeit, wo & wann ich nunmehr die ersten doppeldeutigen Warnzeichen jenes Schicksals erkenne, das mich späterhin so gänzlich überschattete. Man vergönne mir also die Erinnerung.

Das Gebäude war, wie ich bereits sagte, alt & unregelmäßig. Das Grundstück selbst beträchtlich groß; und eine hohe massive Ziegelmauer, gekrönt von einer Lage Mörtel mit Glasscherben darin, umgab die ganze Anlage. Diese gefängnismäßige Umwallung bildete die Grenze unseres Lebensraumes; was jenseits lag, bekamen wir nur 3 Mal die Woche zu sehen – einmal jeglichen Sonnabend Nachmittag; wo man uns, beaufsichtigt von 2 Unterlehrern, einen kurzen Klassenspaziergang durch die angrenzenden Felder gestattete – und zweimal sonntags; wo wir auf die gleiche förmliche Weise zum Morgen- beziehungsweise Abend-Gottesdienst in die 1 einzige Kirche des Fleckens geführt wurden. Unser Schulrektor war gleichzeitig der Pastor dieser Kirche. Wie unverändert tief war das Gefühl des Staunens & der Verblüfftheit, mit dem ich ihm, von unserm entlegnen Gestühl auf der Empore aus zusah, wie er so, gemessenen & feierlichen Schritts, zur Kanzel hinaufstieg! Dieser ehrwürdige Mann, das Antlitz so bescheiden & liebreich, der Talar so schimmernd & geistlich niederwallend, die Perücke so korrekt gepudert, so gesteift & mächtig – *konnte* er Derselbe sein, der jüngsthin noch mit saurer Miene, die Kleidung fleckig vom Schnupftabak, in der Hand die Rute, die drakonischen Gesetze des Internats vollstreckte? Oh des gigantischen Paradoxons; allzu maßlos ungeheuerlich um je gelöst zu werden!

Wo die plumpe Mauer einen Knick machte, dräute ein noch plumperes Thor. Es war verbolzt & besät mit dicken eisernen

Nietenköpfen, und überragt von widerhakigen Eisenzinken. Welche Gefühle heil'ger Scheu flößt es uns ein! Nie tat es sich auf; es sei denn anläßlich der schon erwähnten 3 regelmäßig-feierlichen Ein- und Auszüge; und dann, in jedem Knarr der starken Angeln, fand unsereins geheimnisfüllige Machtvollkommenheit – eine ganze Welt von Stoff für ehrerbietige Flüsteranmerkungen, oder für noch ehrerbietigere stille Betrachtungen.

Der eingehegte große Bezirk war von unregelmäßiger Form, und schloß zahlreiche geräumige Unterteilungen in sich, von denen 3 oder 4 der größten, Schulhof & Spielplatz bildeten. Sie waren planiert, und der Boden mit feinem hartem Kies bedeckt. Ich weiß genau, daß hier weder Bäume, noch Bänke, noch sonst etwas Ähnliches sich fand. Selbstverständlich waren sie auf der Rückseite des Gebäudes gelegen. Nach vorn hinaus lag ein kleines Vorgärtchen, bepflanzt mit Bux & andern Sträuchern; aber diese geheiligte Abteilung wurde von uns nur bei wirklich ganz seltenen Anlässen durchschritten – wie etwa bei der Erstaufnahme in die Schule, oder beim endgültigen Abgang von derselben; oder allenfalls, wenn Eltern beziehungsweise Bekannte uns zu den Weihnachts- oder Großen Ferien abholten, und wir freudenvoll den Weg nach Hause einschlugen.

Aber das Haus selbst! – was für ein wunderliches altes Gebäude das war! – für mein Empfinden buchstäblich ein verzauberter Palast! Sie hatten tatsächlich kein Ende, seine Krümmungen & Windungen – und seine unbegreiflichen Unterteilungen nicht minder. Es war schwierig, zu irgendeinem gegebenen Zeitpunkt mit Bestimmtheit zu entscheiden, in welchem seiner 2 Stockwerke man sich im Augenblick befände. Von jeglichem Raum in jedweden anderen, konnte man sicher sein, 3 oder 4 Stufen anzutreffen, sei es hinauf oder hinunter. Dann die seitlichen Abzweigungen erst waren unzählbar – unvorstellbar – und gingen derartig ineinander über, so daß noch unsere korrektesten Vorstellungen von dem ganzen Hohl sich nicht allzusehr von denen unterschieden haben werden, die wir uns von der Unendlichkeit schlechthin machten. Zumindest ich bin während der 5 Jahre meines dasigen Aufenthaltes nie imstande gewesen, mit Bestimmtheit herauszubringen, in welch entfernter Ecke nun eigentlich der kleine Schlafsaal lag, der mir & einigen 18 oder 20 anderen Scholaren zugewiesen war.

Das eigentliche Schul-Zimmer war das größte im Hause – ja,

wie ich meinte, auf der ganzen Welt. Es war sehr lang, sehr schmal, und widerwärtig niedrig, mit gotischen Spitzbogenfenstern und einer Decke aus Eichenholz. In einer entlegenen & angsteinflößenden Ecke befand sich ein abgeteiltes Räumchen von 8 oder 10 Fuß im Quadrat, das ›während des Unterrichts‹ das *Sanctum* unsres Rektors, des Ehrwürdigen Doktor Bransby, bildete. Es handelte sich um eine solide Umfriedung mit einem massiven Türchen; das selbst während der Abwesenheit des ›Dominie‹ zu öffnen, wir auch unter der *peine forte et dure* unbedingt verweigert hätten. In den andern Ecken befanden sich 2 ähnliche Verschläge, weit weniger verehrt, zugegeben; aber immerhin noch kultgegenständlich genug. Bei dem einen handelte es sich um das Katheder des ›Klassischen‹, bei dem andern um das des Unterlehrers für ›Englisch & Mathematik‹. Über den ganzen Raum verstreut, kreuz & quer in endloser Unregelmäßigkeit, schwärzlich, alt & abgenützt, aufs verwegenste von Türmen abgegriffener Bücher überragt, standen unzählige Schulbänke, die derart mit Kerbschnitt-Monogrammen oder auch ganzen Namen, grotesken Figuren, und anderweitigen Leistungen des Taschenmessers übersät waren, daß sie das bißchen Zweckform, das in längst vergangnen Tagen allenfalls ihr eigen gewesen sein mochte, gänzlich eingebüßt hatten. Ein colossaler Wasserzuber stand an dem einen, und eine Uhr von wundersamen Ausmaßen am andern Ende des Raumes.

Umgeben von den massigen Mauern dieser altehrwürdigen Bildungsanstalt, verbrachte ich, doch nicht etwa unter Taedium oder Widerwillen, die Jahre des dritten Lustrums meines Daseins. Die fruchtbare Einbildungskraft der Kindheit bedarf ja keiner ereignisreichen Außenwelt, um sich zu beschäftigen oder zu unterhalten; und die scheinbar trübsälige Monotonie der Schule war gesättigt mit intensiveren Erregungen, als meine reiferen Jünglingsjahre sie dem Luxus, oder mein volles Mannesalter sie dem Verbrechen abgewonnen haben. Immerhin muß ich annehmen, daß meine frühe geistige Entwicklung speziell viel vom Ungewöhnlichen – ja, sogar vom *outré* an sich hatte. Beim überwiegenden Teil der Menschheit hinterlassen die Ereignisse sehr früher Jahre im reifen Alter ja nur selten festumrissene Erinnerungsspuren. Alles ist grau & schattenhaft – ein schwaches & lückenhaftes Sichentsinnen – ein undeutliches Eingedenksein schwächlicher Genüsse & eingebildeter Pein. Bei mir ist das nicht so. Ich muß in meiner Kindheit mit der Energie eines Mannes dasjenige empfunden haben, was ich noch heute meinem Gedächtnis in so lebendigen, tiefen & dauerhaften Linien wie in den *exergues* karthagischer Denkmünzen eingeprägt finde.

Dabei, in Wahrheit – der Wahrheit, wie die Welt sie versteht – wie wenig Erinnernswertes fiel doch eigentlich so an! Jeden Morgen das Aufwecken, allabendlich das ins Bett Kommandiertwerden; das Auswendiglernen & Wiederhersagen; die regelmäßig wiederkehrenden freien Halbtage und Schulwanderungen; der Spielplatz mit all seinem Tumult, seiner Kurzweil, und seinen Cliquen-Ränken; – ihnen allen eignete, infolge eines längstverlernten mentalen Zaubertricks, eine wahre Wildnis von Empfindungen, eine Welt des reichsten Kleindetails, ein Universum vielfälteligster Emotionen, von allerleidenschaftlichsten & geistaufrührerischsten 'regungen *›Oh, le bon temps, que ce siècle de fer!‹*

Ohne Ruhm zu melden war es so, daß Feuer, Begeisterung & Anmaßlichkeit meiner Veranlagung mich sehr bald zu einer Zentralfigur unter meinen Schulkameraden machten; und mir in zwar langsamer aber ganz organischer Stufenfolge ein Übergewicht über Alle verschafften, die nicht gerade beträchtlich älter als ich selber waren; – über Alle, mit 1 einzigen Ausnahme. Diese Ausnahme bestand in der Person eines Mitschülers, der, obschon nicht mit mir verwandt, den gleichen Vor- & Zunamen wie ich selbst trug; – ein, um ehrlich zu sein, nicht gerade frappierender Umstand; denn, ungeachtet edler Abstammung, führte ich doch einen jener Allerweltsnamen, die infolge einer Art Verjährungsrecht seit undenklichen Zeiten das gemeinschaftliche Eigentum des Mob zu sein scheinen. In dem hier vorliegenden Rechenschaftsbericht habe ich mich deshalb als ›William Wilson‹ bezeichnet – ein fingierter Titel, dem richigen nicht sehr unähnlich. Dieser mein Namensverwandter allein war es, der von Allen, die in der Schülersprache ›unsern Verein‹ ausmachten, sich herausnahm, mit mir in den Klassenfächern zu wetteifern – beim Sport & beim Toben auf dem Schulhof nicht minder – der es ablehnte, sowohl meinen Behauptungen absoluten Glauben zu schenken, als auch sich meinem Willen zu unterwerfen – kurzum, der meiner unbeschränkten Diktatur in jeder denkbaren Beziehung prinzipiell in die Quere kam. Und wenn es auf Erden einen extremsten & unbedingten Despotismus gibt, dann ist das ja der

Despotismus eines hochbegabten Kindes über die weniger energischen Geister seiner Mitschüler.

Wilson's Rebellion war für mich eine Quelle der verwirrendsten Verlegenheiten; – umsomehr als ich, der Renommisterei zum Trotz, mit der ich ihn & seine Anmaßungen in der Öffentlichkeit betont behandelte, insgeheim empfand, daß ich ihn fürchtete; auch konnte ich nicht umhin, die Ebenbürtigkeit mit mir, die er so mühelos behauptete, als Beweis seiner eigentlichen Überlegenheit zu werten; denn nicht überholt zu werden, kostete mich einen ständigen Kampf. Gleichwohl erkannte besagte Überlegenheit – ja, auch nur Ebenbürtigkeit – in Wirklichkeit kein Einziger außer mir selber; unsre sämtlichen Kameraden schienen infolge irgendeiner unerklärlichen Verblendung auch nicht entfernt dergleichen zu mutmaßen. Und sein Wettbewerb, sein Widerstand, und speziell sein impertinentes & zähes Einmischen in meine Absichten, waren schließlich auch nicht minder verstohlen als gezielt. Des Ehrgeizes, der mich dazu spornte & der passionierten Energie des Geistes, die es mir ermöglichte, mich auszuzeichnen, schien er gleichermaßen baar. Was sein Rivalisieren überhaupt in Tätigkeit setzte, hätte meistens nur wie eine grillenhafte Lust, mich zu erstaunen, zu kränken, mir in die Quere zu kommen, gewirkt; wären dann nicht wieder Zeiten gewesen, wo ich, mit einem Gefühlsgemisch aus Verwunderung, Demütigung & Gereiztheit, wahrnehmen mußte, wie er seinen Kränkungen, seinen Beleidigungen, seinen Widerreden, eine gewisse, gänzlich unangebrachte und vor allem mir höchst unwillkommene Sorte von *Zutunlichkeit* mit beimischte. Mir blieb nur übrig anzunehmen, daß ein so eigenartiges Gebaren einem vollendeten Eigendünkel entspringen müsse, der sich vulgärerweise als Gönnerhaftigkeit & Protektion gebärde.

Vielleicht ist es dieser letztere Zug in Wilsons Aufführung gewesen, der – im Verein mit unsrer Namensgleichheit und dem rein zufälligen Umstand, daß wir am selben Tage in die Schule aufgenommen worden waren – in den oberen Klassen der Anstalt das Gerücht ingang setzte, wir seien Brüder. Nun kümmert man sich dort im allgemeinen nicht mit übermäßiger Sorgfalt um die Angelegenheiten der Junioren; und ich habe ja auch zuvor schon erwähnt, beziehungsweise hätte es erwähnen sollen, daß Wilson in keinem, auch nicht dem entferntesten Grade mit meiner Familie in Verbindung stand. Aber, zugegeben, wenn wir Brüder gewesen *wären,* hätten wir sogar Zwillinge sein müssen; denn ich habe, nach dem Abgang von Dr. Bransby's Internat, durch Zufall erfahren, daß mein Namensverwandter am 19. Januar 1813 geboren sei – und das ist natürlich ein einigermaßen bemerkenswertes Zusammentreffen; denn besagter Tag ist genau der meiner eigenen Geburt.

Es mag befremdlich erscheinen, daß ich, der immerwährenden Beängstigung die mir der Wettbewerb Wilsons's verursachte, wie auch seinem unerträglichen Widerspruchsgeist zum Trotz, es dennoch nicht über mich gewinnen konnte, ihn nun uneingeschränkt zu hassen. Sicher, wir hatten fast jeglichen Tag unserer Streiterei, in der er mir zwar öffentlich die Palme des Sieges ließ; es jedoch auf irgendeine Weise fertig brachte, bei mir den Eindruck zu erzeugen, wie eigentlich er es sei, der sie verdient habe; trotzdem bewirkte ein Gefühl des Stolzes auf meiner, sowie eine wahrhafte Würde auf seiner Seite, daß wir immer, wie es in der Schulsprache heißt, ›miteinander redeten‹; während es doch wahrlich so manche Züge beträchtlicher Geistesverwandtschaft in unseren Gemütern gab, die bei mir beständig darauf hinarbeiteten, ein Gefühl zu erwecken, das zur Freundschaft zu reifen vielleicht einzig unsere falsche Stellung zueinander verhinderte. Es ist einigermaßen schwierig, meine wirklichen Gefühle ihm gegenüber zu präzisieren oder auch nur zu beschreiben. Sie bildeten ein buntschäckiges & ungleichartiges Gemische – ein Schuß hadernder Animosität, die sich noch nicht bis zum Haß ausgewachsen hatte; ein bißchen Achtung; mehr Respekt; sehr viel Furcht; und eine ganze Welt unbehaglichster Neubegierigkeit. Für einen Psychologen wird es unnötig sein, ergänzend hinzuzufügen, daß Wilson & ich die allerunzertrennlichsten Gefährten waren.

Zweifellos war es eben dieser anormale Stand der Dinge zwischen uns, daß alle meine Attacken auf ihn (und es waren ihrer viele, teils offene teils versteckte) mehr die Gestalt von Hänseleien oder handgreiflichen Späßen annahmen (die unter dem äußerlichen Anschein von bloßen Witzen weh genug taten), als daß sie sich zu ernsthafteren & entschiedenen Feindseligkeiten ausgebildet hätten. Doch meine Anschläge in dieser Richtung waren keineswegs durchgängig von Erfolg begleitet, selbst wenn meine Minen am sinnreichsten angelegt waren; denn mein Namensvetter hatte in seinem Wesen viel von jener unanmaßlichen & catonischen Einfachheit an sich, die sehr wohl das treffend Anzügliche des eignen Schabernacks zu genießen weiß, selber jedoch keinerlei Achillesferse aufweist und sich platterdings nicht auslachen läßt. Ich konnte tatsächlich nur 1 verletzbare Stelle ausfindig machen; und diese, die in einer physischen Eigenart bestand, (vielleicht die Folge eines angeborenen Übels), würde auch noch von jeglichem Widersacher geschont worden sein, der weniger als ich am Ende seines Witzes gewesen wäre – mein Rivale laborierte an einer Schwäche der Kehl- oder Rachenorgane, die ihn daran hinderten, seine Stimme jemals zu mehr als zu *einem sehr leisen Wispern* zu erheben. Und ich verschmähte nicht, von diesem Gebrechen so viel armseligen Vorteil zu ziehen, als nur immer in meiner Macht lag.

Wilsons Wiedervergeltungen waren mannigfalt & in gleicher Münze; und vor allem gab es 1 Form seiner Fopp-Praktiken, die mich über alles Maß aufbringen konnte. Wieso sein Scharfsinn überhaupt zuerst entdeckt haben mag, daß eine solche Nichtigkeit mich zu vexieren angetan sei, ist ein Problem, das ich nie zu lösen vermocht habe; aber, nach einmal gemachter Entdeckung, plagte er mich jedenfalls habituell damit. Ich hatte nämlich immer eine Aversion gegen meinen unfeinen Familien- wie auch den nicht minder gewöhnlichen, wenn nicht gar plebejischen, Vornamen empfunden. Beide Klänge waren Gift in meinen Ohren; und als am Tage meiner Ankunft noch ein zweiter William Wilson in dem Institut eintraf, wurde ich von vornherein aufgebracht gegen ihn, da er den Namen trug; und doppelt angewidert vom Namen selbst, weil ein Fremder ihn trug, der ab jetzt die Ursache seiner zwiefältigen Wiederholung sein würde; der beständig in meiner Gegenwart sein würde; und dessen Angelegenheiten, im normalen Ablauf des Schultrabes, aufgrund jener abscheulichen Übereinstimmung, unvermeidlich oft mit meinen eigenen zusammengeworfen & verwechselt werden mußten.

Das also entstandene Gefühl der Schikane wurde mit jeglichem Umstand, der auf eine Ähnlichkeit, sei's geistig sei es körperlich, zwischen meinem Rivalen & und mir hinzuweisen schien, immer stärker und stärker. Damals hatte ich noch gar nicht die bemerkenswerte Tatsache entdeckt, daß wir vom gleichen Alter seien; aber daß wir genau gleich groß waren, sah ich wohl; und ich bemerkte nicht minder, daß wir, was allgemeinen Kontour der Gestalt & Schnitt der Gesichtszüge anbelangte, uns sogar auffallend ähnelten. Auch reizte mich das in den Oberklassen umlaufende

Gerücht, das von einer Verwandtschaft zwischen uns wissen wollte, nicht wenig. Mit einem Wort: nichts konnte mich ernstlicher aufbringen, (obschon ich das aufs peinlichste zu verhelen suchte), als die leiseste Anspielung darauf, daß zwischen uns etwelche Ähnlichkeit hinsichtlich Charakter, Äußerem oder Benehmen bestünde. Dabei hatte ich wirklich keinen Grund, anzunehmen, daß (jene Hypothese einer Verwandtschaft, und Wilson's eigenen Fall beiseite gesetzt) unsere Ähnlichkeit jemals Gesprächsgegenstand der Schulkameraden, oder überhaupt nur von ihnen bemerkt worden sei. Daß Er sie in ihrer ganzen Tragweite, & zwar genau so fasziniert wie ich selbst, bemerkt hatte, war außer aller Frage; aber daß er sich aus solchem Sachverhalt ein derart fruchtbares Betätigungsfeld für Schikanen zu schaffen vermochte, kann, wie ich zuvor schon sagte, nur seinem weit überdurchschnittlichen Scharfsinn zugeschrieben werden.

Sein Trick bestand darin, daß er mich hundertprozentig zu imitieren unternahm, sowohl was Ausdrücken als auch Gebärdung anbelangt; und meisterlich führte er seine Rolle durch. Meinen Anzug zu kopieren war eine Kleinigkeit; meine Haltung & mein Benehmen allgemein, eignete er sich ohne Schwierigkeit an; ja, seinem angeborenen Gebrechen zum Trotz, entging ihm selbst meine Stimme nicht. Zwar die lautere Sprechweise versuchte er natürlich gar nicht erst; aber der ganze Tonfall, er war identisch; *und sein eigentümliches Gewisper, es wurde schlechthin das Echo meines eigenen!*

Wie sehr dies so con amore ausgeführte Porträt mir zur Last fiel, (denn als eine Karikatur konnte man es füglich nicht bezeichnen), will ich jetzt nicht weiter zu beschreiben unternehmen. Ich hatte lediglich 1 Trost – in dem Umstand, daß die Imitation anscheinend einzig von mir allein bemerkt wurde; und ich nur das wissende & seltsam sarkastische Gelächel meines Namensverwandten selbst zu erdulden hatte. Zufrieden damit, in *meinem* Busen die beabsichtigte Wirkung hervorgebracht zu haben, schien er heimlich in sich hinein zu kichern ob des mir beigebrachten Stachels; blieb aber ansonsten bezeichnend uninteressiert an dem öffentlichen Beifall, den der Erfolg seiner witzigen Unternehmungen ihm doch so leicht eingetragen haben könnte. Daß man in der Schule tatsächlich weder seine Absicht spürte, noch ihre vollendete Durchführung wahrnahm und an der Verhöhnung sich beteiligte, war mir, so manchen ängstlichen Monat hindurch, ein

Rätsel, das ich nicht zu lösen vermochte. Vielleicht machte der *stufenweise Aufbau* seiner Maske sie nicht so geschwind wahrnehmbar; oder aber, und das ist das Wahrscheinlichere, ich schuldete meine Sicherheit der Meisterschaft des Maskenbildners, der den Buchstaben (der bei einem Gemälde das einzige ist, was Stumpfe erblicken) verschmähte, dafür aber vollendet den Geist seines Originals widergab, mir zum individuellen Bespiegeln & Verdruß.

Ich habe bereits mehr als einmal von der widerlich begönnernden Haltung gesprochen, die er mir gegenüber annahm, und von seiner häufigen, zudringlichen Einmischung in meinen Willen. Diese Einmischung nahm oftmals den unangenehmen Charakter eines Rates an; eines Rates, nicht offen gegeben, sondern nur in Winken & halben Andeutungen bestehend. Ich empfing ihn mit einem Widerwillen, der an Stärke gewann, wie ich an Jahren zunahm. Immerhin möchte ich ihm, nach so langer Zeit, die simple Gerechtigkeit erweisen und es zu Protokoll geben, wie ich mich nicht 1 Gelegenheit entsinnen kann, daß die Einflüsterungen meines Nebenbuhlers im Sinne jener Verirrungen & Torheiten gelautet hätten, die seinem jugendlichen Alter & seiner scheinbaren Unerfahrenheit doch so gemäß gewesen wären; daß zumindest sein sittliches Gefühl, (wenn nicht gar seine Begabung allgemein, und Weltklugheit überhaupt), weit ausgebildeter war, als mein eigenes; und daß ich heut vielleicht ein besserer & folglich glücklicherer Mann sein könnte, hätte ich weniger häufig die Ratschläge von mir gewiesen, wie sie sich mir in jenen bedeutsamen Wispern zum Ausdruck brachten, die ich damals nur zu sehr von Herzen haßte & allzu bitterlich verachtete.

Wie die Dinge aber lagen, wurde ich endlich störrisch bis zum Exzess unter seiner leidigen Beaufsichtigung, und zeigte meinen Groll ob dessen, was ich als unerträgliche Anmaßung empfand, von Tag zu Tag immer offener. Ich habe gesagt, daß während der ersten Jahre unseres Zusammenlebens als Schulkameraden, meine Gefühle ihm gegenüber leichtlich zu echter Freundschaft hätten reifen können; in den letzten Monaten meines Institutaufenthaltes, jedoch, obschon die Aufdringlichkeit seines bisherigen Gehabens zweifellos in gewissem Grade an Intensität verloren hatte, nahmen meine Gefühle, in ungefähr gleichem Verhältnis, so ziemlich den Charakter echten Hasses an. Bei 1 Anlaß merkte er das auch, wie ich glaube, und mied mich daraufhin; beziehungsweise machte wieder ein Schauspiel daraus, mich zu meiden.

Es muß, wenn ich mich recht erinnere, um dieselbe Zeit gewesen sein, daß ich anläßlich eines heftigen Wortwechsels mit ihm, in dessen Verlauf er weniger als gewöhnlich auf seiner Hut war & mit einer seiner Natur sonst fremden Offenheit sprach & vorging, in seinem Tonfall, seinen Mienen, seinem Äußeren-allgemein, ein Etwas entdeckte, oder zu entdecken wähnte, das mich erst stutzen machte, und dann insofern aufs tiefste zu interessieren begann, als er mir matte optische Eindrücke meiner frühesten Kindheit wieder zu Sinn brachte – wildverworrne Erinnerungsdränge aus einer Zeit, da die Erinnerungsfähigkeit selbst noch ungeboren war. Ich kann das auf mich eindringende Gefühl nicht besser beschreiben, als wenn ich sage, wie ich nur unter Schwierigkeiten die Einbildung abzuschütteln vermochte, mit dem Wesen, das da vor mir stand, in sehr weit zurückliegenden Zeiträumen schon einmal bekannt gewesen zu sein – auf irgendeinem, schier unendlich fernen Punkt der Vergangenheit. Die Täuschung zerging jedoch ebenso schnell wieder, wie sie gekommen war; und ich tue ihrer auch nur deshalb Erwähnung, um den Tag der letzten Unterredung, die ich dort mit meinem kuriosen Namensverwandten hatte, zu charakterisieren.

Das mächtige alte Haus, mit seinen zahllosen Unterteilungen, hatte mehrere große, miteinander in Verbindung stehende Gemächer, wo die überwiegende Zahl der Schüler schlief. Überdem jedoch gab es (wie bei einem derart wunderlich entworfenen Gebäude schlechthin unvermeidlich) viele kleine Winkel & Ecken, den architektonischen Abfall gleichsam; und auch sie hatte die ökonomische Findigkeit Dr. Bransby's als Schlafkammern herzurichten gewußt; obgleich sie, da es sich um bloße Alkoven handelte, nur 1 einzelnes Individuum aufzunehmen vermochten. Und von diesem kleinen Räumchen hatte eins Wilson inne.

Eines Nachts, gegen Ende meines fünften Jahres an der Schule, und unmittelbar nach dem eben erwähnten Wortwechsel, nachdem ich gewiß sein konnte, daß Jedermann in Schlaf versunken sei, erhob ich mich vom Bett, und stahl mich, die Lampe in der Hand, durch Labyrinthe enger Korridore, aus meinem eigenen Schlafraum zu dem meines Rivalen. Ich hatte lang schon eines jener bösartigen Pröbchen von handgreiflichgroben Späßen auf seine Kosten vorbereitet, in denen mir bisher so durchgehends

98

wenig Erfolg beschieden gewesen. Ich hatte die Absicht, nunmehr meinen Anschlag in die Tat umzusetzen, und war entschlossen, ihm der Bosheit, die sich in mir aufgestaut hatte, vollen Anteil zu geben. Als ich seinen Alkoven erreicht hatte, trat ich lautlos hinein; die Lampe, mit einem Blendschirm davor, blieb draußen. Ich tat 1 Schritt nach vorn, und lauschte dem ruhevollen Gang seines Atmens. Seines Festeingeschlafenseins sicher, drehte ich wieder um, nahm die Leuchte, und näherte mich mit ihr erneut der Bettstatt. Sie war mit dichten Gardinen verhangen, die ich, in Verfolgung meines Planes, langsam & leise zurückzog; sodaß die Lichtstrahlen hell auf den Schläfer fielen, und meine Blicke, im selben Moment, auf sein Angesicht. Ich schaute; – und sogleich durchrann es wie Erstarrung, wie ein Gefühl der Vereisung, meine Gestalt. Meine Brust hob sich, meine Kniee zitterten, mein ganzer Geist wurde wie besessen von gegenstandlosem aber unerträglichem Entsetzen. Nach Atem ringend, führte ich die Lampe tiefer, in noch nähere Nachbarschaft des Gesichts. Waren das – *das* die Züge William Wilson's?! Sicher, ich sah ja, daß es die seinen waren; aber es schüttelte mich wie Fieberfrost ob der Einbildung, daß sie es nicht seien. Was *hatten* sie denn an sich, daß es mich in solchem Maß bestürzt machte? Ich starrte; – während mein Hirn vor einer Vielheit unzusammenhängender Gedanken schwindelte. So sah er doch nicht – nein; *so* garantiert nicht – in seinen wachen Stunden, wenn er lebte, aus. Derselbe Name!, dieselben Umrißformen der Gestalt!, derselbe Tag der Ankunft im Institut! Und dann sein stur- & sinnloses Nachäffen meines Ganges, meiner Stimme, meiner Angewohnheiten & meiner ganzen Manier! Lag es denn wirklich im Bereich menschlicher Möglichkeit, daß das, *was ich jetzt erblickte* lediglich das Ergebnis langanhaltender Übung solch sarkastischen Imitierens war? Völlig verstört, von Schauern überlaufen, löschte ich meine Lampe, zog mich lautlos aus der Kammer zurück; und verließ, ohne Verzug, die Hallen jener alten Bildungsanstalt, um sie niemals wieder zu betreten.

Nach einem Interregnum von ein paar, in schierem Müßiggang daheim vertanen Monaten, fand ich mich dann als Höherer Schüler in Eton wider. Die kurze Zwischenzeit hatte hingereicht, um meine Erinnerung an die Ereignisse bei Dr. Bransby abzuschwächen; oder zumindest doch bezüglich der Natur der Gefühle, mit denen ich ihrer gedachte, eine ganz erhebliche Veränderung herbeizuführen. Das unmittelbar Wirkliche – das Tragische – des Dramas war nicht mehr. Ich konnte nun schon die Besonnenheit aufbringen, das Zeugnis meiner Sinne anzuzweifeln; ja, ich rief mir den ganzen Erlebniskomplex nur selten noch zurück, ohne mich gleichzeitig über das Ausmaß menschlicher Leichtgläubigkeit zu verwundern, und ohne ein Lächeln ob der Lebhaftigkeit & Kraft der Einbildung, die ich als Erbteil überkommen hatte. Auch war die Art des Lebens, das ich in Eton führte, wenig dazu angetan, diese spezielle Sorte Skeptizismus abzuschwächen. Der Strudel von Torheiten, in den ich mich dort so unvermittelt & so unbekümmert stürzte, wusch alle meine vergangenen Stunden bis auf winzige Schaumreste von mir, verschlang sogleich jedweden nachhaltigen oder ernsthaften Eindruck, und ließ dem Gedächtnis nur den flüchtigen Abhub von etwas wie einem früheren Dasein.

Ich bin jedoch nicht willens, hier den Kurs aufzuzeichnen, den meine erbärmliche Liederlichkeit nahm – eine Liederlichkeit, die den Gesetzen Hohn sprach, während sie gleichzeitig die Wachsamkeit des Lehrkörpers geschickt umging. 3 törichte, ohne jeden positiven Gewinn verbrachte Jahre, hatten lediglich die Tendenz zum Laster in mir befestigt; allerdings auch, in einigermaßen ungewöhnlichem Grade, mein körperliches Wachstum befördert; als ich einmal, nach einer Woche seelenloser Völlerei, den engeren Zirkel meiner im Wüsten fortgeschrittensten Mitschüler zu einer heimlichen Trinkorgie auf meine Zimmer einlud. Wir trafen uns nachts, zu später Stunde; denn es war ungeschriebenes Gesetz, daß unsre Ausschweifungen sich bis zum Morgen hinzuziehen hatten. Der Wein floß in Strömen; auch bestand kein Mangel an anderweitigen, womöglich noch gefährlicheren, Versuchungen; so daß, als unsre rasenden Extravaganzen auf dem Höhepunkt waren, im Osten bereits der Morgen schwach zu grauen begann. Bis zur Tollheit erhitzt von Trunk & Kartenspiel, war ich just dabei, einen Toast von mehr als üblicher Ruchlosigkeit auszubringen, als meine Aufmerksamkeit plötzlich durch ein heftiges, obschon nur teilweises Aufreißen der Zimmertür, und durch die eindringliche Stimme eines Dieners von außen abgelenkt wurde. Er informierte mich, daß Jemand, der anscheinend große Eile hätte, mich im Vorraum zu sprechen verlange.

In meiner wilden alkoholischen Erregung ergötzte mich die unerwartete Unterbrechung mehr als sie mich überraschte. Ich stolperte sogleich voran, und ein paar Schritte brachten mich zum Vestibül des Hauses. In dem niedrigen & engen Raum dort hing keine Lampe; und zur Zeit hatte überhaupt keinerlei Licht Zutritt, abgesehen von dem äußerst schwachen Dämmerschein, der seinen Weg durch das halbkreisförmige Fenster nahm. Als ich den Fuß über die Schwelle setzte, wurde ich der Gestalt eines Jünglings gewahr, von annähernd meiner eigenen Größe, und angetan mit einem weißen Schoßrock aus Kasimir von neumodischem Schnitt, wie ich ihn im Moment ebenfalls trug. Soviel zu erkennen setzte die kärgliche Beleuchtung mich in den Stand; aber die Züge seines Gesichts konnte ich nicht unterscheiden. Nachdem ich eingetreten war, kam er hastig auf mich zugeschritten, bemächtigte sich mit einer Geste verdrießlicher Ungeduld meines Arms, und wisperte gleichzeitig die Worte »William Wilson!« in mein Ohr.

Ich war im Handumdrehen völlig nüchtern.

In der ganzen Art des Fremdlings, und in dem schütternden Dräuen seines erhobenen Fingers, wie er ihn zwischen meinen Augen & dem Licht hielt, lag ein etwas, das mich mit uneingeschränkter Bestürzung erfüllte; aber das war es noch nicht einmal, was mich so heftig bewegte. Es war das feierlich Mahnungsträchtige in der eigentümlich leisen zischelnden Aussprache; es war vor allem der Charakter, der Tonfall, *die Klangfarbe* dieser wenigen simplen & vertrauten, *aber gewisperten,* Silben, bei denen mich tausendfältiger Schwarm von Erinnerungen an vergangene Tage überkam, und meine Seele traf wie der Stromstoß einer galvanischen Batterie. Bevor ich noch den Gebrauch meiner Sinne wieder erlangte, war er schon gegangen.

Obgleich dieser Vorfall nicht verfehlte, einen lebhaften Eindruck auf meine unordentliche Einbildungskraft zu machen, erwies er sich dennoch als ebenso vorübergehend wie lebhaft. Zugegeben, ein paar Wochen hindurch war ich mit ernstlichen Nachforschungen beschäftigt, oder hüllte mich in ein Gewölke morbider Grübeleien. Ich unternahm nicht etwa, meinem Wahrnehmungsvermögen hinsichtlich der Identität des merkwürdigen Wesens, das sich so ausdauernd in meine Angelegenheiten einmischte & mir mit seiner aufdringlichen Beratung beschwerlich fiel, auch nur das geringste vorzumachen. Aber Wer & Was war dieser Wilson? – woher kam er? – und was waren seine Ziele? Über nicht 1 dieser Punkte konnte ich Befriedigendes in Erfahrung bringen; nur das gelang mir, mit Bezug auf ihn festzustellen: daß ein unvorhergesehenes Ereignis in seiner Familie seine Abberufung aus Dr. Bransby's Internat bewirkt hatte; und zwar am Nachmittag desselben Tages, an dem ich damals durchgegangen war. Aber binnen kurzer Zeit hörte ich wieder auf, über den Gegenstand nachzudenken; da all meine Aufmerksamkeit von dem bevorstehenden Abgang zur Universität Oxford in Anspruch genommen wurde. Ich übersiedelte auch bald dorthin; und die gedankenlose Eitelkeit meiner Eltern stattete mich mit einer Equipierung & einem jährlichen Wechsel aus, die es mir von vornherein ermöglichten, dem Luxus, der meinem Herzen schon so teuer geworden war, nach Belieben zu frönen, – in Geldverschwendung zu wetteifern mit dem hochfahrendsten Erben der reichsten Earls von Großbritannien.

Angeregt durch solche Hülfsmittel zum Laster, brach mein angeborenes Temperament mit verdoppelter Brunst hervor; und ich setzte in der wahnwitzigen Verblendung meiner Schwelgerein selbst die simpelsten Regeln der Klugheit & des Anstands beiseite. Aber es wäre absurd, auf Einzelheiten meiner Extravaganzen zu verweilen. Es möge genügen, daß ich, was Verschwendung anlangt, auf einen Herodes anderthalbe setzte; und, indem ich einer Vielzahl neuer Torheiten Sein & Namen gab, der langen Musterkarte von Lastern, die damals auf der verkommensten Universität Europens im Schwange gingen, ein Supplement hinzufügte, das nicht klein war.

Immerhin konnte es, selbst an solchem Ort, schwerlich glaubhaft erscheinen, daß ich, als Gentleman, so tief gesunken sein sollte, um mich mit den niederträchtigsten Kniffen des gewerbsmäßigen Spielers bekannt zu machen, und sie, nachdem ich es in seiner verächtlichen Kunst zur Meisterschaft gebracht hätte, dann auch regelmäßig anwenden würde, als ein Mittel, meine sowieso schon enormen Einkünfte auf Kosten der naiveren unter meinen Mitstudenten noch weiter zu vermehren. Nichtsdestoweniger war dies der Fall. Und zweifellos ist es eben die blanke Ungeheuerlichkeit solcher Versündigung gegen jedes männliche & ehrenhafte Empfinden gewesen, was die Haupt- wenn nicht gar die einzige Erklärung für die Straflosigkeit liefert, mit der ich mein Unwesen derart treiben konnte. Denn Wer, selbst unter meinen verkommensten Kumpanen, hätte nicht eher das klarste Zeugnis seiner eignen Sinne abgestritten, als ihn solcher Prakti-

ken für fähig zu halten, ihn, den muntren, biedren, freigebigen
William Wilson – den nobelsten & großzügigsten Studenten in
ganz Oxford – ihn, dessen Streich (wie seine Schmarotzer es
formulierten) doch lediglich Streiche der Jugend & einer ausge-
lassenen Laune – dessen Irrgänge doch nur unnachahmliche
Schnurren – dessen schwärzestes Laster nichts als liebenswürdige
Unachtsamkeit & fesche Extravaganzen wären.

2 Jahre war ich nunmehr in diesem Genre erfolgreich tätig gewesen, als an der Universität ein frisch geadelter, junger *parvenu,*
namens Glendinning erschien – dem Gerücht nach reich wie
Herodes Atticus – seine Reichtümer angeblich auch ebenso leicht
erworben. Ich hatte bald heraus, daß er etwas dümmlich war, und
erkor ihn mir selbstredend zum geeigneten Gegenstand meiner
Fingerfertigkeit. Ich machte, daß wir uns häufig beim Spiel ge-
genübersaßen, und brachte es nach gewohnter Spielertaktik zuwege, ihn zunächst beträchtliche Summen gewinnen zu lassen,
um ihn desto sicherer in meine Garne zu locken. Zuguterletzt, als
meine Anschläge gereift waren, trafen wir uns (meinerseits mit
der vollen Absicht, daß dieses Treffen endgültig & entscheidend
sein solle) in der Wohnung Mr. Preston's, eines mit uns Beiden
gleichermaßen auf vertrautem Fuß verkehrenden Mitstudenten;
der allerdings, um ihm Gerechtigkeit widerfahren zu lassen, auch
nicht den entferntesten Verdacht dessen hegte, was ich im Schilde
führte. Um dies besser zu bemänteln, war es mir zu veranstalten
gelungen, daß sich im Ganzen unserer 8 oder 10 dort versammelten; und vor allem hatte ich besondere Sorge dafür getragen, daß
die Karten scheinbar gänzlich durch Zufall aufs Tapet gebracht
werden, ja womöglich auf den Vorschlag des auserkorenen Gim-
pels selbst zurückgehen sollten. Um ein widerliches Thema kurz
abzutun: nicht 1 derjenigen niedrigen Finessen war übersehen
worden, wie sie bei ähnlichen Anlässen so gebräuchlich sind, daß
man mit Recht staunen kann, wie sich überhaupt noch Jemand
findet, der thöricht genug ist, auf sie hineinzufallen.

Wir hatten unsre Sitzung schon bis tief in die Nacht ausgedehnt,
und ich hatte endlich das Manöver vollbracht, Glendinning als
einzigen Gegner mir gegenüber zu haben. Das Spiel war gleich-
falls meine Spezialität, *écarté.* Der Rest der Gesellschaft, von der
Höhe unserer Einsätze angezogen, hatte sein eigenes Spiel einge-
stellt, und umstand uns als Zuschauer. Der *parvenu,* den ich im
früheren Verlauf des Abends durch meine Listen & Ränke dazu

vermocht hatte, schwer zu trinken, mischte gab & spielte nunmehr auf eine wild nervöse Art, die sich durch seine Trunkenheit zum Teil, ob schon, wie mir dünkte, gänzlich doch wohl nicht erklären ließ. Innerhalb kürzester Frist war er mein Schuldner über eine erhebliche Summe geworden, als er, nach einem neuerlichen, tiefen Zug Portwein, genau das tat, womit ich längst kalt gerechnet hatte – er schlug vor, unsere sowieso schon unsinnigen Einsätze zu verdoppeln. Nach einem gut gemimten Anschein von Widerstreben; und nicht, bevor ich ihn durch meine wiederholten Weigerungen zu einigen ärgerlichen Worten verleitet hatte, die meiner Einwilligung noch einen Anstrich von *pique* gaben, willigte ich endlich ein. Das Resultat bewies selbstredend nur das eine, wie umfassend ich die Beute in meinen Netzen hatte; in weniger als 1 Stunde waren seine Schulden vervierfacht. Seit einiger Zeit schon hatte sein Gesicht nach & nach die ihm vom Wein verliehene blühende Farbe zu verlieren begonnen; aber nunmehr bemerkte ich, zu meinem Erstaunen, daß sie einer wahrhaft fürchterlichen Blässe Platz gemacht hatte. Zu meinem Erstaunen, sage ich. Glendinning sei, hatte es auf meine mehrfachen eifrigen Erkundigungen immer geheißen, unermeßlich reich; und die Summen, die er bis jetzt verloren hatte, konnten, obwohl an sich erheblich genug, ihn meiner Ansicht nach sehr ernstlich nicht behelligen, viel weniger ihn derart heftig angreifen. Daß ihn der eben hinuntergestürzte Wein überwältigt habe, war mein nächstliegender & wahrscheinlichster Gedanke; und, mehr im Hinblick auf die Aufrechterhaltung meines persönlichen Rufes in den Augen der Anwesenden als aus einem weniger eigennützigen Motiv, schickte ich mich eben an, mit Entschiedenheit auf Einstellung des Spieles zu dringen, als einige Ausdrücke der Zuschauer in meiner Nähe, sowie ein unterdrückter Ausruf seitens Glendinnings, der äußerste Verzweiflung besprach, mir zu verstehen gaben, daß ich seinen totalen Ruin bewirkt hätte; und zwar unter Umständen, die, indem sie ihn zum Gegenstand des Mitleids von Jedermann machten, dazu hätten angetan sein sollen, ihn vor den bösen Schlichen selbst eines Teufels zu bewahren.

Wie ich mich nun eventuell des weiteren hätte verhalten können, ist schwer zu sagen. Der bemitleidenswerte Zustand des Geprellten hatte eine Atmosphäre von finsterer Verlegenheit über alles verbreitet; und diverse Augenblicke lang herrschte ein tiefes Schweigen, während dessen ich nicht umhin konnte, zu fühlen, wie mir ob der vielen verächtlichen oder zumindest tadelnden Blicke, die die weniger Verworfenen der Gesellschaft scharf auf mich richteten, die Wangen brannten. Ich will sogar zugeben, daß ein unerträgliches Gewicht der Beklemmung für einen kurzen Moment von meiner Brust genommen wurde, durch die plötzliche & ganz außerordentliche Unterbrechung, die erfolgte. Die schwere, breite Flügeltür des Raumes wurde unversehens aufgestoßen, in ihrer ganzen Weite, mit einem Ungestüm, so kraftvoll & andrängend, daß es, wie durch Magie, jedwede Kerzenflamme im Zimmer auslöschte. Ihr vergehendes Licht setzte uns grade noch in den Stand, wahrzunehmen, daß ein Fremder eingetreten sei, ungefähr von meiner Größe, einen Mantel dicht um sich geschlagen. Aber die Finsternis war nunmehr vollständig geworden, und wir konnten nur mehr *fühlen*, daß er in unsrer Mitte stand. Bevor sich noch Einer von uns von dem unsäglichen Erstaunen erholen konnte, in das dergleichen Unmanierlichkeit Alle gestürzt hatte, vernahmen wir schon die Stimme des Eindringlings.

»Meine Herren,« sagte er in einem leisen, sehr deutlichen & nimmer-vergeßbaren *Wispern*, das mich bis ins innerste Mark durchschauerte, »Meine Herren, ich entschuldige mich nicht erst ob solchen Benehmens; denn ich erfülle, indem ich mich so benehme, lediglich eine Pflicht. Sie sind zweifellos über den wahren Charakter der Person nicht im Bilde, die Lord Glendinning heut Nacht eine namhafte Summe Geldes im *écarté* abgewonnen hat. Ich will Ihnen deshalb ein ebenso rasches wie entscheidendes Mittel an die Hand geben, sich diese sehr notwendige Einsicht zu verschaffen. Wollen Sie bitte in aller Muße & Bequemlichkeit einmal das Innenfutter seines linken Ärmelaufschlages inspizieren, oder auch die diversen kleinen Päckchen, die sich womöglich in den etwas sehr geräumigen Taschen seines gestickten Morgenrocks antreffen lassen werden.«

So tief war die Stille während er sprach, daß man das zu Boden Fallen einer Stecknadel hätte hören können. Kaum geendet, nahm er bereits wieder seinen Abgang; und zwar ebenso unvermittelt, wie er eingetreten war. Kann ich – soll ich meine Empfindungen schildern? – muß ich sagen, wie ich alle Schrecken der Verdammten fühlte? Soviel steht fest, daß mir wenig Zeit zum Überlegen gelassen wurde. Viele Hände ergriffen mich auf der Stelle & rauh; auch wurden Lichter unverzüglich wieder herbeigeschafft. Eine Körpervisitation erfolgte. Im Futter meines Ärmelaufschlags wurden sämtliche beim écarté geltenden Hof-Karten gefunden; und in den Taschen meines Morgenrocks mehrere Pakete Spielkarten, Faksimiles der sonst bei unsern Zusammenkünften auch benützten – mit der 1 Ausnahme, daß die meinigen von der Art waren, die der Kenner *arrondées* nennt, bei denen die Honneurs ganz leicht konvex an den Schmal-, die niedrigen Karten leicht konvex an den Längsseiten sind. Bei solcher Anordnung wird es dem zu Prellenden, der, wie üblich, der Länge nach vom Pack abhebt, unweigerlich widerfahren, daß er seinem Gegner ein Honneur aufdeckt; während der Falschspieler, der der Breite nach abhebt, mit derselben Wahrscheinlichkeit für sein Opfer nichts aufdeckt, was beim Spiel irgend nennenswert zählte.

Jeder laute Ausbruch der Entrüstung auf diese Entdeckung hin, wäre mir weniger empfindlich gewesen, als die schweigende Verachtung, die sarkastische Gelassenheit, mit der man sie zur Kenntnis nahm.

»Mr. Wilson,« sagte unser Gastgeber, und bückte sich dabei, um einen überaus luxuriösen Mantel aus rarsten Pelzen aufzuheben, der zu seinen Füßen lag, »Mr. Wilson, das ist wohl Ihr Eigentum.« (Die Witterung war kalt; und ich hatte beim Verlassen meines eigenen Zimmers über meinen Morgenrock einen Mantel geworfen; den ich dann, nach Erreichen des Schauplatzes, abgelegt hatte.) »Ich nehme an, es wird überflüssig sein, hier« (und er musterte mit bitterem Lächeln die Falten des Kleidungsstückes) »nach noch weiteren Belegen Ihrer Geschicklichkeit zu fahnden. Wir haben ja auch wahrlich genügend davon gehabt. Sie werden, wie ich hoffe, die Notwendigkeit einsehen, Oxford zu verlassen – auf jeden Fall aber meine Wohnung zu verlassen, und zwar sofort.«

Erniedrigt, bis in den Staub gedemütigt, wie ich damals war, ist es durchaus wahrscheinlich, daß ich seine beißende Rede auf der Stelle durch Tätlichkeiten geahndet hätte; wäre nicht im selben Augenblick meine Aufmerksamkeit durch einen Umstand der allerfrappierendsten Art gänzlich gefangen genommen gewesen. Der Mantel, den ich angehabt, hatte aus einer sehr seltenen Pelzart bestanden; wie selten, wie übertrieben kostbar, wage ich gar nicht zu sagen. Auch seine Machart ging auf meinen eigenen fantastischen Entwurf zurück; denn ich war in Dingen dieser nichtigen Art in einem Grade gewählt, daß es an die absurdeste Geckenhaftigkeit streifte. Als deshalb Mr. Preston mir denjenigen hinhielt, den er nahe der Flügeltür des Zimmers vom Boden aufgerafft hatte, war es mit einem fast an Grausen grenzenden Erstaunen, daß ich meinen eignen bereits über meinem Arm hängen sah, (wohin ich ihn zweifellos unwillkürlich gelegt hatte), und daß der mir jetzt dargereichte nicht mehr & nicht weniger war, als sein genaues Gegenstück bis in jegliche, auch die winzigste nur denkbare Kleinigkeit. Das sonderbare Wesen, das mich so verhängnisvoll bloßgestellt hatte, war, wie ich mich erinnerte, in einen Mantel gehüllt gewesen; und kein anderes Mitglied unserer Gesellschaft, mit Ausnahme meiner selbst, hatte ansonsten einen getragen. Einen letzten Rest Geistesgegenwart bewahrend, nahm ich den mir von Preston dargebotenen entgegen; legte ihn, unbeachtet, über meinen eigenen; verließ das Zimmer mit einer Miene trotziger Verachtung; und trat gleich am folgenden Morgen, ehe der Tag noch aufdämmerte, eine überstürzte Reise von Oxford nach dem Kontinent an, schier halb tot vor Schrecken & Scham. –

Ich floh vergebens. Mein böses Geschick verfolgte mich gleichsam frohlockend, und bewies mir alsobald, daß die Ausübung seiner geheimnisvollen Herrschaft nur erst im Anfang stünde. Kaum hatte ich Fuß gefaßt in Paris, als mir auch schon frische Beweise von dem abscheulichen Interesse wurden, das dieser Wilson an meinen Angelegenheiten nahm. Die Jahre gingen dahin, und ich erfuhr keinerlei Erleichterung. Der Schuft! – wie trat er nicht zur allerungelegensten Zeit, dafür aber mit wie gespenstischer Zudringlichkeit wieder, in Rom zwischen mich und den Gegenstand meines Ehrgeizes! Ebenso in Wien – in Berlin – und in Moskau! Welcherorts, wahrlich, hätte ich *nicht* bittersten Grund gehabt, ihn herzinniglich zu verfluchen? Vor seiner unerforschlichen Tyrannei floh ich am Ende, von Panik gepackt, dahin, wie vor einer Seuche; floh zu den äußersten Enden der Erde – *und floh vergebens.*

Und wieder, immer wieder, in geheimen Aussprachen mit meinem eigenen Geist, stellte ich mir dann die Fragen: »Wer ist er? – woher kommt er? – und was sind seine Ziele?«. Aber keine Antwort stellte sich ein. Und anschließend analysierte ich, in minutiösen Analysen, die Art, und die Methoden, und die bezeichnenden Züge seiner impertinenten Aufseherrolle. Aber selbst so ergab sich äußerst wenig, auf das man irgend Schlüssiges hätte begründen können. Das eine war natürlich auffallend, daß in kei-

nem der zahlreichen Fälle, in denen er letzthin meinen Pfad gekreuzt, er ihn anders gekreuzt hätte, als um Pläne zu hintertreiben
oder Handlungen zu vereiteln, die, wäre mir ihre Durchführung
gelungen, vermutlich böses Unheil zur Folge gehabt hätten. Armselige Rechtfertigung, traun, für so viel gebieterisch angemaßte
Autorität! Armselige Entschädigung, um mir derart hartnäckig,
derart beleidigend, das naturgegebene Recht auf Handlungsfrei-
heit zu verkümmern!

Auch hatte ich gezwungenermaßen zur Kenntnis nehmen müssen, wie mein Quälgeist es schon seit sehr langer Zeit fertig zu
bringen verstand, daß ich, während er seine diversen Eingriffe in
meine Willensakte ausübte, auch nicht 1 Moment mehr seine Gesichtszüge zu sehen bekam; (obschon er seine andere Grille,
nämlich genau identisch mit mir gekleidet zu gehen, aufs peinlichste & mit wahrhaft wundersamer Fertigkeit beibehielt).
Mochte nun Wilson sein was er wollte: *dies* zumindest war ja doch
wohl die blanke Affektiertheit, wenn nicht gar Albernheit.
Konnte er sich etwa, auch nur 1 Augenblick lang, einbilden, daß
ich in dem Mahner von Eton – dem Vernichter meiner Ehre zu
Oxford – in ihm, der meinen Bestrebungen in Rom in die Quere
kam, meiner Rache in Paris, meiner leidenschaftlichen Liebe in
Neapel, oder in Egypten dem, was er, völlig schief, als meine
Habsucht bezeichnete – daß ich in diesem, meinem Erz-Feind &
Bösen Genius, etwa nicht den William Wilson meiner ersten
Schultage erkennen würde – den Namensvetter, den Kameraden,
den Nebenbuhler – den gehaßten & gefürchteten Nebenbuhler
bei Dr. Bransby? Ausgeschlossen! – Aber ich eile zur letzten,
verhängisvollen Scene des Dramas.

Soweit hatte ich seine gebieterische Herrschaft praktisch untätig
über mich ergehen lassen. Das Empfinden tiefer Ehrfurcht, womit ich den hohen sittlichen Charakter, die majestätische Weisheit, die scheinbare Allgegenwärtigkeit & Allmacht Wilsons zu
betrachten gewohnt war, und wozu noch ein Gefühl ausgesprochenen Grauens hinzutrat, mit dem gewisse andere Züge in seinem ganzen Wesen & Auftreten mich erfüllten, hatten sich bisher
in dem Sinne ausgewirkt, mir die Idee meiner eigenen absoluten
Schwäche & Hülflosigkeit einzuhämmern, und mir eine unbe-
dingte, obwohl von bitterlichem Widerstreben begleitete Unter-
werfung unter seine Willkürherrschaft nahezulegen. Aber letzthin hatte ich mich hundertprozentig dem Weine verschrieben;

und dessen tollmachender Einfluß auf mein mir angeerbtes Temperament ließ mich einer Beaufsichtigung mehr und mehr überdrüssig werden. Ich fing an zu murren – zu stutzen – Widerstand zu leisten. Und, war es nur Einbildung, die mich zu dem Glauben bewog, daß mit dem Anwachsen meiner eigenen Festigkeit, die meines Quälgeistes eine genau entsprechende Abnahme erführe? Sei dem wie ihm wolle; ich begann jedenfalls ab nun von neuer Hoffnung durchglüht zu werden, und näherte endlich-heimlich in Gedanken den festen & verzweifelten Entschluß: mich dieser Sklaverei nicht länger zu unterwerfen.

Es war in Rom, zur Zeit des Carnevals von 18--, daß ich an einer Maskerade im Palazzo des neapolitanischen Herzogs Di Broglio teilnahm. Ich hatte mich noch freisamlicher denn sonsten den Verlockungen des Wein-Büffets überlassen; was zur Folge hatte, daß die erstickende Atmosfäre der überfüllten Räume mich über die Maßen behelligte. Auch trug die Schwierigkeit, mir meinen Weg durch all das gesellschaftliche Labyrinth zu bahnen, nicht wenig zur Verschlechterung meiner Laune bei; war ich doch (man erlasse mir das Geständnis, mit welch unwürdigem Motiv) eifrigst auf der Suche nach der jungen, der lustigen, der schönen Gattin des alten & halbkindischen Di Broglio. Mit einer etwas allzu leichtfertigen Vertraulichkeit hatte sie mir zuvor das Geheimnis zukommen lassen, in welche Maske verkleidet sie erscheinen würde; und ich, der ich ihrer Person flüchtig ansichtig geworden war, beeilte mich nunmehr, mir Bahn zu brechen, um in ihre Gegenwart zu gelangen. – In diesem Augenblick fühlte ich, wie eine leichte Hand sich mir auf die Schulter legte, und vernahm wieder das unvergeßliche, leise, schändliche Wispern in meinem Ohr.

In einem wahren Tobsuchtsanfall von Wut fuhr ich herum zu ihm, der mich dergestalt unterbrochen hatte, und packte ihn heftig beim Kragen. Er war, wie ich schon erwartet hatte, mit einem Kostüm angetan, das das meinige hätte sein können; eine spanische capa also, aus blauem Samt, um die Taille zusammengehalten von einem carminenen Gurt, darin ein Stoßdegen. Sein Gesicht war gänzlich hinter einer Maske aus schwarzer Seide verborgen.

»Du Schuft!« sagte ich, mit einer Stimme, heiser vor Wut; und jede Silbe, die ich hervorbrachte, gab meiner Raserei neuen Brennstoff: »Du Schuft! Betrüger! Verwünschter Bube! Du sollst nicht – sollst *mir nicht* bis zum Tode auf Schritt & Tritt nachspüren! Folge mir; oder ich ersteche Dich hier auf der Stelle!« – und ich erzwang mir einen Weg aus dem Ballsaal, in ein kleines, angrenzendes Vorzimmer – wobei ich ihn, wie ich ging, unwiderstehlich & unwiderstanden mit mir schleifte.

Beim Eintreten noch schleuderte ich ihn wutvoll von mir. Er stolperte gegen die Wand; während ich mit einem Fluche die Tür schloß, und ihm befahl, zu ziehen! Er zauderte 1 Augenblick nur; dann, mit einem kaum vernehmbaren Seufzen, zog er schweigend, und setzte sich in Verteidigungsstellung.

Unser Kampf war jedoch nur kurz. Ich war außer mir von jeglicher Art wildester Erregung, und fühlte in meinem 1 Arm die Energie & Macht einer Armee. Binnen weniger Sekunden hatte ich ihn durch schiere Kraft an die getäfelte Wand getrieben; und rannte ihm, dem mir dergestalt auf Gnade & Ungnade Preisgegebenen, den Degen mit brutaler Wildheit in die Brust, und mehrfach durch & durch.

Im gleichen Augenblick probierte Jemand außen die Klinke der Tür. Ich beeilte mich, eine unberufene Einmischung zu verhindern; und kehrte dann unverzüglich zu meinem sterbenden Widersacher zurück. Aber welche von Menschen gesprochene Sprache kann *das* Erstaunen, *das* Entsetzen annähernd wiedergeben, das bei dem Schauspiel, das sich meinem Auge itzt darbot, Besitz von mir ergriff? Der kurze Zeitraum, wo ich den Blick abwandte, hatte anscheinend hingereicht, eine durchgreifende Veränderung der Zimmereinrichtung am oberen, entfernteren Ende zu bewirken. Ein hoher Spiegel – so schien es mir zuerst in meiner Verwirrung – stand nunmehr dort, wo vordem keiner sichtbar gewesen war; und als ich, in einem Übermaß von Grausen, darauf zutrat, kam mir mein eignes Bild entgegen, aber ganz bleich im Gesicht & blutbespritzt, auch schwächlichen, wankenden Ganges.

So schien es, sagt' ich; doch so war es nicht. Es war mein Widersacher – war Wilson, der da vor mir stand, im Todeskampf, der Auflösung nahe. Seine Maske & capa lagen, wie er sie von sich geworfen hatte, auf dem Boden, und es war kein Faden in all seiner Kleidung – nicht 1 Linie in all den scharfgeprägt- & unverwechselbaren Zügen seines Gesichts, die nicht, bis in die allerabsoluteste Identität, *auch die meinigen* gewesen wären!

Es war Wilson; aber er sprach mit nichten länger im Wisperton, und ich hätte mir leichtlich einbilden können, ich selber sei es, der rede, als er die Worte formte:

»*Du hast gesiegt, und ich trete ab. Doch von nun an bist auch Du tot – tot für die Welt, für Himmel & Hoffen. In mir warst Du am Leben – nun, in meinem Tode, schau in diesem Bild, es ist Dein eigenes, wie gänzlich Du dich selbst gemordet hast.*«

Der Massenmensch

Ce grand malheur, de ne pouvoir être seul.
La Bruyère

»Es läßt sich nicht lesen« – so ist einmal treffend von einem gewissen deutschen Buche gesagt worden. So manche Geheimnisse gibt es, die lassen sich einfach nicht aussprechen. Da sterben Menschen nächtlich in ihren Betten; sie klammern sich an die Hände geisterhafter Beichtiger, sie blicken ihnen jammerbang ins Auge – und sterben doch verzweiflungsvollen Herzens und mit verkrampfter Kehle ob der Gräßlichkeit all der Mysterien, die sich nun nicht und nicht enthüllen lassen wollen. Ach, manchmal nimmt das menschliche Gewissen so grauenschwere Bürde auf, daß sie am Ende nur ins Grab kann wieder abgeworfen werden. Im eigentlichen Sinne bleibt denn auch ein jegliches Verbrechen ohne Klärung.

Vor noch nicht langer Zeit, bei Anbruch eines Abends im Herbste, saß ich am großen Bogenfenster des Kaffeehauses D––––in London. Einige Monate lang hatte ich mich bei schlechter Gesundheit befunden, doch war ich nun wieder auf dem Wege der Besserung, und indessen mir die Kräfte zurückkehrten, fand ich mich in einer jener glückhaften Stimmungen, welche so gänzlich das Gegenteil von *ennui* sind, – Stimmungen wachester Sinnenfreude, wo der Schleier vom geistigen Auge fällt – die ἀχλύς ἥ πρὶν ἐπῆεν – und der Intellekt sich mächtig über seinen Alltag erhebt – so hoch, wie der lebhafte und doch lautere Verstand Leibnizens über das wilde und windige Schwadronieren des Gorgias. Schon das bloße Atmen war eine Lust; und selbst den ausgesprochenen Quellen des Leides wußte ich Freudigkeiten abzugewinnen. Ich empfand ein gelassenes, doch rege-waches Interesse an allen Dingen um mich her. Eine Zigarre im Munde und eine Zeitung auf dem Schoß, – so hatte ich mich über den größern Teil des Nachmittags hin vergnügt, hatte ein bißchen in den Anzeigen gestöbert, dann wieder die bunt gemengselte Gesellschaft im Raume gemustert und schließlich durch die rauchgetrübten Scheiben auf die Straße geguckt.

In dieser Straße spielt sich der Hauptverkehr der City ab, und den ganzen Tag schon war sie überaus belebt gewesen. Doch als die Dunkelheit hereinbrach, nahm das Gedränge jeden Augenblick zu; und um die Zeit, da die Laternen in vollem Lichte aufflammten, rauschte die Bevölkerung in pausenloser dichter Doppelflut an der Türe vorbei. Zu dieser besonderen Stunde hatte ich mich noch nie zuvor in ähnlicher Situation befunden, und das tumultuosende Meer von Menschenköpfen erfüllte mein Gemüt daher mit köstlicher, noch nie gekannter Bewegung und Erregung. Bald schon erlosch meine Teilnahme für die Vorgänge im Innern des Gasthauses, und ich versank in der Betrachtung des Schauspiels draußen.

Anfangs nahmen meine Gedanken eine abstrakte und verallgemeinernde Richtung. Ich sah die Passanten erst nur mehr *en masse* und dachte über sie als Herden-Ganzes nach. Bald aber ging ich dann zu Einzelheiten über und betrachtete mit minuziösem Interesse die ungezählten Varietäten in Kleidung und Gestalt, in Gangart und Gebaren, Gesicht und Mienenspiel.

Bei weitem die größere Zahl der Vorübergehenden zeigte ein zufrieden geschäftiges Gehaben und schien allein daran zu denken, sich einen Weg durch das Gedränge zu bahnen. Ihre Stirnen waren gefaltet, und ihre Augen rollten quick-behende; wurden sie von Mitpassanten angestoßen, so legten sie keinerlei Anzeichen von Ungehaltenheit an den Tag, sondern ordneten ihre Kleidung und eilten weiter. Andere, eine insgleichen zahlreich vertretene Klasse, waren rastlos in ihren Bewegungen, hatten rot-hitzige Gesichter und redeten und gestikulierten mit sich selbst, wie wenn sie Einsamkeit gerade inmitten der Massen von Gesellschaft rings umher empfänden. Wurden sie aufgehalten in ihrem Lauf, so hörten diese Leute plötzlich auf zu murmeln, doch doppelten sie ihre Gestikulation und warteten, mit einem abwesenden und übertriebenen Lächeln auf den Lippen, daß die Personen, die sie hinderten, doch weitergingen. Und wurden sie gestoßen, so verbeugten sie sich überschwänglich tief vor denen, welche sie gestoßen hatten, und schienen überwältigt von Verwirrung. – Über das hinaus, was ich hier anmerkte, hatten diese beiden großen Gruppen nichts eigentlich Charakteristisches an sich. Ihre Kleidung war von jener Sorte, die man treffend als ›anständig‹ bezeichnet. Sie waren zweifelsohne Adlige, Kaufleute, Advokaten, Krämer und Börsenjobber – die Eupatriden und die Durchschnittler der Gesellschaft – Menschen mit Muße und Menschen, die betriebsam mit eigenen Angelegenheiten beschäftigt waren – die ihren Geschäften auf eigene Verantwortung nachgingen. Sie konnten mir keine sonderliche Aufmerksamkeit abringen.

Auffällig aber zeigte sich die Zunft der Schreiber und Ladendiener; bei ihnen konnte ich zwei bemerkenswerte Gruppen unterscheiden. Da waren einmal die unteren Vertreter, die Handlanger von Kramläden und Hehlernestern – junge Herrchen mit schmucken Röcken, blitzenden Stiefeln, wohlgeöltem Haar und hochmütig aufgeworfenen Lippen. Setzte man eine gewisse Geschmeidigkeit beiseite, die sich in Ermangelung eines besseren Wortes ›Ladendienerei‹ nennen ließe, so konnte man den Eindruck haben, das Benehmen dieser Leute sei ein getreues *facsimile* dessen, was vor zwölf oder achtzehn Monaten der Gipfelpunkt des *bon ton* gewesen war. Sie trugen die abgelegten Guten Manieren der Nobelwelt sozusagen auf; – darin liegt, glaube ich, die beste Definition dieser Klasse.

Die Gruppe der höheren Clerks, der ›Jungs aus gutem altem Hause‹, soliden Firmen zugehörig, war einfach unverkennbar. Sie erkannte man an ihren auf bequemen Sitz gearbeiteten Röcken und Hosen aus Schwarz oder Braun, an den weißen Krawatten und Westen, dem breiten, gediegenen Schuhwerk und den dicken Strümpfen oder Gamaschen. – Sie alle hatten leicht schon kahle Köpfe, von denen das rechte Ohr, lange als Feder-Halter benutzt, auf eine wunderlich spitzige Weise abstand. Ich bemerkte noch, daß sie ständig mit beiden Händen den Hut abnahmen oder wieder aufsetzten und daß sie Taschenuhren trugen, mit kurzen Goldketten von schwerer alter Arbeit. Sie strahlten etwas ausgesprochen Honoriges aus – gesetzt, man kann dergleichen überhaupt bewußt nach außen zur Schau stellen.

Im weiteren erblickte ich eine Menge flotter Existenzen, die – so ließ sich unschwer erkennen – zu der famosen Rasse der Taschenmarder gehörten, von denen alle Großstädte geplagt werden. Ich betrachtete mir diese feinen Leute mit viel Neugier und fand es schwierig, mir vorzustellen, wie ein echter Gentleman sie auch nur einen Augenblick lang als echte Gentlemen sollte verkennen können. Ihre klotzig-protzigen Manschetten und dazu ihre reichlich dick aufgetragenen Biedermienen müßten sie eigentlich auf dem Fleck verraten.

Die Spieler und Spekulanten, von denen ich nicht wenige erspähte, ließen sich gar noch leichter erkennen. Sie trugen alle möglichen Kostüme, von dem des rücksichtslosen Gauner-Louis, mit Sammetweste, modischem Halstuch, vergoldeten Ketten und filierten Knöpfen, bis zu dem des betont schmucklosen Geistlichen, das natürlich über jeglichem Verdachte hocherhaben war. Doch alle waren sie kenntlich an einer gewissen Dunkelbräune ihres klitschig gedunsenen Gesichts, an einer schlierigen Trübe des Blicks und an den bläßlichen, zusammengepreßten Lippen. Überdem hatten sie noch zwei weitere Charakteristika an sich, an denen ich sie jederzeit entdecken konnte; – einen behutsam gedämpften Ton bei Unterhaltungen – und die Angewohnheit, den Daumen in einer Weise rechtwinklig von den andern Fingern abzuspreizen, die schon recht ungewöhnlich war. – Im Verein mit diesem Schwindlervölkchen bemerkte ich sehr häufig eine Sorte Menschen, die zwar von etwas anderem Habit, doch Vögel von ganz ähnlicher Gattung waren. Man darf sie vielleicht als jene Ehrenmänner definieren, welche von ihren Geistesgaben leben. Sie scheinen in zwei Bataillonen über die Öffentlichkeit herzufallen – als Dandys und als Militärs. Die Hauptmerkmale der ersten Kaste bestehen aus langen Locken und einem permanenten Lächeln; die der zweiten aus Schnürenröcken und finster gerunzelten Stirnen.

   Weiter abwärts auf der Leiter dessen, was man so ›die feine Art‹ nennt, fand ich dann mancherlei Erscheinungen, angesichts derer sich mein Grübeln verdüsterte und vertiefte. Ich sah da jüdische Händler, in deren Gesichtern Habichtaugen blitzten, indessen jeder andere Zug darin einzig den Ausdruck kriecherischer Unterwürfigkeit trug; dreiste Straßenbettler von Profession, die scheele Blicke auf die Armen besserer Herkunft warfen, welche allein von Verzweiflung um eine milde Gabe in die Nacht hinaus getrieben worden waren; schwache und bleiche Invaliden, auf die der Tod schon sichtbarlich die Hand gelegt hatte und die linkisch heran und durch die Menge hin schwankten und flehentlich in jedermanns Gesicht blickten, als suchten sie darin irgendeine Tröstung, die der Zufall bringen mochte, irgendeine längst verlorne Hoffnung; sittsame junge Mädchen, die von langer und lähmender Arbeit in ein freudloses Zuhause zurückkehrten und traurigen Auges eher denn indigniert vor den Blicken von Rohlingen zurückschauderten, mit denen sie unvermeidlich gar in direkte Berührung kamen; Bürgerfrauen aller Arten und Alter – die unzweifelhafte Schönheit im Lenz ihrer Weiblichkeit, die einem die

Statue im Lukian einfallen ließ, mit der Oberfläche aus parischem Marmor und dem Inneren voller Unrat, – die ekelerregende und gänzlich verlorene Aussätzige in ihren Fetzen – die verrunzelte, juwelenbehängte und schminkebesudelte alte Vettel mit ihren krampfhaften Anstrengungen, jung zu erscheinen – das bloße Kind von noch unreifen Formen, das doch, bei solcher Umgebung, lange schon erfahren ward in den fürchterlichen Gefallsüchten des Gewerbes und glüht vor rasendem Ehrgeiz, es den Älteren im Laster gleichzutun; Betrunkene, zahllos und unbeschreiblich – manche in Fetzen und Lumpen, taumelnd, lallend, mit zerschlagenen Visagen und glanzlosen Augen – manche in ganzen, doch schmutzigen Kleidern, mit leicht unsicherem Scharwenzelschritt, dicken sinnlichen Lippen und derben roten Gesichtern – andere in Stoffe gekleidet, die einst gewiß einmal gut gewesen und selbst jetzt noch peinlich sauber gebürstet waren – Menschen, die mit schon fast unnatürlich festem und federndem Schritt dahingingen, deren Züge jedoch erschreckend bleich, deren Augen gräßlich wild und gerötet waren und die, indessen sie durch die Menge wandelten, mit fahrigen Fingern nach jedem Gegenstand griffen, der in ihre Reichweite kam; außerdem Pastetenhändler, Lastträger, Kohlenschlepper und Schornsteinfeger; Orgeldreher, Gaukler mit Äffchen und Balladenhändler, Verkäufer sowohl als Sänger; abgerissene Handwerker und erschöpfte Arbeiter jeglicher Schattierung; – und sie alle erfüllt von einer geräuschvollen und zügellosen Munterkeit, die mißtönend ans Ohr scholl und das Auge schmerzhaft berührte.

Je tiefer die Nacht herniedersank, desto mehr vertiefte sich meine Teilnahme für dies Schauspiel; denn nicht nur wandelte sich der allgemeine Charakter der Menge wesentlich derweil (die sanfteren Züge schwanden daraus, schrittweis', je mehr die ordentlichen, gesitteten Leute verschwanden, und schärfer trat das Abstoßende hervor, als nun die späte Stunde jede Art von Laster aus seiner Höhle kriechen ließ), sondern die Strahlen der Gaslaternen hatten, zu Anfang schwach noch in ihrem Ringen mit dem sterbenden Tag, jetzt schließlich die Übermacht gewonnen und warfen über jegliches Ding einen launenhaften und grellhellen Schein. Alles war dunkel und doch zugleich voll Glanz – wie jenes Ebenholz, mit welchem man den Stil des Tertullian verglichen hat.

Die wilden Wirkungen des Lichtes brachten mich dazu, den einzelen Gesichtern nachzuspüren; und obschon die reißende Schnelle, mit welcher die Lichterwelt vor dem Fenster dahinflitzte, mich verhinderte, mehr denn einen kurzen Zuckblick auf jede Physiognomie zu werfen, schien's mir doch, in jener besondern Geistesverfassung, als könnte ich häufig selbst in diesem kurzen Blickmoment die Geschichte langer Jahre lesen.

Die Stirn ans Glas gepreßt, war ich mithin beschäftigt, die flutende Masse zu mustern, als mir plötzlich ein Gesicht in den Blick kam (das eines abgelebten alten Mannes von wohl fünfundsechzig oder siebzig Jahren) – ein Gesicht, welches aufgrund der absoluten Idiosynkrasie seines Ausdrucks sogleich meine ganze Aufmerksamkeit fesselte und in sich hineinsog. Nie jemals hatte ich etwas gesehen, das diesem Ausdruck auch nur entfernt ähnlich war. Ich erinnere mich noch wohl, daß mein erster Gedanke bei diesem Anblick war, daß Retzsch es, hätte er's geschaut, bei weitem seinen eignen bildlichen Inkarnationen des Erzfeinds würde vorgezogen haben. Indessen ich es noch während der knappen Zeitspanne, die mir zum Betrachten blieb, irgendwie in seiner Aussage zu analysieren bemüht war, befielen meinen Geist, ganz wirr und paradox, Vorstellungen von riesiger Geisteskraft; von Vorsicht, Filzigkeit; von Geiz; von Herzenskühle; von Bosheit, Blutdurst, von Triumph; von Fröhlichkeit und exzessivem Schrecken; von intensiver, äußerster Verzweiflung. Ich fühlte mich ganz sonderbar erregt, verstört und fasziniert. ›Welch eine wilde Geschichte‹, sprach ich zu mir selbst, ›mag in dieser Brust bewahrt liegen!‹ Dann überkam mich ein forderndes Verlangen, den Mann im Auge zu behalten – mehr über ihn zu erfahren. Hastig legte ich meinen Überrock an, ergriff Hut und Stock, trat auf die Straße hinaus und drängte mich in der Richtung, die ich ihn hatte nehmen sehen, durch die Menge; denn er war bereits verschwunden. Nach einigen kleinen Schwierigkeiten bekam ich ihn schließlich wieder zu Gesicht, näherte mich ihm und folgte ihm auf den Fersen, doch in aller Vorsicht damit er nicht auf mich aufmerksam wurde.

Ich hatte nun eine gute Gelegenheit, ihn mir genau zu betrachten. Er war von kurzer Statur, sehr dünn und anscheinend ziemlich schwach. Seine Kleider waren, ganz allgemein gesehen, schmutzig und zerlumpt; doch wenn er dann und wann in den strengen Schein einer Laterne geriet, erkannte ich, daß seine Wäsche, wenngleich wohl dreckig, doch aus feinem Gewebe bestand;

und täuschte mich mein Auge nicht, so erblickte ich einmal flüchtig durch einen Riß in der fest zugeknöpften und offenbar aus zweiter Hand stammenden *roquelaure,* die ihn umhüllte, einen Diamanten und einen Dolch. Diese Beobachtungen erhöhten meine Neugier, und ich beschloß, dem Fremden zu folgen, wohin er immer auch gehen mochte.

Es war nun völlig Nacht geworden, und über der ganzen Stadt hing dicker feuchtiger Nebel, der bald in hartnäckigen und schweren Regenfall überging. Dieser Wetterumschlag hatte eine wunderliche Wirkung auf die Menge, die vom ersten bis zum letzten augenblicklich in neue Bewegung geriet und sich mit einem Heer von Regenschirmen überdachte. Das Schieben, Stoßen und Summen wuchs zu zehnfachem Maße an. Was mich selber betraf, so achtete ich des Regens nicht sonderlich – obschon das Lauern kaum überwundenen Fiebers in mir dies Vergnügen keineswegs ganz ungefährlich machte. Mir ein Taschentuch vor dem Mund bindend, schritt ich rüstig weiter. Eine halbe Stunde lang bahnte sich der alte Mann mit Schwierigkeit seinen Weg durch das Getümmel der großen Verkehrsstraße; und ich ging hinter ihm her, ihm dicht auf den Fersen, aus Angst, ich könnte ihn sonst aus den Augen verlieren. Da er nicht ein einzigesmal den Kopf wandte, um zurückzublicken, bemerkte er mich nicht. Nach einer Weile bog er in eine Querstraße ein, in welcher, obschon es auch hier von Menschen wimmelte, kein solches Gedränge herrschte wie auf der Hauptstraße, die wir verlassen. Hier zeigte sein Verhalten jähen Wandel. Er ging langsamer und weniger zielstrebig denn zuvor – viel zögernder. Er kreuzte wiederholt die Fahrbahn ohne ersichtlichen Zweck; und immer noch war das Gemenge so dicht, daß ich bei einer jeden derartigen Bewegung genötigt war, ihm auf dem Fuße zu folgen. Die Straße war lang und eng, und nahezu eine Stunde bewegte er sich darauf hin, während welcher Zeit sich die Passantenzahl allmählich verringert hatte, bis nur noch etwa so viele dawaren, wie man gewöhnlich zu Mittag auf dem Broadway in der Nähe des Parks erblickt – so groß noch ist der Unterschied in der Bevölkerungsdichte zwischen London und der menschenreichsten Stadt Amerikas. Wir bogen nun ein zweitesmal ab und kamen auf einen strahlend beleuchteten und von Leben überfluteten Platz. Und da kehrte das alte Verhalten des Fremden zurück. Das Kinn fiel ihm auf die Brust, indessen unter der gerunzelten Stirne her die Blicke spitzig nach allen Richtungen auf die Menge übersprangen, die ihn umrann. Beharrlich und verbissen bahnte er sich seinen Weg. Ich war jedoch überrascht, als er, nachdem der Platz nun einmal im Kreise umschritten war, sich wendete und auf seiner eignen Spur zurückging. Schier noch mehr aber staunte ich, als er den selben Weg verschiedne Male wiederholt zurücklegte – wobei er mich einmal fast entdeckt hätte, als eine Wendung gar so plötzlich kam.

Mit dieser Leibesübung brachte er eine weitere Stunde hin, an deren Ende uns weit weniger Passanten störend in den Weg traten denn zu Anfang. Es regnete reichlich; die Luft ward kühl; die Menschen suchten ihre Häuser auf. Mit einer Geste der Ungeduld bog der Wanderer in eine Seitenstraße ab, die vergleichsweise verlassen lag. Auf dieser eilte er wohl eine Viertelmeile weit so rührig-rüstig hin, wie ich's im Traum nicht einem so betagten Manne zugetraut; ich hatte manche Mühe, ihm zu folgen. Ein paar Minuten Eilens ließen uns auf einen großen und betriebsamen Basar gelangen, mit dessen Örtlichkeiten der Fremde wohlvertraut schien und wo sein früheres Gebaren sich wieder einstellte: ganz ziellos her und hin – so bahnte er sich seinen Weg quer durch den Schwarm der Kunden und Verkäufer.

Während der anderthalb Stunden, die wir an dieser Stätte zubrachten, bedurfte's mancher Vorsicht meinerseits, in seiner Nähe zu bleiben, ohne seine Obacht zu erregen. Glücklicherweise trug ich ein Paar Kautschuk-Überschuhe und konnte mich also vollkommen lautlos bewegen. Nicht einen Augenblick lang merkte er, daß ich ihm nachlauerte. Er betrat Laden um Laden, doch erfragte er keinerlei Preis: kein Wort kam über seine Lippen, und nur ein wildes und leeres Starren richtete sich auf die ausliegenden Waren. Ich war nun förmlich bestürzt ob dieses Betragens und faßte den strikten Entschluß, mich nicht eher von ihm zu trennen, als ich mir ein einigermaßen zufriedenstellendes Bild von ihm gemacht hätte.

Eine lautdröhnende Glocke schlug elf, und rasch verließ die Menge nun den Basar. Ein Ladenbesitzer stieß beim Vorlegen eines Gitters den alten Mann, und momentlang sah ich, wie ihn ein schroher Schauder überlief. Er stürzte auf die Straße hinaus, blickte sich einen Augenblick lang ängstlich um und lief dann mit unglaublicher Behendigkeit durch mehrere gewundene und menschenleere Gassen, bis wir erneut bei der großen Verkehrsstraße herauskamen, von der wir unsern Ausgang genommen, –

der Straße des D---- Hotels. Diese bot jedoch jetzt ein gänzlich verändertes Aussehen. Noch strahlte sie im Glanz der Gaslaternen; doch der Regen fiel wütender nieder, und nur wenige Menschen waren noch zu sehen. Der Fremde wurde bleich. Verdrossen tat er ein paar Schritte auf der einst belebten Avenue; dann schlug er, mit einem schweren Seufzen, die Richtung zum Flusse ein und kam am Ende nach mannigfaltigen Umwegen vor eines der großen Theater der Stadt. Dort wollte man eben schließen; das Publikum drängte aus den Türen. Ich sah den alten Mann keuchen, wie wenn er nach Atem ränge, als er sich nun mitten in die Menge warf; doch meinte ich zu erkennen, daß die tiefe Seelenpein auf seinen Zügen einigermaßen nachgelassen habe. Sein Kopf sank wieder auf die Brust; er sah so aus wie anfangs, da ich ihn getroffen. Ich bemerkte, daß er die nämliche Richtung einschlug, welche die größere Masse des Publikums genommen, – doch im ganzen blieb ich ratlos, wie ich mir sein wunderliches Tun deuten sollte.

Doch nicht lange, so verlief sich die Gesellschaft allmählich, und seine frühere Unschlüssig- und Verdießlichkeit stellte sich wieder ein. Eine Zeitlang blieb er dicht hinter einer Gruppe von zehn oder zwölf Zechbrüdern; aber auch diese zerstreuten sich einer nach dem andern, bis nur noch drei in einer engen und wenig belebten, düsteren Gasse beisammen waren. Der Fremde hielt inne und schien einen Augenblick lang in Gedanken verloren; dann schlug er mit allen Anzeichen innerer Erregung hastigen Schritts einen Weg ein, der uns in die Außenbezirke der City brachte, in Gegenden, gänzlich verschieden von den bisher durchstreiften. Es handelte sich um das übelste, ungesündeste Viertel von London, wo allem und jedem der schlimme Geruch jammervollster Armut und verzweifeltsten Verbrechens anhaftete. Im trüben Licht einer gelegentlichen Laterne erblickte man große, altertümliche, wurmzerfressene Wohngehäuse aus Holz, die ihrem Einsturz entgegenwankten und ein so kraus verschachteltes In- und Durcheinander bildeten, daß kaum die Andeutung einer Passage zwischen ihnen erkennbar war. Die Pflastersteine lagen regellos umher, von geil-wucherndem Gras aus ihrem Bett gedrängt. Grauenhafter Schmutz faulte in den eingedämmten Gossen. Die ganze Atmosphäre war mit Trostlosigkeit geschwängert. Doch als wir weiter vordrangen, lebten die Laute menschlichen Treibens gradweis' wieder auf, und schließlich ließen sich größere

Banden der verkommensten Londoner Bevölkerung sehen, her und hin schwankend in bezechtem Taumel. Die Lebensgeister des alten Mannes flackerten erneut auf, wie eine Lampenflamme kurz vor dem Verlöschen. Noch einmal schritt er federnden Trittes aus. Da plötzlich, wir bogen eben um eine Ecke, brach uns ein blendender Lichtschein ins Gesicht, und wir standen vor einem der ungeheuern Tempel der Intemperanz – vor einem der Paläste des Dämons Alkohol.

Nun dämmerte schon fast der Tag herauf; doch immer noch drängte eine Anzahl erbärmlich Trunkener zum aufgeprunkten Portale aus und ein. Mit einem halben Freudenschrei bahnte sich der alte Mann einen Weg hinein, gewann mit einem Schlag sein früheres Gebaren wieder und schritt ohne jedes ersichtliche Ziel im Gedränge her und hin. Doch war er dieser Beschäftigung noch nicht lange nachgegangen, da zeigte ein Hasten nach den Türen, daß der Wirt für diese Nacht schließen wollte. Es war etwas Ärgeres noch denn Verzweiflung, was ich nun auf den Zügen des sonderlichen Wesens wahrnahm, dem ich so standhaft nachgegangen war. Doch keinen Augenblick lang zögerte er in seinem Lauf, sondern lenkte seine Schritte alsbald in irrer Unermüdlichkeit dem Herzen des mächtigen London wieder zu. In langen Eilschritten floh er dahin, indessen ich ihm voller Bestürzung folgte, entschlossen, nicht von einer Untersuchung zu lassen, für welche ich nun ein alles verzehrendes Interesse empfand. Die Sonne stieg herauf, derweil wir dahineilten, und als wir einmal mehr das dichteste Gewühl der volkreichen Stadt erreichten, die Straße des D---- Hotels, bot sich ein Anblick von Menschenwirrwarr und -geschäftigkeit, der dem vom Abend vorher schwerlich nachstand. Und hier, inmitten des immer stärker werdenden Gewühls, blieb ich beharrlich und ausdauernd bei meiner Verfolgung des Fremden. Doch wie zuvor schon wanderte er auf und nieder und wich während des ganzen Tags nicht aus dem Getümmel jener Straße. Und als dann die Schatten des zweiten Abends kamen, war ich zu Tode müde; ich hielt an; ich trat dem Wandrer mitten in den Weg und starrte ihm beharrlich ins Gesichte. Doch er nahm keinerlei Notiz von mir, sondern schritt weiter in feierlichem Gang, indessen ich davon abstand, ihm noch fürder zu folgen, und in Gedanken versunken zurückblieb. ›Dieser alte Mann‹, sagte ich schließlich, ›ist das Urbild und der Genius tiefer Schuld. Er bringt's nicht über sich, allein zu sein. *Er ist der Mas-*

121

senmensch. Es wäre fruchtlos, ihm hinfort zu folgen; denn weder über ihn noch über seine Taten werd' ich mehr erfahren. Im Buche des bösesten Herzens auf der Welt steht mehr geschrieben denn im *Hortulus Animae,* und vielleicht ist es nur eine der großen Gnadengaben Gottes, daß »es sich nicht lesen läßt«.‹

Die Maske des roten Todes

Der ›Rote Tod‹ hatt' lang das Land verheert. Nicht eine Pestilenz je war so voll Verderben, so scheußlich graus gewesen. Blut war ihr Avatara und Sigill – die Rotglut und der Horror Bluts. Schneidende Pein trat ein und jäher Schwindel – und dann, aus allen Poren überflutend, Blutfluß, mit Tods Zersetzung. Scharlachene Flecken auf dem Leib und auf besonders dem Gesicht des Opfers warn der Plage Bann, der es von Hülfe und von Mitgefühl der Nebenmenschen ausschloß. Und erster Anfall, Fortgang und das Ende der Seuche warn dann das Werk kaum einer halben Stunde.

Doch der Fürst Prospero war glücklich und beherzt und von besonderm Klugsinn. Als seine Lande halb entvölkert waren, forderte er wohl tausend gesunde und frohmutige Freunde unter den Rittern und Damen seines Hofes vor sein Angesicht, und mit ihnen zog er sich in die tiefe Abgeschiedenheit einer seiner befestigten Abteien zurück. Es war dies ein ausgedehnter und gar prächtiger Bau, die Schöpfung von des Fürsten eigenem exzentrischen, doch hehr erhabenen Geschmack. Eine hochmächtige Mauer gürtete sie ein. Und diese Mauer hatte erzene Pforten. Da sie nun eingezogen, brachten die Höflinge Schmelzöfen und massige Hämmer herbei und verschweißten die Riegelbolzen. Es sollte, so beschloß man, weder für Eindrang von draußen dort noch für Entweichen hier dem jähen Antrieb von Verzweiflung oder von Tollsucht gar ein Mittel belassen bleiben. Reichlich war die Abtei mit Proviant versehen. Mit solcher Fürsicht gerüstet, mochten die Höflinge der Ansteckung wohl Trotz bieten. Die Welt da draußen konnte für sich selber sorgen. Inzwischen war es Narrheit, sich grämlichen Gedanken hinzugeben. Der Fürst hatte Fürsorge getroffen für jede Art Zerstreuung. Possenreißer waren zur Stelle, Improvisatoren, Ballett-Tänzer auch und Musikanten, da gab es Schönheit, da gab es Wein. All dies und Sicherheit waren hier drinnen. Draußen war und blieb der ›Rote Tod‹.

Es ging gegen Ende des fünften oder sechsten Monds seiner Zurückgezogenheit, da vereinte Fürst Prospero, indessen drauß die Pestilenz am wildesten wütete, all seine tausend Freunde auf einem Maskenball von allerhöchster Pracht.

Es war ein zügellos wollüstliches Schauspiel, dieses Maskenfest. Doch erst noch seien die Räume geschildert, in denen es so wild gefeiert ward. Es waren ihrer sieben – eine herrscherliche Suite. In vielen Palästen nun bieten solche Zimmerfluchten einen langen und geraden Durchblick, indem die Flügeltüren zu beiden Seiten nahezu bis an die Wand zurückgleiten, so daß die Sicht hin durch die gesamte Ausdehnung kaum behindert ist. Hier lag der Fall jedoch sehr anders, wie von des Herzogs Liebe zum Bizarren wohl zu erwarten war. Die Gemächer waren so unregelmäßig angelegt, daß der Blick nur wenig mehr denn jeweils eins erfaßte. Eine scharfe Biegung kam alle zwanzig oder dreißig Ellen, und jede Biegung brachte neuen Eindruck. Zur Rechten und zur Linken, mitten in jeder Wand, blickte ein hohes und schmales gotisches Fenster hinaus auf einen geschlossenen Gang, welcher den Windungen der Suite folgte. Diese Fenster warn aus buntgeflecktem Glase, und ihre Farbe wechselte je nach der herrschenden Schattierung von Schmuckwerk und Verzier in dem Gemach, das sie erhellten. Dasjenige am äußersten Ostende zum Beispiel war ausstaffiert in Blau – und lebhaft blau warn seine Fenster auch. Das zweite Zimmer war, in Putz und Wandbehängen, purpurn gehalten – und purpurn waren hier die Scheiben. Das dritte war ganz grün – insgleichen seine Fenster. Das vierte war orangen eingerichtet und in Orange beleuchtet – in Weiß das fünfte dann – das sechste violett. Das siebente Gemach war dicht verhüllt von schwarzen Samtverhängen, die hoch am Deckgewölb sich spannten und schwer in Falten an den Wänden nieder auf einen Teppich von gleichem Material und gleicher Färbung fielen. Doch einzig in dieser Kammer wollte die Farbe der Fenster nicht mit der Zierausstattung überein stimmen. Hier warn die Scheiben scharlachrot – tief blutigfarben. Nun gab's in keinem von den sieben Prunkgemächern nur irgend Lampen oder Kandelaber, bei allem sonst verschwenderischen Überfluß von güldnem Zierrat, der überall verstreut lag oder vom Gewölb hiedniederhing. Kein Licht etwelcher Art entströmte Lampe oder Kerze in der Zimmerflucht. Doch in den Gängen, welche der Suite folgten, da stand einem jeden Fenster gegenüber ein schwerer Dreifuß – drauf eine Kohlenpfanne, deren Feuer seine Strahlen durch das getönte Glas hinüberwarf und so den Raum blendglänzend erhellte. Und damit ward eine Fülle prunkbunter und phantastischer Erscheinungen erzeugt. Doch in dem westlichen oder schwarzen Gemach war die Wirkung des Feuerscheins, der durch die blutiggetönten Scheiben hin auf die düsteren Behänge strömte, schier geisterbleich und gräßlich im Extrem und brachte auf die Züge Aller, die es betraten, solch einen wilden Blick, daß wenige von der Gesellschaft den Mut besaßen, auch nur den Fuß in sein Bereich zu setzen.

In diesem Gemach auch war es, daß an der westlichen Wand sich eine gigantische Standuhr aus Ebenholz erhob. Ihr Pendel schwang her und hin mit dumpfem, wuchtig monotonem Schall; und wenn des großen Zeigers Kreisbahn auf dem Zifferblatt beendet und eine neue Stunde auszuschlagen war, kam von den messingnen Lungen der Uhr ein Laut, klar tief sonor und überaus harmonisch, doch von so sonderlichem Tongedröhn, daß stets bei jedem Stundenschlag die Musikanten des Orchesters für einen Augenblick doch zu verhalten gezwungen warn in ihrer Darbietung, um dem Geräusch zu lauschen; und gleicher Weise zwang's die Walzertänzer auch, von ihren Drehungen zu lassen; und kurze Verlegenheit befiel die ganze ausgelassene Gesellschaft; und indessen die Uhrenschläge noch erschallten, ward bemerkt, daß auch der Flatterhafteste erbleichte und die Betagtern und Gefaßtern sich mit feuchten Händen nach den Stirnen griffen, wie in verworrner Träumerei und Sinnesschwere. Doch war der letzte Echohall verschollen, so durchlief ein Leichtsinnslachen die Versammlung; die Musikanten blickten einander an und lächelten, ganz wie ob ihrer eignen Nervenschwäche und Narrheit, und flüsternd taten sie einander das Gelöbnis, es sollte das nächste Uhrenschlagen in ihnen kein ähnliches Empfinden mehr erzeugen; und waren dann wieder sechzig Minuten verstrichen (das aber sind drei Tausend und sechs Hundert Sekunden der Zeit, die flüchtig dahin verrinnt), so folgte doch erneut ein Glockgeläut, und dann griff ganz die nämliche Verwirrung und Zitterbangigkeit und Sinnesschwere als vorher um sich.

Doch trotz all dieser Dinge war's ein lustiges und prächtiges Gelage. Der Herzog war von durchaus eigentümlichem Geschmack. Er hatte ein feines Aug' für Farben und Effekte. *Decora* bloßer Mode galten ihm gering. Seine Ideen waren gewagt und feurig, und seine Konzeptionen glühten vor barbareskem Glanz. Wohl giebt es manche, die ihn für wahnsinnig betrachtet haben würden. Doch sein Gefolge hielt ihn nicht dafür. Man mußte ihn wohl hören und ihn sehen und ihn berühren, um dess' gewiß zu sein.

Die Schmuckausstattung der sieben Prunkgemächer hatte er zum großen Teil aus Anlaß dieser *fête* höchstselber dirigiert; und

auch sein eigner lenkender Geschmack war es, der den Maskierten den Charakter lieh. Und wahrlich, diese Masken warn gro-
tesk. Da gab es reichlich Glanz und glitzerndes Geflitter, pi-
quante Reize und manch Truggebild – wovon man vieles seither
in Hernani gesehen hat. Da waren arabeskeste Gestalten, schier
fratzenhaft in Gliedrung und Gewand. Da traten Wahnsinns-
ausgeburten auf, wie der Verrückte nur sie sich ersinnt. Da war
viel Liebliches, viel lüstern Liederliches, auch viel Bizarres, und
manches gruslich Schaurige, doch nichts, das irgend hätte Ab-
scheu wecken mögen. Hin durch die sieben Kammern schritt und
glitt – so war's zuletzt – ein Heer von Träumen. Und diese
Träume wanden sich hin und hinum, empfingen Färbung von den
Räumen und ließen schließlich das tolle Musizieren des Orchesters nur wie das Echo ihres Schreitens scheinen. Und wieder
schlägt die ebenholzne Uhr, die in der Halle von Sammet steht.
Und dann, für einen Augenblick, ist alles still, und alles schweigt
bis auf der Standuhr Stimme. Die Träume sind wie im Frost er-
starrt, wie sie grad eben stehen. Doch die Echos der Glocke sterben dahin – sie haben nur einen Augenblick gedauert – und lok-
ker-loses, halb noch unterdrücktes Gelächter flutet hinter ihnen
nach, da sie verscheiden. Und nun schwillt die Musik auch wieder
auf, und es beleben sich die Träume neu und drehn sich munterer
als je dahin und nehmen Färbung von den vielfach-tintig getönten
Fenstern an, durch die das Strahlen der Kohlenbecken strömt.
Doch dem Gemach, das weit im äußern Westen von den sieben
liegt, dem will nicht einer der Maskierten sich näher wagen; denn
die Nacht schwindet schon dahin; schon flutet dort ein rötlicheres
Licht durch die blutfarbenen Scheiben herein; und die Schwärze
der düstern Vorverhängnisse entsetzt; und wer den Fuß auf den
düstern Teppich wagt, dem kommt von der nahen Uhr von Ebenholz ein dumpfgedämpfter Schall noch feierlicher tönend-dröh-
nend zu als jener, welcher derer Ohren füllt, die den entlegnern
Lustbarkeiten der anderen Gemächer nachgehn.

  Doch diese anderen Gemächer waren dicht bevölkert, und fie-
berhaft und hastig schlug in ihnen das Herz des Lebens. Und das
Gelag nahm wirbelnd seinen Fortgang, bis endlich von der Uhr
der Schall der Mitternacht begann. Und da verstummte die Musik, wie ich's erzählte; und die Bewegungen der Walzertänzer kamen zur Ruhe; und klamm beklommnes Stillstehn aller Dinge
war wie zuvor. Nun aber mußte der Schlag der Uhr zwölf Mal er-

schallen; und so vielleicht geschah's, daß mehr Gedanken-schwere, und für längre Zeit, sich in den Sinn der Nachbedenkli-cheren unter den Schwelgern schlich. Und so, vielleicht, geschah es auch, daß, eh' das letzte Echo des letzten Glockenschalls noch eigentlich verschollen, schon viele einzeln in der Menge waren, die Muße gefunden hatten, einer maskierten Gestalt gewahr zu werden, deren Gegenwart zuvor nicht eines Obacht angezogen hatte. Und kaum war das Gerücht von dieser neuen Erscheinung flüsternd rund verbreitet, da erhob sich schließlich von der gan-zen Gesellschaft ein Summen und Gemurr der Mißgehaltenheit und Überraschung – dann, endlich, gar des Schreckens, Grau-sens, Ekels.

Bei einer Versammlung so geisterhafter Truggebilde, wie ich sie gemalt, darf man wohl vermuten, daß keine gewöhnliche Er-scheinung solches Aufsehen hätte erregen können. Tatsächlich waren der Maskenfreiheit der Nacht nahezu keine Grenzen ge-setzt; doch die fragliche Gestalt hatte selbst noch Herodes über-troffen und war weit über selbst das unbeschränkte Dekorum des Fürsten hinausgegangen. Es sind Saiten in den Herzen auch der Leichsinnigsten, welche nicht ohne Gemütsaufwallung berührt werden können. Selbst für den, der auf immer verloren, dem Le-ben und Tod gleicherweise für Scherz gelten, gibt es Dinge, mit denen kein Scherz mehr sich treiben läßt. Tatsächlich schien die ganze Gesellschaft nun zutiefst zu empfinden, daß in Verkleidung und Betragen des Fremden weder Witz noch Schicklichkeit zu finden war. Die Gestalt war hoch und hager und war von Kopf bis Fuß in die Laken des Grabs gehüllt. Die Maske, welche das Gesicht verbarg, war in allen Zügen so ähnlich einem starren Lei-chenanlitz nachgebildet, daß auch die gründlichste Prüfung hätte Schwierigkeiten haben müssen, den Betrug zu entdecken. Und doch hätte all dies bei den tollen Schwelgern in der Runde wohl noch Duldung gefunden, wenn nicht gar Beifall. Doch der Ver-mummte war so weit gegangen, die Urgestalt des Roten Todes anzunehmen. Seine Gewandung war von *Blut* besprizt – und seine breite Stirn, mit allen Zügen des Gesichts, sprenkelte der scharlachene Schrecken.

Als nun die Augen von Fürst Prospero auf dies gespenstische Bild fielen (das mit langsamer und feierlicher Bewegung, wie um seine Rolle noch augenfälliger durchzuführen, unter den Walzer-tänzern her und hin schritt), ward sichtbar, wie er im ersten Augenblick von einem heftigen Schauder erschüttert ward – des Schrecks entweder oder des Widerwillens; doch schon im nächsten rötete sich seine Stirn vor Zorn.

»Wer wagt es«, so verlangte er heiser von den Höflingen zu wissen, die in seiner Nähe standen – »wer wagt es, uns mit diesem lästerlichen Blendwerk Hohn zu bieten? Ergreift ihn und nehmt ihm seine Maske – auf daß wir erfahren, wen wir bei Sonnenaufgang an den Zinnen zu hängen haben!«

Es war im östlichen oder blauen Gemach, da der Fürst Prospero stand, als er diese Worte äußerte. Sie hallten laut vernehmlich hin durch alle sieben Räume, denn der Fürst war ein beherzter und ein starker Mann, und unter einem Winken seiner Hand war die Musik verstummt.

Es war im blauen Zimmer, wo der Fürst stand, eine Gruppe erbleichter Höflinge zur Seite. Zuerst noch, da er sprach, entstand eine leicht hastige Bewegung in dieser Gruppe, als wollte man sich auf den Eindringling stürzen, der im Augenblick auch nah zur Hand war und nun, mit stolzem und bedächtigem Schritt, noch näher auf den Sprecher zutrat. Doch bei dem namenlosen Grauen, das die wahnwitzigen Anmaßungen des Vermummten der ganzen Gesellschaft eingehaucht hatten, fand sich niemand, der auch nur die Hand nach ihm ausgestreckt hätte, ihn zu ergreifen; so daß er, unbehindert, bis auf eine Elle an des Fürsten Person herantrat; und indessen die gewaltige Versammlung, wie unter einem einzigen Bewegtrieb, aus der Mitte der Räume an die Wände zurückwich, nahm er seinen Weg ununterbrochen, doch mit dem gleichen feierlich gemeßnen Schritt, der ihn von allem Anfang ausgezeichnet, hin durch das blaue Gemach zum purpurnen – durch dieses dann zum grünen – durchs grüne zum orangenen – durch dieses wieder zum weißen – und gar von dort noch hin zum violetten, ehe noch eine entschiedene Bewegung getan ward, ihn festzuhalten. Doch dann geschah's, daß der Fürst Prospero, rasend vor Zorn und Scham ob seiner eignen momentanen Feigheit, in Eile durch die sechs Gemächer stürzte, derweil ihm niemand nachzufolgen wagte, auf Grund eines tödlichen Entsetzens, das sich aller bemächtigt hatte. Hochauf erhoben trug er einen gezognen Dolch, und schon war er, in wildem Ungestüm, auf drei, vier Schritt dem Weichenden nahe gekommen, – da wendete sich die Gestalt, nachdem sie jetzt das äußerste Gemach gewonnen, das von schwarzem Samt, jählich herum, um dem Verfolger standzuhalten. Ein greller Schrei erscholl – und der Dolch fiel funkelnd auf den düsterschwarzen Teppich nieder, auf den im Augenblick danach im Tode der Fürst Prospero hinstürzte. Da warf sich, mit dem tollen Mute der Verzweiflung, ein Hauf der Festesgäste mit einem Male in das schwarze Gemach, und indem sie den Vermummten packten, dessen hohe Gestalt aufrecht und reglos stand im Schatten der Uhr von Ebenholz, befiel ein unausprechlich' Grauen sie, da sie die Grabeslaken und die leichengleiche Maske, die sie so rüde ungestüm anfaßten, unbewohnt fanden von jeglicher greifbarn Gestalt.

Nun ward die Gegenwart des Roten Tods erkannt. Wie in der Nacht ein Dieb war er gekommen. Und einer nach dem andern sanken die Gäste nieder, hin in den blutbetauten Hallen ihres Schwelgelags, und starb ein jeglicher in seines Falls Verzweiflungshaltung. Und in der ebenholznen Uhr verlosch das Leben mit dem des letzten dieser Fröhlichen. Und die Flammen der Dreifüße verglommen. Und Finsternis und Verfall kam, und der Rote Tod hielt grenzenlose Herrschaft über allem.

Das verräterische Herz

Wahrhaftig! – reizbar – sehr, fürchterlich reizbar warn meine Nerven gewesen, und sie sind es noch; doch warum meinen Sie, ich sei verrückt? Das Leiden hat meine Sinne geschärft – und keineswegs zerrüttet oder abgestumpft. Schier unvergleichlich scharf war mein Gehörsinn. Ich hörte alle Dinge im Himmel und auf Erden. Ich hörte viele Dinge in der Hölle. Wie? – bin ich darum verrückt? Geben Sie acht! und merken Sie auf, wie grundgesund – wie ruhig ich Ihnen die ganze Geschichte erzählen kann.

Wie der Gedanke zum erstenmal in mein Hirn drang, läßt sich unmöglich sagen; doch nachdem ich ihn einmal gefaßt, verfolgte er mich ständig Tag und Nacht. Ein Zweck war nicht dabei. Auch keine Leidenschaft. Ich mochte den alten Mann gern. Er hatte mir niemals Unbill zugefügt. Er hatte mich nie beleidigt. Nach seinem Geld gelüstete mich's nicht. Ich denke, es war sein Auge! ja, das war's! Er hatte das Auge eines Geiers – ein blaßblaues Auge mit einem Häutchen darüber. Sooft dessen Blick auf mich fiel, überlief es mich kalt; und so kam ich denn nach und nach – ganz langsam und allmählich – zu dem Entschlusse, dem alten Mann das Leben zu nehmen und somit des Auges auf immer ledig zu werden.

Hier liegt nun der springende Punkt. Sie meinen, ich sei verrückt. Verrückte sind Wirrköpfe. Nun, da hätten Sie aber einmal *mich* sehen sollen! Sie hätten sehen sollen, wie klug ich vorging – mit welcher Vorsicht – mit welch weiser Voraussicht – mit welcher Verstellung ich zu Werke ging! Nie war ich freundlicher zu dem alten Manne denn während der einen ganzen Woche, eh' ich ihn mordete. Und jede Nacht, um Mitternacht, drückt' ich die Klinke seiner Türe nieder und öffnete sie – oh, so sanft! Und wenn ich sie dann so weit geöffnet, daß mein Kopf hindurchpaßte, steckte ich eine Blendlaterne hinein – die ganz dicht geschlossen war, so daß kein Schein nach außen dringen konnte – und dann den Kopf hinterher. Oh, wenn Sie gesehen hätten, wie listig ich das anfing, – Sie hätten lachen müssen! Ich bewegte ihn ganz langsam – ganz, ganz langsam – um ja den alten Mann nicht im Schlafe zu stören. Es kostete mich eine Stunde, bis ich den Kopf zur Gänze so weit durch die Öffnung gebracht hatte, daß ich den Alten sehen konnte, wie er auf seinem Bette lag. Ha! – wäre wohl ein Verrückter so klüglich verfahren? Und dann, wenn ich den Kopf so recht im Raume hatte, blendete ich behutsam die Laterne auf – oh, so behutsam – behutsam (denn die Scharniere knarrten) blendete ich sie grad so weit auf, daß ein einziger dünner Strahl auf das Geierauge fiel. Und dieses tat ich sieben lange Nächte lang – stets just um Mitternacht – doch immer fand ich das Auge geschlossen; und so war es unmöglich, zu Werke zu gehen; denn es war ja nicht der alte Mann, der mich quälte, es war sein Böses Auge, war sein Böser Blick. Und jeden Morgen, wenn der Tag dann anbrach, ging ich kühn in seine Kammer und unterhielt mich dreist mit ihm, indem ich ihn in herzlichem Tone beim Namen nannte und mich erkundigte, wie er die Nacht verbracht habe. Sie sehen also – er wäre schon ein sehr schlauer alter Mann gewesen, hätte er geargwöhnt, daß ich in jeder Nacht, genau um zwölf, geschlichen kam, um ihn im Schlaf zu betrachten.

In der achten Nacht war ich beim Öffnen der Türe noch vorsichtiger als gewöhnlich. Der Minutenzeiger einer Uhr bewegt sich geschwinder, denn ich es tat. Niemals vor dieser Nacht noch hatte ich das Ausmaß meiner eignen Kräfte und meines Scharfsinns so tief empfunden. Kaum vermochte ich meinen Triumphgefühlen zu gebieten. Zu denken, daß ich hier war und langsam, Stück um Stückchen, die Türe öffnete – und daß er nicht einmal im Traume etwas von meinen heimlichen Taten und Gedanken ahnte! Ich mußte förmlich kichern bei dieser Vorstellung; und vielleicht hörte er mich; denn ganz plötzlich bewegte er sich auf dem Bette, als habe ihn etwas aufschrecken lassen. Nun denken Sie wohl, ich hätte mich zurückgezogen – aber keineswegs! In seinem Zimmer herrschte eine Finsternis von dichter Pechesschwärze (denn die Läden waren fest geschlossen, aus Furcht vor Einbrechern), und so wußte ich, daß er's nicht sehen konnte, wenn die Tür sich öffnete, und fuhr denn also fort, sie weiter, immer weiter aufzuschieben.

Ich hatte den Kopf schon drinnen und war eben dabei, die Laterne zu öffnen, da glitt mein Daumen auf dem blechernen Riegel ab, und der alte Mann fuhr im Bette hoch und schrie – »Wer ist dort?«

Ich blieb ganz still und gab keine Antwort. Eine geschlagene Stunde lang bewegte ich keinen Muskel, und während dieser ganzen Zeit hörte ich nicht, daß er sich wieder legte. Er saß noch immer aufrecht in seinem Bett und lauschte; – grad so wie ich es,

Nacht um Nacht, getan, das Klopfen der Totenuhren in der Wand zu behorchen.

Jetzt vernahm ich ein leichtes Stöhnen, und ich wußte, es war ein Stöhnen tödlichen Entsetzens. Es war kein Laut des Schmerzes oder Kummers – oh, nein! – es war der leise erstickte Laut, der vom Grunde der Seele sich löst, wenn übermächtiges Grauen auf ihr lastet. Ich kannte diesen Laut nur allzu gut. So manche Nacht schon, grad um Mitternacht, wenn alle Welt schlief, ist er im eignen Busen mir heraufgestiegen und hat mit seinem fürchterlichen Echo die Schrecken noch vertieft, die mich verstörten. Ich sage, ich kannte ihn gut. Ich wußte, was der alte Mann empfand, und eigentlich tat er mir leid, wiewohl in meinem Herzen ein Kichern saß. Ich wußte, daß er wachgelegen hatte – seit jenem ersten leise-leichten Geräusch, mit dem er sich im Bett herumgedreht. Und unablässig seither war die Angst in ihm gewachsen. Er hatte sich vorzustellen versucht, daß sie grundlos sei, doch war's ihm nicht gelungen. »Es ist nichts denn der Wind im Kamine«, hatte er sich zugeredet, »es ist nur eine Maus, die über den Boden läuft« oder »es ist bloß ein Heimchen, das einen einzigen Zirper getan hat«. Ja, mit derlei Mutmaßungen hatte er sich zu trösten versucht: doch war das alles vergeblich gewesen. *Vergeblich* alles: denn der Tod war zu ihm getreten und vor ihm hergeschritten und hatte mit seinem schwarzen Schatten das Opfer eingehüllt. Und es war die Trauerwirkung dieses unsichtbaren Schattens, welche ihn die Anwesenheit meines Kopfes in der Kammer *empfinden* ließ, obschon er sie weder sah noch hörte.

Nachdem ich lange Zeit in aller Geduld gewartet, ohne zu vernehmen, daß er sich niederlegte, beschloß ich, die Laterne um einen kleinen – um einen ganz, ganz kleinen Spalt zu öffnen. Ich tat's – und Sie können sich nicht vorstellen, wie – *wie* verstohlen und leise – bis schließlich ein einziger trüber Strahl, dünn wie ein Spinnwebfaden aus der Ritze schoß und voll auf das Geierauge fiel.

Es war offen – weit, weit offen – und Wut überkam mich, da ich darauf starrte. Ich sah es mit vollendeter Deutlichkeit – das häßliche Blau – mit der scheußlichen Häutchenhülle darüber, deren Anblick mich bis ins Mark der Knochen frösteln ließ; doch von Gesicht oder Gestalt des alten Mannes vermochte ich weiters nichts zu erblicken: denn ganz wie instinktiv hatte ich den Strahl genau auf jenen verfluchten Fleck gerichtet.

Und habe ich Ihnen nicht gesagt, daß was Sie fälschlich für Verrücktheit nehmen, nichts ist denn eine Überschärfe der Sinne? – Jetzt, sag' ich, jetzt drang mir zu Ohr ein leiser, dumpfer, hastiger Pochlaut, wie eine Uhr ihn hören läßt, wenn man sie in Kattun gewickelt hat. Ich kannte auch *diesen* Laut sehr gut. Es war das Herz des alten Mannes, das da schlug. Es steigerte meine Wut, wie Trommelschlag den Mut des Soldaten aufspornt.

Aber selbst jetzt noch hielt ich an mich und blieb still. Ich atmete kaum. Die Laterne bewegte sich nicht. Ich versuchte, wie unverrückbar still ich den Strahl auf das Auge gerichtet halten konnte. Derweilen wuchs das höllische Getrommel des Herzens immer mehr. Es wurde rascher und rascher in jedem Augenblick und lauter und immer lauter. Des alten Mannes Entsetzen muß schier ohne Maß gewesen sein! Lauter, so sagte ich, pocht' es, lauter in jedem Moment! – hören Sie auch gut zu? Ich sagte Ihnen doch, daß meine Nerven reizbar sind: das sind sie. Und nun, um die Mittstunde der Nacht, von der furchtbaren Stille jenes alten Hauses umlauert, erregte mich dies sonderbare Geräusch bis zu unbezähmlichem Entsetzen. Doch abermals noch hielt ich minutenlang an mich und stand regungslos. Aber das Schlagen ward lauter, lauter! Ich dachte, das Herz müßte mir zerspringen. Und nun packte mich eine neue Sorge – ein Nachbar könnte das laute Pochen hören! Die Stunde des alten Mannes war gekommen! Mit einem Gellschrei riß ich die Laterne auf und sprang ins Zimmer. Er kreischte – einmal – doch nur einmal noch. Im Augenblick hatte ich ihn auf den Boden gezerrt und das schwere Deckbett über ihn geworfen. Dann lächelte ich fröhlich, daß die Tat so weit getan war. Minutenlang noch freilich schlug das Herz mit dumpf gedämpftem Pochen weiter. Doch störte das mich nicht; durch die Wand hindurch würde man es nicht hören. Endlich dann setzte es aus. Der alte Mann war tot. Ich zog das Bett zurück und untersuchte den Leichnam. Ja, er war tot, mausetot. Ich legte die Hand auf sein Herz und ließ sie mehrere Minuten lang darauf ruhen. Kein Pulsschlag war zu spüren. Er war mausetot. Sein Auge würde mich nie mehr plagen.

Sollten Sie noch immer der Ansicht sein, ich sei verrückt, so werden Sie sofort anders denken, wenn ich Ihnen die raffinierten Vorsichtsmaßnahmen beschreibe, die ich nun ergriff, die Leiche zu verbergen. Die Nacht schritt voran, und ich arbeitete hastig, doch in aller Stille. Zuerst zerlegte ich den Leichnam. Ich schnitt den Kopf herab sowie die Arme und Beine.

Dann hob ich drei Bohlen im Fußboden der Kammer auf und deponierte alles zwischen den Verbundstücken. Darauf brachte ich die Bretter so geschickt, so fachkundig wieder an ihre Stelle, daß kein menschliches Auge – nicht einmal *seines* – etwas Unrechtes daran hätte entdecken können. Es gab nichts wegzuwaschen – keine Fleckchen – keinerlei Blutspur. Dazu war ich denn doch zu schlau gewesen. Ein Zuber hatte alles derartige aufgenommen – ha! ha!

Als ich diese Arbeiten zu Ende gebracht hatte, war es vier Uhr – und noch so finster wie um Mitternacht. Als die Glocke eben die Stunde schlug, ertönte ein Klopfen von der Haustür herauf. Ich ging mit leichtem Herzen hinunter, zu öffnen – denn was hatte ich *nun* noch zu fürchten? Drei Männer traten ein, die sich mit vollendeter Liebenswürdigkeit als Beamte der Polizei vorstellten. Ein Schrei sei während der Nacht von einem Nachbarn vernommen worden; er habe Verdacht geschöpft, es könne da etwas faul sein; so sei denn Anzeige erstattet worden auf dem Polizeibüro, und sie (die Beamten) habe man abgeordnet, der Sache an Ort und Stelle nachzugehen.

Ich lächelte – denn *was* hatte ich wohl zu fürchten? Ich bat die Herren herein. Der Schrei, so sagte ich, sei mir selber im Traume entfahren. Der alte Mann, erwähnte ich, sei auf das Land gereist. Ich führte meine Besucher durch das ganze Haus. Ich bat sie, doch zu suchen – recht genau zu suchen. Ich zeigte ihnen schließlich *seine* Kammer. Ich wies ihnen seine Schätze – sicher, unversehrt. Im Vollgefühle meines Selbstvertrauens holte ich Stühle ins Zimmer und drängte sie, doch *hier* von ihren Mühen auszuruhen, indessen ich selber im wilden Rausch meines vollkommenen Triumphes meinen eigenen Stuhl genau auf die Stelle rückte, darunter die Leiche des Opfers ruhte.

Die Beamten waren zufrieden. Mein *Verhalten* hatte sie überzeugt. Ich fühlte mich bei blendender Laune. Sie nahmen Platz, und während ich heiter und gelassen antwortete, schwatzten sie über alle möglichen Alltäglichkeiten. Doch gar nicht lange, so spürte ich, wie ich bleich ward, und wünschte sie fort. Mein Kopf schmerzte, und in den Ohren glaubte ich ein Klingen zu hören: doch sie saßen fest und schwatzten weiter. Das Klingen ward deutlicher: – es dauerte an und ward immer deutlicher: ich redete munterer kreuz und quer, um das Gefühl loszuwerden: doch es dauerte an und gewann Entschiedenheit – bis ich denn schließlich merkte: das Geräusch war *nicht* in meinen Ohren!

Zweifellos wurde ich nun überaus bleich; – doch flüssiger noch plauderte ich dahin und mit erhobener Stimme. Doch das Geräusch nahm zu – was konnt' ich nur tun? Es war ein *leiser, dumpfer, hastiger, Pochlaut, wie eine Uhr ihn hören läßt, wenn man sie in Kattun gewickelt hat!* Ich rang nach Atem – und doch vernahmen's die Beamten nicht. Ich redete geschwinder – vehement; doch das Geräusch nahm immer weiter zu. Ich sprang vom Stuhle auf und disputierte über Nichtigkeiten, in hochgestochenem Ton und hitzigen Gebärden; doch das Geräusch nahm immer weiter zu. Warum nur wollten sie nicht gehen? Ich ging mit schweren Schritten auf und ab, wie wenn die Bemerkungen der Männer mich in Wut gebracht hätten – doch das Geräusch nahm immer weiter zu. Oh Gott! was *konnte* ich tun? Ich schäumte – ich tobte – ich fluchte! Ich schwang den Stuhl in die Höhe, auf dem ich gesessen hatte, und schmetterte ihn krachend auf die Bretter, doch das Geräusch nahm zu und übertönte alles. Es wurde lauter – lauter – wurde immer lauter! Und immer noch schwatzten die Männer munter vor sich hin und lächelten. War es denn möglich, daß sie gar nichts hörten? Allmächtiger Gott! – nein, nein! Sie hörten's wohl! – sie hatten schon Verdacht! – sie *wußten!* – sie machten sich nur lustig über mein Entsetzen! – so dacht' ich, und so denke ich noch jetzt. Doch alles lieber noch als diese Qual! Alles ertragen – nur nicht diesen Spott! Ich hielt dies gleisnerische Lächeln nicht mehr aus! Ich fühlt's, ich mußte schreien oder sterben! und nun – horch! – wieder! – lauter! lauter! *lauter!* »Ihr Schurken!« kreischt' ich, »laßt die Heuchelei! Ich will die Tat gestehn! – hier! reißt die Bohlen auf! – hier schlägt's! – hier schlägt sein fürchterliches Herz!«

Der schwarze Kater

Für die höchst schauerliche und doch so schlichte Erzählung, die ich hier niederzuschreiben mich anschicke, erwart' ich weder noch erbitt' ich Glauben. Toll wahrlich müßte ich sein, darauf zu rechnen – in einem Fall, wo sich ja selbst die eignen Sinne sträuben, das Wahrgenommene für wahr zu nehmen. Doch toll bin ich gewiß nicht – und gewiß auch träum' ich nicht. Aber nun sterb' ich morgen, und so wollte ich heute noch meine Seele erleichtern. Mein Zweck ist dabei geradheraus der, in offener, kurz- und bündiger Weise und ohne Drumherum eine Reihe von bloßen Alltagsereignissen vor der Welt auszubreiten. In ihren Folgen haben diese Ereignisse mich entsetzt – mich gefoltert – mich innerlich zerrüttet und zerstört. Doch will ich nicht versuchen, sie zu deuten. Mir selber haben sie kaum anderes als Grauen gebracht – vielen dagegen werden sie wohl weniger schrecklich denn *baroques* vorkommen. Vielleicht ja findet sich hiernach auch ein Verstand, der meine Phantasmen aufs Gewöhnliche zurückführt, – ein Kopf, der ruhiger, der logischer und der weit weniger erreglich ist als meiner und der in den Umständen, die ich mit Grauen hier erzähle, nichts mehr erblickt denn eine gewöhnliche Folge von ganz natürlichen Ursachen und Wirkungen.

Von Kindheit auf schon war ich bekannt für mein lenksames und menschenliebendes Wesen. Meine Herzensweichheit gar trat so auffällig hervor, daß ich darob von meinen Kameraden oft gehänselt wurde. Ich liebte vor allem die Tiere, und der Nachsicht meiner Eltern verdankte ich's, daß in unserm Hause zahlreiche vierbeinige Gefährten um mich waren. Mit ihnen verbrachte ich den größten Teil meiner Zeit, und kein größeres Glück kannt' ich, als sie füttern und streicheln zu dürfen. Diese Charaktereigenart wuchs mit mir, und da ich zum Manne geworden, bildete sie mir eine der Hauptquellen des Vergnügens. Allen denen, die einmal Zuneigung zu einem treuen und klugen Hunde hegten, brauche ich wohl kaum eigens die Natur beziehungsweise die Intensität der Befriedigung zu erklären, welche daraus erwächst. Es liegt etwas in der selbstlosen und aufopfernden Liebe der unvernünftigen Kreatur, das greift einem jeden ans Herze, der häufig Gelegenheit hatte, die nichtswürdige Freundschaft und flüchtige Treue des bloßen *Menschen* zu erproben.

Ich heiratete früh und war glücklich, in meinem Weibe eine durchaus verwandte Seele zu finden. Da sie meine Vorliebe für Haustiere bemerkte, versäumte sie keine Gelegenheit, uns solche der reizendsten Art anzuschaffen. Wir hatten Vögel, Goldfische, einen schönen Hund, Kaninchen, ein kleines Äffchen, und einen *Kater*.

Dieser letztere war ein bemerkenswert großes und schönes Tier, vollkommen schwarz und in geradezu erstaunlichem Maße klug. War von seiner Intelligenz die Rede, so spielte meine Frau, die im Herzen von rechtem Aberglauben angekränkelt war, des öftern auf den alten Volksglauben an, welcher alle schwarzen Katzen als verkleidete Hexen betrachtete. Nicht daß es ihr je *ernst* mit diesem Punkt gewesen wäre; – ich erwähne die Sache überhaupt aus keinem bessern Grunde als dem, daß sie mir zufällig just eben jetzt ins Gedächtnis kam.

Pluto – so hieß der Kater – war mein Spielkamerad und mir von allen Haustieren das liebste. Ich allein fütterte ihn, und er begleitete mich auf allen meinen Gängen durch das Haus. Mit Mühe nur konnte ich ihn daran verhindern, mir auch noch durch die Straßen zu folgen.

Unsere Freundschaft dauerte in dieser Weise mehrere Jahre fort, während welcher mein allgemeines Temperament und Wesen – durch das Wirken des Bösen Feindes Ausschweifung – (schamrot gesteh' ich's) eine radikale Veränderung zum Schlimmen erfuhr. Von Tag zu Tag ward ich übellaunischer, reizbarer, und rücksichtsloser gegenüber den Gefühlen Anderer. Ich ließ mich hinreißen, maßlose Worte gegen mein Weib zu gebrauchen. Schließlich gar tat ich ihr Gewalt an. Auch meine Haustiere bekamen natürlich den Wechsel in meiner Gemütsart zu spüren. Ich vernachlässigte sie nicht nur, ich mißhandelte sie. Für Pluto hatte ich grad noch soviel Rücksicht, daß ich ihn wenigstens nicht mutwillig quälte, indessen es den Kaninchen, dem Äffchen oder gar dem Hunde ohne Skrupel schlimm erging, wenn sie mir einmal durch Zufall oder aus Zuneigung in den Weg kamen. Doch mein Leiden – und welches Leiden ist dem Alkohol gleich? – es wuchs und ward übergewaltig; und schließlich begann selbst Pluto, der jetzt langsam in die Jahre kam und infolge dessen ein bißchen launisch wurde, die Wirkungen meiner inneren Zerrüttung zu erfahren.

Eines Nachts, da ich, schwer berauscht, von einem meiner

Rundzüge durch die Stadt nach Hause kam, bildete ich mir ein, der Kater meide meine Nähe. Ich packte ihn – da brachte er mir, erschrocken ob meiner Heftigkeit, mit seinen Zähnen eine leichte Wunde an der Hand bei. Augenblicklich ergriff eine dämonische Wut von mir Besitz. Ich kannte mich selber nicht mehr. Das, was einmal meine Seele gewesen, schien wie mit einem Schlage aus meinem Körper entflohen; und eine mehr denn teuflische, vom Gin genährte Bosheit durchzuckte schauernd jede Fiber meines Leibes. Ich zog ein Federmesser aus der Westentasche, öffnete es, packte das arme Vieh bei der Kehle und schnitt ihm in voller Überlegung eines seiner Augen aus der Höhle! Ich werde rot, ich brenne, schaudere, während ich diese verdammenswerte Scheußlichkeit niederschreibe.

Als mit dem Morgen – da der Schlaf die Dunstwallungen der nächtlichen Ausschweifung verscheucht hatte – die Vernunft wiederkehrte, durchrann mich ein Gefühl aus Grauen halb und halb aus Reue ob des Verbrechens, dessen ich schuldig geworden; doch war es bestenfalls ein schwaches und zweideutig schwankes Empfinden, das meine Seele unberührt ließ. Ich stürzte mich aufs neue in Exzesse und hatte bald im Weine jede Erinnerung an die Tat ertränkt.

Derweil erholte sich der Kater langsam wieder. Die Höhle des verlornen Auges bot, das muß ich sagen, einen wahrhaft fürchterlichen Anblick, doch Schmerzen schien das Tier nicht mehr zu leiden. Es lief ganz wie gewöhnlich durch das Haus, doch floh's, wie zu erwarten, in äußerstem Entsetzen, wenn ich näherkam. Noch hatt' ich immer soviel Herz in mir, daß mich's betrübte, diese offenbare Abneigung von einem Tiere zu erfahren, das mich einst so geliebt hatte. Doch dies Empfinden machte bald Gereiztheit Platz. Und dann kam, wie um mich endgültig und unwiderruflich zu vernichten, der Geist der *Perversheit* über mich. Diesen Geist hat die Philosophie noch gar nicht zur Kenntnis genommen. Doch so gewiß ich bin, daß meine Seele lebt, – nicht weniger bin ich's, daß die Perversheit einer der Urantriebe des menschlichen Herzens ist – eine der unteilbaren Grundfähigkeiten oder -empfindungen, welche dem Charakter des Menschen Richtung geben. Wer hat sich nicht schon hundertmal dabei ertappt, daß er eine niederträchtige oder törichte Tat aus keinem andern Grunde beging denn aus dem Bewußtsein, daß sie ihm verboten sei? Verspüren wir denn nicht – wider all unser bestes

Wissen – die fortwährende Neigung, das zu verletzen, was *Gesetz* ist, bloß weil wir es als solches begreifen? Dieser Geist der Perversheit kam, sag' ich, über mich, um mich endgültig zu vernichten. Es war dies unerforschliche Verlangen der Seele, *sich selbst zu quälen* – der eigenen Natur Gewalt anzutun – unrecht zu handeln allein um des Unrechts willen –, das mich drängte, die dem harmlosen Tiere zugefügte Unbill fortzusetzen und schließlich zu vollenden. Eines Morgens legt' ich ihm gänzlich kühlen Blutes eine Schlinge um den Hals und hängte es am Aste eines Baumes auf – erhängte es, indessen mir die Tränen aus den Augen strömten und die bitterste Reue mir das Herz zerriß – erhängte es, nur *weil* ich wußte, daß es mich geliebt hatte, und *weil* ich fühlte, es hatte mir keinerlei Grund zum Ärgernis gegeben – erhängte es, *weil* ich wußte, daß ich damit eine Sünde beging – eine Todsünde, die meine unsterbliche Seele so gefährden mußte, daß – wenn das möglich wäre – selbst die unendliche Gnade des Allbarmherzigen und Schrecklichen Gottes sie vielleicht nicht mehr zu retten vermochte.

In der Nacht nach jenem Tage, an dem die grausame Tat geschehen war, fuhr ich aus dem Schlaf und hörte ›Feuer!‹ rufen. Die Vorhänge meines Bettes standen in Flammen. Schon brannte das ganze Haus. Mit großer Mühe nur vermochten mein Weib, eine Dienerin und ich selber dem Glutmeer zu entkommen. Die Zerstörung war vollständig. Mein ganzer weltlicher Reichtum war dahin, und fortan überließ ich mich der Verzweiflung.

Ich stehe über der Schwäche, hier etwa zwischen dem Unglück und meiner Untat eine Beziehung wie von Ursache und Wirkung herstellen zu wollen. Doch lege ich eine *Kette* von Tatsachen dar, und darin soll, so wünsch' ich's, nicht das Kleinste fehlen, das möglicherweise ein Glied wäre. Am Tage nach dem Feuer besichtigte ich die Ruinen. Die Mauern waren – bis auf eine – eingestürzt. Diese eine stellte sich als nicht sehr dicke Innenwand heraus, die sich etwa in der Mitte des Hauses befand und an der das Kopfende meines Bettes gestanden hatte. Der Stuckverputz hatte hier in großem Maße dem Wirken des Feuers widerstanden – eine Tatsache, welche ich dem Umstand zuschrieb, daß er kürzlich erst frisch aufgetragen worden war. Um diese Mauer hatte sich eine dichte Menschenmenge versammelt, und viele Leute schienen mit sehr eifriger und minuziöser Aufmerksamkeit eine ganz bestimmte Stelle zu untersuchen. Die Worte »sonderbar!«, »eigenartig!« und andere ähnliche Ausdrückungen erregten meine Neugierde. Ich trat näher und erblickte, ganz als sei es ein Basrelief, in die weiße Fläche gegraben, die Gestalt einer riesigen *Katze*. Sie bot einen geradezu verblüffend natürlichen Eindruck. Um den Hals des Tieres war ein Strick geschlungen.

Beim ersten Anblick dieser geisterhaften Erscheinung – denn für ein andres konnte ich's kaum ansehn – geriet ich vor Verwundern und Entsetzen schier außer mich. Doch dann kam kühlere Erwägung mir zu Hilfe. Die Katzte hatte, so entsann ich mich, in einem an das Haus angrenzenden Garten gehangen. Auf den Feueralarm hin hatte sich dieser Garten unmittelbar mit Menschen gefüllt – und einige aus der Menge mußten dann wohl das Tier vom Baume schnitten und durch ein offnes Enster in meine Kammer geworfen haben. Dies war vermutlich in der Absicht geschehen, mich aus dem Schlaf zu wecken. Der Fall der andern Wände hatte dann das Opfer meiner Grausamkeit in den frisch aufgetragenen Verputz gedrückt; dessen Kalk schließlich im Vereine mit den Flammen und dem von dem Kadaver entwikkelten Ammoniak das Abbildnis so zustande brachte, wie ich's sah.

Obschon ich solcherart meiner Vernunft, wenn nicht gar meinem Gewissen gegenüber recht rasch eine Erklärung für den verstörenden Tatbestand, den ich soeben geschildert, bereit hatte, so verfehlte derselbe doch nicht, einen tiefen Eindruck auf meine Phantasie zu machen. Monate lang vermochte ich mich nicht von dem Trugbild der Katze zu befreien; und während dieser Zeit kehrte in meinen Geist ein Halbgefühl zurück, das Reue schien, doch aber keine war. Es kam so weit, daß ich Bedauern empfand über den Verlust des Tieres und mich in den elenden Kaschemmen, deren häufiger Besuch mir jetzt zur Gewohnheit geworden war, nach einem andern Haustiere von gleicher Art und einigermaßen ähnlicher Erscheinung umsah, das seine Stelle einnehmen sollte.

Eines Nachts, da ich halb betäubt in einer schon mehr als bloß verrufenen Spelunke hockte, ward meine Aufmerksamkeit ganz plötzlich auf ein schwarzes Etwas gelenkt, welches oben auf einem der ungeheuern Oxhofts voll Gin oder Rum ruhte, aus denen in der Hauptsache die Ausstattung des Raumes bestand. Ich hatte schon einige Minuten lang beständig auf dieses Oxhoft gestarrt, und was mir nun Überraschung machte, war die Tatsache, daß mir das Etwas oben darauf bislang gänzlich entgangen war. Ich trat heran und berührte es mit der Hand. Es war ein schwarzer Kater – ein sehr großes Tier – genau so groß wie Pluto und ihm in jeder Hinsicht ganz ungemein ähnlich – bis auf einen Punkt. Pluto hatte nicht ein weißes Haar an seinem Leibe besessen; doch dieser Kater trug vorn einen großen, ob schon unbestimmten weißen Flecken, welcher nahezu die ganze Brustpartie bedeckte.

Auf meine Berührung hin erhob er sich unmittelbar, schnurrte laut, schmiegte sich an meine Hand und schien über meine Aufmerksamkeit recht entzückt zu sein. Dies war genau ein Tier, wie ich es suchte. Ich erbot mich sogleich, es dem Wirte abzukaufen; doch der Mensch erhob gar keinen Anspruch darauf – wußte gar nichts davon – hatt' es noch nie zuvor auch nur gesehen.

Ich setzte mein Streicheln fort, und als ich mich fertig machte, um heim zu gehen, bezeigte das Tier eine deutliche Neigung, mich zu begleiten. Das verwehrte ich ihm nicht, und so gingen wir nebeneinander her, wobei ich mich gelegentlich bückte und ihm das Fell tätschelte. Als es das Haus erreichte, fühlte es sich sogleich dort heimisch und ward in kurzem der Liebling meiner Frau.

Was mich jedoch betrifft, so spürte ich bald rechte Abneigung gegen das Tier in mir aufsteigen. Dies war grad das Gegenteil dessen, was ich eigentlich erwartet hatte; doch – ich weiß nicht, wie es kam und warum es so war – seine offensichtliche Neigung zu mir bereitete mir Ekel und Verdruß. Ganz langsam und allmählich wandelten sich diese Empfindungen in bitterlichen Haß. Ich mied die Kreatur, wo ich's nur konnte; wobei mich ein gewisses Schamgefühl und die Erinnerung an meine frühere grausame Tat daran verhinderten, ihr körperlich ein Leid zu tun. Wochenlang bekam sie weder Schläge noch irgend andere schwere Mißhandlungen von mir zu spüren; aber allmählich – ganz langsam und allmählich – kam's dahin, daß ich sie nur mit unaussprechlichem Widerwillen noch betrachten konnte und schweigend ihre verhaßte Gegenwart floh wie den Hauch der Pestilenz.

Was ohne Zweifel meinem Hasse auf das Tier hinzukam, war – an dem Morgen, nachdem ich es mit heimgebracht – die Entdeckung, daß es ganz ebenso wie Pluto eines seiner Augen eingebüßt hatte. Dieser Umstand machte es jedoch um so teurer für mein Weib, das, wie ich schon gesagt habe, in hohem Grade jene Menschlichkeit des Fühlens besaß, welche einst mein eignes Wesen ausgezeichnet und die Quelle vieler meiner schlichtesten und reinsten Freuden gebildet hatte.

Mit meiner Aversion gegen diesen Kater jedoch schien gleichzeitig seine Vorliebe für mich zu wachsen. Stets folgte er meinen Spuren mit einer Hartnäckigkeit, welche dem Leser begreiflich zu machen schwer fallen würde. Wann immer ich mich irgendwo niederließ, kroch er unter meinen Stuhl, um sich dort hinzukuscheln, oder sprang mir auf die Knie, um mich mit seinen widerwärtigen Liebkosungen zu bedecken. Erhob ich mich, um zu gehen, so geriet er mir zwischen die Füße und brachte mich dadurch fast zu Fall, oder er schlug seine langen und scharfen Krallen in meinen Anzug und kletterte mir in dieser Weise zur Brust hinauf. Obschon es mich zu solchen Zeiten verlangte, ihn mit einem Hieb zu erschlagen, hielt mich doch immer wieder Etwas davon ab: zum Teil war's die Erinnerung an mein früheres Verbrechen, doch in der Hauptsache – ich will's nur gleich gestehen – war's regelrechte *Furcht* vor diesem Tiere. Es war dies freilich durchaus keine Furcht vor körperlichem Schaden – und doch wieder wäre ich verlegen, wie anders ich's beschreiben sollte. Fast ist es mir genierlich zu bekennen – ja, selbst in dieser Verbrecherzelle hier befällt mich nachgerade Scham bei dem Geständnis, daß all das Entsetzen und Grauen, welches das Tier mir eingeflößt hatte, recht eigentlich erhöht noch worden waren durch ein Hirngespinst, wie man es sich kaum trügerischer vorzustellen vermag. Mehr denn einmal hatte meine Frau mein Aufmerken auf die Bildung jenes Flecks von weißem Haar gelenkt, von welchem ich zuvor schon berichtet habe und das den einzigen sichtbaren Unterschied zwischen dem fremden, neuen Tiere und jenem, das ich umgebracht, ausmachte. Der Leser wird sich erinnern, daß dieser Fleck, wennschon groß, ursprünglich sehr unbestimmt gewesen war; doch nach und nach, ganz langsam und allmählich – ja, fast kaum wahrnehmbar, so daß meine Vernunft sich langezeit mühte, das Ganze als phantastisch abzutun – hatte er am Ende einen schauerlich eindeutigen Umriß angenommen. Es war nun die Darstellung eines Gegenstandes, den zu nennen es mich graut – und um dessentwillen ich vor allem Ekel litt und Angst und gern des Untiers mich entledigt hätte, *hätt' ich's nur gewagt!* – es war nun, sage ich, das Abbild eines scheußlichen, gespensterlichen Dinges – war das Bild des *Galgens!* – oh, grausig, gräßlich Werkzeug des Entsetzens und des Verbrechens – der Seelenangst – des Tods!

Und nun erst wahrlich übertraf mein Elend den ganzen Jammer menschlicher Natur. Und nur ein *unvernünftiges Geschöpf* – dess' Artgenossen ich verachtungsvoll getötet – ein *rohes Vieh* vollbracht' es, mir – *mir,* einem Menschen, geschaffen nach dem Bild des Höchsten Gottes – so viel unsägliches, so unerträgliches Weh-Leiden zu bereiten! Ach! nicht bei Tage noch tief in der Nacht erfuhr ich mehr die Segnungen der Ruhe! Bei Tage ließ die Kreatur mich nicht mehr einen Augenblick allein; und in der Nacht fuhr ich aus unaussprechlich grausem Angstgeträum wohl stündlich auf, nur um den Atem *des Dinges* heiß auf dem Gesicht zu spüren und sein erdrückendes Gewicht – das eines fleischgewordenen Albs, den abzuschütteln ich die Kraft nicht hatte – nun auch im Wach-Sein ewig auf dem *Herzen!*

Unter dem Druck von Qualen wie diesen mußte der schwache Rest des Guten in mir zum Erliegen kommen. Böse Gedanken wurden meine einzigen Vertrauten – die finstersten und schlimmsten aller Gedanken. Die Verdrießlichkeit meines gewöhnlichen Naturells wuchs zum Haß auf alle Dinge und die ganze Menschheit; indessen mein Weib als ach! die stillste aller Dulderinnen klaglos all die häufigen, jähen und unbezwinglichen Ausbrüche der Wut über sich ergehen ließ, denen ich mich blind und rücksichtslos hingab.

Eines Tages begleitete sie mich auf irgendeinem Haushaltsgange in den Keller des alten Gebäudes, das unsre Armut uns nun zu bewohnen zwang. Der Kater folgte mir die steilen Stufen hinab, und als ich seinetwegen einmal fast der Länge nach hingeschlagen wäre, packte mich eine wahnsinnige Wut. Mit einemmal hatte ich in meinem Grimm die kindische Furcht vergessen, welche meiner Hand bis hierher Einhalt getan; ich packte eine Axt, holte aus und führte einen Streich nach dem Tiere, der ihm gewiß im Augenblick verhängnisvoll geworden wäre, hätte er so getroffen, wie ich's wünschte. Doch dieser Schlag ward von der Hand meines Weibes aufgehalten! Ob dieser Einmischung wandelte sich meine Wut in mehr denn dämonisches Rasen: – ich entzog meinen Arm ihrem Griffe und grub ihr die Axt ins Hirn. Ohne auch nur einen Seufzer fiel sie auf dem Fleck tot nieder.

Kaum war diese scheußliche Mordtat vollbracht, so begab ich mich alsbald in voller Überlegung ans Werk, den Leichnam zu verbergen. Ich wußte, daß ich ihn weder bei Tage noch bei Nacht aus dem Hause bringen konnte, ohne Gefahr zu laufen, von den

Nachbarn bemerkt zu werden. Mancherlei Projekte kamen mir in den Sinn. Eine Zeitlang dachte ich daran, die Leiche in winzige Stücke zu schneiden und diese durch Feuer zu vernichten. Ein andermal faßte ich den Entschluß, im Kellerboden ein Grab dafür auszuheben. Dann wieder erwog ich, sie in den Brunnen im Hof zu werfen – sie unter den üblichen Vorkehrungen wie eine Handelsware in eine Kiste zu packen und diese dann durch einen Dienstmann aus dem Hause schaffen zu lassen. Schließlich verfiel ich auf etwas, das ich für einen weit bessern Ausweg ansah denn das bisherige. Ich beschloß, die Leiche im Keller einzumauern – ganz wie's die Mönche des Mittelalters mit ihren Opfern getan haben sollen.

Für einen Zweck wie diesen war der Keller recht wohl geeignet. Seine Wände bestanden aus ziemlich lockerem Mauerwerk und waren erst kürzlich durchwegs mit einem groben Mörtel verputzt worden, dessen Hartwerden die dumpfe Feuchtigkeit der Atmosphäre verhindert hatte. Überdem befand sich an einer der Mauern ein Vorsprung, bedingt durch einen blinden Schornstein oder Kamin, und ihn hatte man aufgefüllt und dem übrigen Keller angeglichen. Ich hegte keinen Zweifel, daß ich an dieser Stelle leicht die Ziegel entfernen, den Leichnam hineinbringen und das Ganze wieder aufmauern könnte wie zuvor, ohne daß hernach ein Auge noch irgend Verdächtiges zu bemerken vermöchte.

Und in dieser Berechnung sah ich mich auch nicht getäuscht. Mit der Hilfe einer Brechstange entfernte ich die Ziegel, und nachdem ich den Körper sorgfältig an die Innenwand gelehnt hatte, stützte ich ihn in dieser Haltung ab und führte sodann ohne viel Schwierigkeit die ganze Mauer wieder auf, wie sie ursprünglich gestanden hatte. Mörtel, Sand und Mauerwolle hatte ich bereits unter allen möglichen Vorsichtsmaßregeln besorgt; so rührte ich jetzt einen Verputz an, der von dem alten nicht zu unterscheiden war, und strich ihn sehr sorgfältig auf das neue Mauerwerk. Als ich damit fertig war, fand ich alles zu meiner Zufriedenheit gelungen. Man sah der Wand auch nicht die mindeste Veränderung an. Der Schutt auf dem Boden wurde mit der peinlichsten Sorgfalt aufgekehrt. Ich blickte triumphierend in die Runde und sprach zu mir selbst, ›Also hier wenigstens ist meine Mühe nicht vergeblich gewesen.‹

Mein nächster Schritt bestand darin, nach dem Tiere Ausschau zu halten, das die Ursache so vielen Elends gewesen war; denn ich hatte mich unterweil fest entschlossen, es zu Tode zu bringen. Wär' ich's in diesem Augenblick imstande gewesen, es zu erreichen, sein Schicksal hätte keinem Zweifel unterlegen; doch wie es schien, war das verschlagene Biest ob der Heftigkeit meines frühern Wutanfalles in Unruhe geraten und vermied es, mir bei meiner gegenwärtigen Gemütslage über den Weg zu kommen. Es ist unmöglich, zu beschreiben oder auch nur sich vorzustellen, welch tiefes, welch beseligendes Gefühl der Erleichterung mir die Abwesenheit der verhaßten Kreatur im Busen schuf. Sie trat die ganze Nacht nicht in Erscheinung – und somit war es mir, seit ich sie damals mit ins Haus gebracht, für eine Nacht zum mindesten gegeben, gesund und seelenruhig auszuschlafen; jawohl, *zu schlafen* – selbst noch mit der Last des Mordes auf der Seele!

Der zweite und der dritte Tag vergingen, und immer noch erschien mein Quälgeist nicht. Oh, endlich wieder atmete ich als freier Mensch! Das Untier war aus Schreck für immer aus dem Haus geflohen! Ich würd' es nimmer wiedersehen müssen! Mir schwindelte vor Glück! Die Sorge vor den Folgen meiner finstern Tat störte mich dabei nur wenig. Wohl war es zu einigen Vernehmungen gekommen, doch hatte ich alle Fragen prompt und glatt beantwortet. Sogar eine Haussuchung war schließlich vorgenommen worden – aber zu entdecken war natürlich nichts. Ich betrachtete mein Zukunftsglück als gesichert.

Am vierten Tage nach dem Meuchelmord kam sehr unerwarteterweise eine Gruppe Polizisten in das Haus und ging abermals daran, das ganze Grundstück rigoros zu durchsuchen. Sicher jedoch, daß mein Versteckort unauffindbar sei, empfand ich nicht die mindeste Beunruhigung. Die Beamten baten mich mit einiger Bestimmtheit, sie auf ihrem Rundgang zu begleiten. Sie ließen keinen Winkel, keine Ecke undurchsucht. Schließlich stiegen sie, zum dritten oder vierten Male schon, in den Keller hinab. Ich zuckte nicht mit der Wimper. Mein Herz schlug ganz so ruhig wie bei einem Menschen, der in unschuldigem Schlummer liegt. Ich durchmaß den Keller von einem Ende zum andern. Ich verschränkte die Arme über der Brust und schritt in völliger Gelassenheit auf und ab. Die Polizei war ganz und gar zufriedengestellt und schickte sich zum Gehen an. Da war die Freude in meinem Herzen zu mächtig, als daß ich sie hätte zurückhalten können. Ich brannte darauf, meinem Triumph Ausdruck zu geben, und sei's mit einem Wort nur, und sie in ihrer Überzeugung von meiner

Schuldlosigkeit doppelt sicher zu machen.

»Meine Herren«, sagte ich denn schließlich, als die Gesellschaft bereits die Stufen hinanstieg, »ich bin entzückt, Ihre schlimmen Verdächtigungen entkräftet zu haben. Ich wünsche Ihnen alles Gute und ein bißchen mehr Höflichkeit. Übrigens, meine Herren, das Haus – dies Haus hier – ist doch ein sehr solider Bau, finden Sie nicht auch?« (In meinem tollen Verlangen, irgendetwas leichten Sinns zu sagen, wußte ich kaum noch, was ich da eigentlich redete.) »Ja, ich darf wohl sagen, ein geradezu prachtvoll solider Bau! Diese Wände – ah, Sie wollen schon gehen, meine Herren? – diese Wände – alles grundmassive Mauern – –« Und damit pochte ich, aus bloßem wahnwitzigen Übermut, mit einem Stocke, den ich in der Hand hielt, genau auf diejenige Stelle des Ziegelwerks, dahinter der Leichnam meines Herzensweibchens stand.

Doch mög' mich Gott beschirmen und beschützen vor den Fängen des Erzfeinds! Noch waren meine Schläge nicht in der Stille verhallt, da schallte es mir Antwort aus dem Grabesinnern! – ein Stimmlaut – wie ein Weinen, erst gedämpft, gebrochen, dem Wimmern eines Kindes gleich, doch dann – dann schnell anschwellend in ein einziges grelles, lang anhaltendes Geschrei – ein Heulen – ein Klag-Geschrill, aus Grauen halb und halb aus Triumph gemischt, so widermenschlich und -natürlich, daß es nur aus der Hölle selbst heraufgedrungen sein konnte, vereinigt aus den Kehlen der Verdammten in ihrer Pein und der Dämonen, die ob der Qualen jauchzen und frohlocken.

Was soll ich noch von meinen eigenen Gedanken sprechen! Mit schwindenden Sinnen taumelte ich zur gegenüberliegenden Wand hinüber. Einen Augenblick lang blieb die Gesellschaft auf der Treppe reglos, im Unmaß des Entsetzens und des Grauens. Doch schon im nächsten mühten sich ein Dutzend derbe Arme an der Mauer. Sie fiel zusammen. Der Leichnam, schon stark verwest und von Blut rünstig, stand aufrecht vor den Augen der Betrachter. Auf seinem Kopfe aber saß, mit rot aufgerissenem Rachen und feuersprühendem Einzelaug', die scheußliche Bestie, deren Verschlagenheit mich zum Morde verführt und deren anklagende Stimme mich dem Henker überliefert hatte. Ich hatte das Untier mit ins Grab gemauert!

Das vorzeitige Begräbnis

Es gibt gewisse Themen, welche zwar allseits ein tiefes Interesse finden, doch aber zu schauerlich sind, als daß sie in die höhere Literatur Eingang finden könnten. Der bloße Romantiker muß sie fliehen, wenn er nicht verletzen will oder abstoßen. Sie lassen sich nur da geziemend behandeln, wo Ernst und Majestät der Wahrheit sie heiligen und tragen. Wir gruseln uns zum Beispiel, mit einem Höchstmaß an ›lustvollem Schauder‹, bei den Berichten vom Übergang über die Beresina, vom Erdbeben zu Lissabon, von der Pest in London, vom Massaker der Bartholomäus-Nacht, oder vom Ersticken der hundertunddreiundzwanzig Gefangenen im Schwarzen Loch zu Kalkutta. Doch in all diesen Berichten ist es die Tatsache – ist es die Wirklichkeit – ist's das Historische, was uns erregt. Wär' es Erfindung, so würden wir alsbald die Nase darob rümpfen.

Ich habe hier ein paar der prominentern und erhabnern Unglücksfälle erwähnt, die uns überkommen sind; doch bei diesen ist es das Ausmaß nicht weniger denn der Charakter des Unglücks, was der Phantasie so lebhaft Eindruck macht. Ich muß den Leser nicht erinnern, daß ich aus dem langen und unheimlichen Kataloge menschlichen Elendes gar leicht hätte manchen Einzelfall auslesen können, welcher ein tieferes Leid in sich birgt denn irgend nur eine von diesen ungeheuern Massenkatastrophen. Denn wahrlich, das furchtbarste Unheil – das äußerste, letzte Weh – das trifft den Einzelnen, nicht die Gemeinschaft. Und daß die gräßlichen Extreme der Seelenqual vom Menschen als Person ertragen werden, und nimmer vom Menschen als Masse, – dafür wollen wir einem barmherzigen Gotte danken!

Lebendigen Leibes begraben zu werden, ist fraglos das schrecklichste dieser Extreme, das je dem Sterblichen zum Lose ward. Daß solches häufig schon, sehr häufig, vorgekommen ist, wird mir wohl kaum ein Denkender bestreiten. Die Grenzen, die das Leben vom Tode scheiden, sind besten Falles schattenhaft und vag. Wer könnte sagen, wo das eine endet und wo das andere beginnt? Wir wissen, es gibt Krankheiten, bei welchen ein totales Erlöschen aller sichtbaren Lebensfunktionen eintritt – und wo dies Erlöschen doch bloß ein Aussetzen, eine Suspension im Grundsinne des Wortes ist. Ein zeitweiliges Pausieren des rätselhaften

Mechanismus. Ist eine gewisse Spanne verstrichen, so setzt ein unsichtbar geheimnisvolles Prinzip das magische Getriebe, das zaubrische Räderwerk wieder in Bewegung. Das Silberband war nicht auf immer gelöst, noch die goldene Schüssel unwiederbringlich zerbrochen. Doch wo war unterweil die Seele – wo?

Aber ganz abgesehen einmal von dem unvermeidlichen Schlusse *a priori,* daß solche Ursachen auch entsprechende Wirkungen zeitigen müssen – daß solche wohlbekannten Fälle von Lebens-Suspension, also Schein-Tod, natürlicher Weise dann und wann eine vorzeitige Bestattung zur Folge haben müssen –, abgesehen von dieser Überlegung besitzen wir das unmittelbare Zeugnis der medizinischen als auch der gewöhnlichen Erfahrung zum Beweise, daß in der Tat eine Unzahl solcher Beerdigungen stattgefunden hat. Ich könnte sogleich, wenn notwendig, ein rundes Hundert einwandfrei beglaubigter Fälle anführen. Einer von sehr bemerkenswertem Charakter, dessen Umstände manchen meiner Leser vielleicht noch frisch in Erinnerung sind, ereignete sich, vor noch gar nicht langer Zeit, in der benachbarten Stadt Baltimore, wo er in weiten Kreisen eine heftige und schmerzliche Aufregung hervorrief. Die Gattin eines der angesehensten Bürger – eines ausgezeichneten Advokaten und Mitglieds des Kongresses – ward jählich von einer rätselhaften Krankheit befallen, die alle Kunst der Ärzte vollkommen zuschanden machte. Nach vielem Leiden endlich schied sie hin – das heißt, man hielt dafür, sie sei gestorben. Tatsächlich faßte keiner irgend Argwohn, noch zeigte sich ein Grund zu dem Verdacht, sie sei nicht wirklich tot. Sie bot all die gewöhnlichen Anzeichen des Todes. Ihr Gesicht nahm das übliche verkniffene und eingesunkene Aussehen an. Die Lippen zeigten die bekannte Marmorblässe. Die Augen waren glanzlos. Der Leib hatte keine Wärme mehr. Der Pulsschlag war verstummt. Drei Tage lang ließ man sie unbestattet, während welcher Zeit eine steinerne Starre eintrat. Um es kurz zu machen – als schließlich das, was man für Verwesung hielt, rapide fortschritt, wurde die Beerdigung sehr eilig betrieben.

Die Dame wurde in ihrer Familiengruft beigesetzt, welche drei folgende Jahre lang ungestört blieb. Nach Ablauf dieser Zeit aber ward sie geöffnet, um einen weiteren Sarkophag aufzunehmen; – und ach! welch grauenvoller Schlag erwartete den Ehegatten da, der in Person die Türe offen warf! Als die Portale auseinanderschwangen, fiel ihm ein weißgekleidet' Klapper-Etwas in die

Arme. Es war das Skelett seines Weibes im noch nicht mitvermoderten Totenhemd.

Eine sorgfältige Nachforschung machte es gewiß, daß die Dame innert zweier Tage nach ihrer Bestattung wieder zum Leben erwacht war und daß der Sarg aufgrund ihres konvulsivischen Ringens darin von seinem Sockel oder Gestelle zu Boden gestürzt sein mußte, wo er so zerbrochen war, daß sie sich daraus befreien konnte. Eine Lampe, welche gefüllt mit Öl versehentlich in dem Gewölb zurückgelassen worden, fand man leer; doch mag es immerhin sein, daß Verdunstung den Brennstoff verzehrte. Auf der obersten der Stufen, welche in die Schreckenskammer niederführten, lag ein großes Bruchstück des Sarges, mit dem die Unglückselige, so schien es, an die eiserne Tür geschlagen hatte, um Aufmerksamkeit zu erwecken. Währenddem waren ihr vermutlich die Sinne geschwunden, oder vielleicht gar starb sie auch dabei, aus schierem Entsetzen; und im Fallen verfing sich ihr Leichenhemd in irgendeinem drinnen vorragenden Eisenwerk. So blieb sie hangen, und so, aufrecht hangend, verfaulte sie.

Im Jahre 1810 trug sich in Frankreich ein Fall von lebendiger Inhumierung zu, begleitet von Umständen, welche weitgehend dazu angetan sind, die alte Behauptung zu erhärten, daß in der Tat die Wahrheit seltsamer sei denn alle Erfindung. Die Heldin der Geschichte war eine Mademoiselle Victorine Lafourcade, ein junges Mädchen aus hervorragender Familie, wohlhabend und von großer persönlicher Schönheit. Unter ihren zahllosen Bewerbern befand sich auch Julien Bossuet, ein armer Pariser *littérateur* oder Journalist. Sein Talent und seine allgemeine Liebenswürdigkeit hatten ihn der Aufmerksamkeit der Erbin empfohlen, welche ihn, so scheint es, alsbald innig liebte; doch bestimmte sie schließlich der Stolz auf ihre Geburt, ihn abzuweisen und einem Monsieur Renelle, einem Bankier und Diplomaten von einigem Ruhm und Range, ihre Hand zu reichen. Nach der Hochzeit jedoch ward sie von diesem Herrn vernachlässigt und vielleicht gar ausgesprochen schlecht behandelt. Nachdem sie nun ein paar jammervolle Jahre mit ihm verbracht hatte, starb sie hin – oder zum mindesten doch ähnelte ihr Zustand in einer Weise dem Tode, daß jeder, der sie sah, davon getäuscht ward. Man setzte sie bei – nicht in einer Gruft, sondern in einem gewöhnlichen Grabe auf dem Kirchhof ihres Geburtsdorfes. Erfüllt von Verzweiflung und immer noch entflammt von der Erinnerung an eine tiefe Neigung, reist nun der Liebhaber aus der Hauptstadt in die entlegne Provinz, in welcher das Dorf liegt, und hat sich's in den romantischen Sinn gesetzt, die Leiche auszugraben und sich in den Besitz ihrer üppigen Locken zu bringen. Er kommt zum Grab. Um Mitternacht hebt er den Sarg heraus, eröffnet ihn und ist grad eben dabei, die Haare abzutrennen, als er in jählichem Schrecken innehält, denn die Geliebte hat die Augen aufgeschlagen. Man hatte die Dame wahrhaftig lebend begraben. Doch war die Lebenskraft noch nicht zur Gänze entflohen, und so erweckten sie die Zärtlichkeiten ihres Liebhabers aus der Lethargie, welche man für Tod mißdeutet hatte. Wie schier von Sinnen trug er sie zu seinem Logis im Dorfe. Hier wandte er gewisse machtvolle Stärkungsmittel an, welche ihm von nicht geringer medizinischer Erfahrung angeraten wurden. Am Ende lebte sie denn wieder auf. Sie erkannte ihren Erretter. Sie blieb bei ihm, bis sie, gradweise nach und nach, voll die ursprüngliche Gesundheit wiedergewonnen hatte. Ihr Frauenherz war nicht von Stein, und dieser letzte Liebesbeweis genügte, es zu erweichen. Sie schenkte es Bossuet. Zu ihrem Gatten kehrte sie nicht mehr zurück, sondern verbarg ihm ihre Auferstehung und floh mit ihrem Geliebten nach Amerika. Zwanzig Jahre danach kamen die Beiden wieder nach Frankreich, in der Überzeugung, die Zeit habe der Dame Erscheinung so stark verändert, daß ihre Freunde sie nicht wiederzuerkennen vermöchten. Doch darin irrten sie; denn schon beim ersten Zusammentreffen erkannte Monsieur Renelle tatsächlich sein Weib und machte Ansprüche geltend. Diese Ansprüche wies sie zurück, und ein Gerichtsverfahren gab ihr darin Recht, indem entschieden ward, daß die besondern Umstände, in eins mit den seither verflossnen langen Jahren, nicht nur nach dem Rechte der Billigkeit, sondern auch nach dem Gesetz die Ansprüche des Gatten auf immer hätten erlöschen lassen.

Das Leipziger ›Chirurgische Journal‹, eine Zeitschrift von hohem Ruf und Verdienste, welche übersetzen zu lassen und nachzudrucken unsere amerikanischen Verlagsbuchhändler gut täten, berichtet in einer seiner letzten Nummern von einem sehr betrüblichen Ereignis aus dem uns hier beschäftigenden Bereiche.

Ein Offizier der Artillerie, ein Mann von hünenhafter Statur und robuster Gesundheit, ward von einem unlenksamen Pferde abgeworfen und empfing dabei eine so schwere Kontusion am Kopfe, daß er auf der Stelle das Bewußtsein verlor; der Schädel zeigte eine leichte Fraktur, doch stand keine unmittelbare Gefahr zu befürchten. Die Trepanation verlief erfolgreich. Man ließ den Kranken zur Ader und wendete viele andere der gewöhnlichen Mittel zu seiner Erleichterung an. Schrittweis jedoch verfiel er in einen immer trostlosern Zustand der Betäubung, und schließlich hielt man dafür, daß er gestorben sei.

Es herrschte schwüle Witterung, und so begrub man ihn mit unziemlicher Hast auf einem der öffentlichen Friedhöfe. Das Leichenbegängnis fand an einem Donnerstage statt. Am Sonntag darauf wimmelten die Friedhofsgefilde wie üblich von Besuchern, und gegen Mittag erhob sich eine gewaltige Aufregung ob der Erklärung eines Bauern, er habe, derweil er am Grabe des Offiziers gesessen sei, ganz deutlich eine heftige Bewegung der Erde gespürt, grad so, als ringe darunter ein Mensch um sein Leben. Anfänglich zollte man des Mannes Beteuerung nur wenig Aufmerksamkeit, doch sein offenbares Entsetzen und die störrische Verbissenheit, mit welcher er auf seiner Geschichte bestand, übten am Ende ihre natürliche Wirkung auf die Menge. Man schaffte eilends Spaten herbei, und innerhalb weniger Minuten war das, schandbar flach nur ausgehobene, Grab so weit eröffnet, daß der Kopf des beerdigten Offiziers erschien. Er war allem Anschein nach tot; doch saß er nahezu aufrecht in seinem Sarge, dessen Deckel er bei seinen wilden Anstrengungen, sich zu befreien, teilweise emporgedrückt hatte.

Man schaffte ihn nun alsbald in das nächste Hospital, und dort erklärte man, daß er tatsächlich noch am Leben sei, wenn auch in asphyktischem Zustande. Erst nach mehreren Stunden kam er wieder zu sich, erkannte befreundete Menschen und berichtete, in abgerissenen Sätzen, von seinen Qualen im Grabe.

Aus dem, was er erzählte, wurde klar, daß er noch länger als eine Stunde nach seiner Inhumierung das Bewußtsein mußte gehabt haben, lebend zu sein, ehe Ohnmacht ihn überkam. Das Grab war achtlos und locker mit überaus porösem Erdreich gefüllt worden; und so hatte notwendigerweise etwas Luft Zutritt. Er hörte die Schritte der Menge zu seinen Häupten droben und mühte sich seinerseits, sich ihr vernehmlich zu machen. Es war das Getümmel auf den Friedhofswegen, so sagte er, welches ihn offenbar aus tiefem Schlafe erweckt; doch kaum noch habe er sich wachend befunden, da seien ihm die grausenvollen Schrecken seiner Lage voll zu Bewußtsein gekommen.

Der Patient, wird berichtet, kam wieder gut zu Kräften und schien sich auf dem Wege zur völligen Genesung zu befinden, doch fiel er dann zum schlechten Ende noch den Quacksalbereien medizinischer Experimente zum Opfer. Man wendete die galvanische Batterie an, und er verschied ganz plötzlich in einem jener ekstatischen Paroxysmen, welche bei dieser Behandlung gelegentlich auftreten.

Die Erwähnung der galvanischen Batterie bringt mir nichtsdestoweniger einen wohlbekannten und sehr außergewöhnlichen Fall zu unserm Thema in Erinnerung, bei dem sich ihre Tätigkeit als Mittel erwies, einen jungen Londoner Anwalt, welcher zwei Tage lang im Grabe gelegen, wieder zum Leben zu bringen. Dies trug sich im Jahre 1831 zu und schuf damals eine wahre Sensation, wo immer man darüber debattierte.

Der Patient, Mr. Edward Stapleton, war allem Augenschein nach gestorben, und zwar an Typhus-Fieber, welches derart anomale Symptome im Gefolge hatte, daß die Neugier seiner medizinischen Betreuer wachgeworden war. Bei seinem vermeintlichen Hinscheiden wurden seine Freunde gebeten, in eine Obduktion seines Leichnams zu willigen, doch lehnten sie's ab, ihre Erlaubnis zu geben. Und wie es im Falle solcher Weigerungen oft geschieht, beschließen die praktischen Männer denn, den Körper privatim wieder auszugraben und in aller Muße auseinanderzunehmen. Leicht wurden Vereinbarungen mit einer der zahllosen Vereinigungen von Leichenräubern getroffen, von welchen London wimmelt; und in der dritten Nacht nach dem Begräbnis ward der vermeintliche Leichnam aus einem acht Fuß tiefen Grabe gehoben und in den Operationsraum eines Privathospitales gebracht.

Man hatte tatsächlich bereits einen nicht unbeträchtlichen Schnitt in den Unterleib vorgenommen, als die frische und ganz unverweste Erscheinung der Leiche eine Anwendung der Batterie nahelegte. Ein Experiment folgte dem andern, und die gewöhnlichen Wirkungen stellten sich ein, ohne nur irgend Außerordentliches zu bringen – nur daß, bei ein oder zwei Gelegenheiten, die konvulsivischen Zuckungen einen mehr denn üblichen Grad von Lebensähnlichkeit zeigten.

Es wurde spät. Schon dämmerte der Tag; und so hielt man es denn schließlich für ratsam, nun alsogleich zur Sektion zu schreiten. Ein Student jedoch war besonders darauf erpicht, eine eigene

Theorie zu erproben, und bestand darauf, die Batterie noch an einen der Brustmuskeln anzuschließen. Man machte einen derb klaffenden Schnitt und brachte in aller Eile einen Draht in Kontakt, – da erhob sich der Patient auf einmal in einer jähen, doch ganz und gar nicht zuckungsähnlichen Bewegung vom Tische, trat in die Mitte des Raums, starrte ein paar Sekunden lang ängstlich in die Runde und – sprach! Was er sagte, war nicht verständlich; doch Worte waren es; die Silbenbildung ließ sich nicht verkennen. Nachdem er gesprochen, stürzte er schwer zu Boden.

Einige Augenblicke lang waren alle wie gelähmt vor Grauen – doch die Dringlichkeit des Falles gab ihnen bald ihre Geistesgegenwart zurück. Man sah, daß Mr. Stapleton am Leben, wenn auch nicht bei Bewußtsein war. Nachdem man ihm Äther verordnet, erholte er sich rasch und ward der Gesundheit und der Gesellschaft seiner Freunde wiedergegeben – denen man jedoch alle Kenntnis von seiner Erweckung vorenthielt, bis ein Rückfall nicht länger mehr zu befürchten stand. Ihre Verwunderung – ihr stürmisches Erstaunen – mag man sich leicht wohl vorstellen.

Was an diesem Vorfall am meisten erschüttert und erschauern läßt, liegt nichtsdestoweniger in dem, was Mr. S. selber aussagt. Er erklärt nämlich, er sei zu keinem Zeitpunkt gänzlich ohne Empfindung gewesen – sondern habe vielmehr, dumpf und verworren, alles wahrgenommen, was ihm widerfuhr, vom Augenblicke an, da seine Ärzte ihn *für tot* erklärten, bis hin zu jenem, da er im Hospital ohnmächtig zu Boden sank. »Ich bin am Leben«, waren die unverstandenen Worte, die er, als er die Örtlichkeit des Sektionsraumes erkannte, in seiner äußersten Not hervorzubringen sich gemüht hatte.

Es wäre eine leichte Sache, Geschichten wie diese in vielfacher Anzahl hier zu bringen – doch in versage in mir – denn wahrlich, wir bedürfen solcher Vielzahl nicht, um die Tatsache zu belegen, daß vorzeitige Bestattungen vorgekommen sind. Wenn wir uns überlegen, wie überaus selten es, nach Lage der Dinge, in unserer Macht steht, sie zu entdecken, so müssen wir zugeben, daß sie möglicherweise sogar *häufig* ohne unsere Kenntnis stattfinden. In Wahrheit wird kaum je ein Friedhof zu irgend einem Zweck in größerm Umfang aufgegraben, ohne daß man Skelette in Stellungen fände, welche den allerfürchterlichsten Verdacht nahelegen.

Fürchterlich, fürwahr, der Verdacht – doch fürchterlicher noch solch' Schicksal! Man darf wohl ohne Zögern behaupten, daß *kein* Ereignis so entsetzlich dazu angetan ist, das Äußerste und Letzte an körperlicher und geistiger Qual hervorzurufen, als es die Bestattung vor dem Tode ist. Die unerträgliche Bedrückung der Lungen – die erstickenden Dünste der feuchten Erde – das Kleben der Totenkleider – die unnachgiebige Umarmung des engen Hauses – die Schwärze der absoluten Nacht – die wie ein Meer überwältigende Stille – die unsichtbare, doch so greifliche Gegenwart des Eroberers Wurm – all dies, im Verein mit dem Gedanken an die Luft und das Gras droben über uns, mit der Erinnerung an liebe Freunde, die herbeifliegen würden, uns zu erretten, wären sie nur von unserm Schicksal unterrichtet, und mit dem Bewußtsein, daß *nichts* sie je von diesem Schicksal wird mehr unterrichten können – daß unser hoffnungsloses Teil das der wirklich Toten ist – diese Erwägungen, sag' ich, erfüllen das Herz, das immer noch pochende, zuckende, mit einem Grade von qualvollem, unerträglichem Entsetzen, den auch die wagendste Imagination nicht auszudenken vermag. Nichts Furchtbareres wissen wir auf dieser Erde – nichts halb so Gräßliches kann uns von den Reichen der untersten Hölle träumen. Und so besitzen denn alle Erzählungen zu diesem Thema ein tiefes Interesse; ein Interesse, welches freilich aufgrund des geheiligten Grauens, das von dem Thema selber ausgeht, ganz eigentümlicherweise, und auch ganz zu Recht, von unserer Überzeugung abhängig ist, daß uns *die Wahrheit* erzählt werde. Was ich nunmehr zu berichten habe, beruht auf einer eignen tatsächlichen Kenntnis – auf meiner eignen gewissen und persönlichen Erfahrung.

Mehrere Jahre lang hatten mich Anfälle jenes eigenartigen Übels heimgesucht, welches die Ärzte, aus Ermangelung eines entschiedneren Titels, Katalepsie – Starrsucht – zu nennen überein gekommen sind. Obschon sowohl die unmittelbaren als die prädisponierenden Ursachen, ja selbst die Diagnosen dieses Leidens noch immer rätselhaft und unsicher sind, ist doch sein äußerer, sein augenscheinlicher Charakter hinreichend wohl bekannt. Es scheint hauptsächlich dem Grade nach zu variieren. Manchmal liegt der Patient nur einen Tag lang, oder gar noch kürzere Zeit, in einer Art verstärkter Lethargie. Er ist empfindungs- und äußerlich bewegungslos; doch läßt sich der Pulsschlag seines Herzens immer noch schwach vernehmen; Spuren von Körperwärme bleiben; ein winziges Bißchen Farbe hält sich im Mittelpunkt der Wange; und bringt man einen Spiegel an die Lippen, so können wir eine schlaffe, ungleichmäßige und flackernde Tätigkeit der Lungen entdecken. Bei wieder anderm Male hat die Trance eine Dauer von Wochen – ja gar von Monaten; derweil die peinlichste Untersuchung und die genauesten medizinischen Tests nicht imstande sind, irgend nur einen wesentlichen Unterschied zwischen dem Zustand des Leidenden und dem wahrzunehmen, was wir unter dem absoluten Tode begreifen. Gewöhnlich bleibt er vor verfrühter Bestattung einzig deßwegen bewahrt, weil seine Freunde wissen, daß er schon einmal von Katalepsie heimgesucht wurde, weil sie folglich Argwohn hegen, es könne sich auch diesmal darum handeln, und vor allem schließlich, weil sich keinerlei Verwesungserscheinungen zeigen. Glücklicherweise schreitet die Krankheit nur langsam fort. Die ersten Manifestationen sind, obschon recht ausgeprägt, doch unzweideutig. Die Anfälle werden allmählich immer heftiger und dauern jedesmal länger als zuvor. Darin liegt die erste Sicherung gegenüber einer versehentlichen Inhumierung. Der Unglückselige, dessen *erste* Attacke gleich von so extremem Charakter wäre, wie man ihn gelegentlich sieht, würde so gut wie unvermeidlich lebend dem Grabe überantwortet werden.

Mein eigener Fall unterschied sich in keiner wichtigen Einzelheit von den Modellfällen der medizinischen Literatur. Manchmal verfiel ich, ohne irgend ersichtliche Ursache, nach und nach in einen Zustand halber Ohnmacht oder halber Bewußtlosigkeit; und in diesem Zustande – ohne Schmerzen, ohne die Fähigkeit, mich zu regen oder – streng genommen – zu denken, doch mit einem dumpfen lethargischen Bewußtsein des Lebens und der Gegenwart derer, die mein Bett umstanden – in diesem Zustand blieb ich, bis die Krisis des Leidens mir ganz plötzlich die volle Besinnung wiedergab. Zu andern Zeiten traf mich der Anfall jäh wie aus heiterem Himmel. Mir wurde übel, Benommenheit überkam mich, Frostgefühl, und Schwindel, und auf einmal stürzte ich der Länge nach zu Boden. Dann, wochenlang, war alles leer und schwarz, und schweigend, und das Nichts wurde zum Universum. Vollständige Vernichtung konnte mehr nicht sein. Aus diesen letztern Attacken erwachte ich jedoch, verglichen mit der Jählichkeit des Anfalls, relativ langsam. Just wie der Tag dem freund- und heimatlosen Bettler dämmert, wenn er in einer langen, desolaten Winternacht durch die Straßen gestrichen ist, – just ganz so

säumig – ganz so matt – doch aber auch ganz so heiter und be-
glückend kehrte das Licht der Seele mir wieder.

Abgesehen von dieser Neigung zur Starrsucht schien meine allgemeine Gesundheit jedoch gut zu sein; und ich vermochte auch
nicht zu erkennen, daß sie von der einen mächtigen Krankheit im
mindesten beeinträchtigt worden wäre – es sei denn in der Tat,
man wollte eine Eigentümlichkeit meines gewöhnlichen *Schlafes*
als von ihr herrührend ansehen. Erwachte ich nämlich aus dem
Schlummer, so vermochte ich's niemals sogleich, ganz Herr meiner Sinne zu werden, und lag stets noch minutenlang voller Verwirrung und Verstörung da – wobei meine Denkfähigkeit im allgemeinen, doch in Sonderheit mein Gedächtnis sich in einem
Zustande absolut erstarrter Untätigkeit befand.

Bei allem, was ich erduldete, war kein körperliches Leiden, doch
eine Unendlichkeit geistiger Qual. Meine Einbildungskraft ward
zu einer wahren Grabesphantasie. Ich sprach nurmehr »von
Würmern, Grüften und von Epitaphen«. Ich verlor mich in To-
desträumereien, und der Gedanke an ein vorzeitiges Begraben-
werden ergriff von meinem Hirne dauernden Besitz. Die gräßliche Gefahr, die mich bedrohte, verfolgte mich bei Tage und bei
Nacht. Bei Tage kämpft' ich ohne Unterlaß gegen die Folter meiner Grübeleien; nächtens erlag ich ihr. Wenn grimm und häßlich
Finsternis bedeckte das Erdreich, dann ließ mich jeder Gedanke
wie ein Schock erschauern – ließ mich erbeben wie die zitternden
Federn auf dem Leichenwagen. Und wenn die Natur das Wach-
sein nicht länger ertragen konnte, geschah's nur unter Sträuben,
daß ich mich darein schickte, zu schlafen – denn es grauste mir
bei der Vorstellung, ich könnte, beim Erwachen, mich als Grabs-
bewohner finden. Und wenn ich dann endlich in Schlummer sank,
so war's nur, um sogleich in eine Welt von Wahngebilden zu stürzen, über welcher, alles beherrschend, mir riesig schwarzen,
überschattenden Schwingen der eine Gedanke schwebte – der an
Begräbnis und Grab.

Aus den unzähligen Bildern der Düsterheit, welche mich so in
Träumen heimsuchten, erles' ich zum Zeugnis hier nur ein einzig
Gesicht. Mir däuchte, ich wäre in kataleptische Trance von mehr
denn gewöhnlicher Dauer und Tiefe gesunken. Da plötzlich legte
sich mir eine eisige Hand auf die Stirn, und eine Stimme, schnat-
ternd, voll Ungeduld, flüsterte mir im Ohr – »Erhebe Dich!«

Ich richtete mich auf. Das Dunkel war ohne Ende. Ich konnte

die Gestalt des, der mich aufgerufen, nicht erkennen. Auch war
ich's nicht imstande, mich der Zeit, da ich in Trance gefallen, zu
entsinnen – noch des Orts, wo ich dann lag. Derweil ich reglos
blieb und mich angestrengt mühte, meine Gedanken zu sammeln,
ergriff die kalte Hand mich heftig am Gelenke, schüttelte es
dreist, und wieder erscholl die Schnatterstimme:

»Erhebe Dich! – vernahmst Du nicht mein Gebot?« ‹

»Und wer«, begehrte ich zu wissen, »gebot mir?«

»Ich habe keinen Namen in den Regionen, da ich hause«, erwiderte die Stimme, voller Gram; »Ich war einst sterblich, doch bin
Dämon nun. Ich habe kein Erbarmen, doch bin elend. Du fühlest,
daß ich schaudre. Du hörst, wie mir die Zähne klappern, da ich
spreche, doch ist das nicht der schüttelnde Frost der Nacht – der
Nacht ohn' Ende. Doch diese Gräßlichkeit ist unerträglich. Wie
kannst *Du* ruhig schlafen? Ich kann nicht ruhn, hör ich den Auf-
schrei dieser großen Qualen. Und was ich seh, ist mehr, als ich
ertrage. Erhebe Dich! Komm mit mir hinaus in die Nacht und laß
mich Deinem Blick die Gräber weisen. Ist's nicht ein Schauerspiel
des Wehs? – Sieh hin!«

Ich blickte hin; und die unsichtbare Gestalt, die mich immer
noch am Handgelenke hielt, hatte die Gräber der ganzen
Menschheit aufspringen lassen; und von jedem ging aus der
schwache Phosphorschimmer der Verwesung; also daß ich sehn
konnte in die innersten Winkel und sah dort die Leiber in ihren
Laken, im traurig-feierlichen Schlummer mit dem Wurm. Doch
ach! die wirklich schliefen, warn um Millionen minder an Zahl
denn die nicht Schlummer fanden; und es war da ein schwaches
Ringen; und es war da eine allgemeine und schlimme Unrast; und
aus den Tiefen der zahllosen Gruben und Grüfte drang voller
Schwermut zu mir herauf das Rascheln der Gewänder der Begrabenen. Und auch von denen, die da friedlich zu ruhen schienen,
hatte, so sah ich's, eine schier ungeheure Zahl in mehrerm oder
minderm Grade die starre und unbequeme Lage verändert, in
welcher sie ursprünglich warn hingebettet worden. Und da ich
noch schaute, sprach die Stimme abermals und sagte:

»Ist's nicht – oh, ist es nicht ein jammervoller Anblick?« Doch
ehe ich noch Antwort finden konnte, hatt' die Gestalt mein
Handgelenk losgelassen; die Phosphorlichter verloschen, und die
Gräber schlossen sich wieder mit jählichem Schlage; derweil von
ihnen sich ein Tumult erhob verzweiflungsvoller Schreie, die da

wiederholten: »Ist's nicht – o Gott! ist's nicht ein jammervoller Anblick?«

Phantasien wie diese, die mich zur Nachtzeit heimsuchten, erstreckten ihren entsetzlichen Einfluß noch weit auf meine Wachstunden. Meine Nerven verloren vollkommen ihre Widerstandsfähigkeit, und ich fiel einem unablässigen Grauen zur Beute. Ich zögerte, auszureiten, spazieren zu gehen, oder mir irgend sonst Bewegung zu machen, die mich von Hause fortführen konnte. Tatsächlich wagte ich mich nicht mehr aus der unmittelbaren Nähe jener zu trauen, die von meiner Anlage zur Katalepsie Kenntnis hatten, aus lauter Angst, ich könnte wieder einen meiner gewöhnlichen Anfälle erleiden und würde dann, ehe man meines wirklichen Zustandes inne geworden sei, begraben werden. Ich setzte Zweifel in die Sorgfalt, die Treulichkeit meiner engsten Freunde. Ich fürchtete, sie könnten sich vielleicht, bei einer Starre von mehr denn gewohnter Dauer, bewegen lassen, mich für unwiederherstellbar zu halten. Ich ging gar so weit zu befürchten, sie könnten, da ich ihnen doch so viel Mühsal und Ärger bereitete, am Ende froh sein, wenn irgendeine länger währende Attacke ihnen hinreichenden Vorwand bot, sich meiner auf immer zu entledigen. Es war vergebens, daß sie sich bemühten, mich mit den feierlichsten Versprechungen zu beschwichtigen. Ich verlangte ihnen die heiligsten Schwüre ab, daß sie mich unter gar keinen Umständen bestatten lassen würden, ehe die Zersetzung meines Leibes so wesentlich fortgeschritten sei, daß weitere Erhaltung unmöglich wäre. Und selbst dann noch wollten meine Todesängste auf keine Stimme der Vernunft hören – wollten keine Tröstung annehmen. Ich traf eine Reihe sorgfältiger Vorsichtsmaßnahmen. Unter anderem ließ ich die Familiengruft so umbauen, daß sie sich leicht von innen öffnen ließ. Der leiseste Druck auf einen langen Hebel, der tief ins Innere des Gewölbes reichte, mußte die eisernen Portale aufspringen lassen. Auch gab es Vorrichtungen für den freien Zutritt von Luft und Licht sowie passende Behältnisse für Nahrung und Wasser innerhalb unmittelbarer Reichweite des Sarges, welcher meinen Leib aufzunehmen bestimmt war. Dieser Sarg war mollig und weich gepolstert und hatte einen Deckel, der nach dem Prinzip der Grufttür gefertigt war, dazu noch Federn, welche so angebracht waren, daß die schwächste Bewegung hinreichen mußte, dem Körper die Freiheit zu geben. Neben all dem war auf dem Dache des Gruftbaus noch eine große Glocke aufgehängt, deren Läuteseil, so hatt' ich's bestimmt, durch ein Loch im Sarge niederreichen und an einer der Hände des Leichnams festgebunden werden sollte. Doch ach! was nützt dem Menschen alle Wachsamkeit gegen sein Geschick? Nicht einmal diese wohlersonnenen Sicherheitsvorkehrungen waren dazu ausreichend, vor den unsäglichen Qualen, lebendig begraben zu sein, einen armen Schelm zu bewahren, dem diese Qualen sein Schicksal vorherbestimmt hatte!

Und dann kam ein Zeitpunkt – wie er schon oft zuvor gekommen war – da tauchte ich aus totaler Bewußtlosigkeit ins erste schwache und unbestimmte Daseinsempfinden auf. Langsam – wie eine Schildkröte kriechend – nahte sich mir das blaßgraue Dämmern des seelischen Tags. Ein stumpfes Unbehagen. Ein apathisches Dulden dumpfer Pein. Kein Wollen – kein Hoffen – kein Bemühn. Dann, erst nach langer Zeit, ein Klingen in den Ohren; dann, nach noch längerer, ein prickelndes oder kribbelndes Gefühl in den Extremitäten; dann, scheinbar ewig dauernd, angenehme Ruhe, während welcher die erwachenden Empfindungen mit Macht dem Gedanken zustreben; dann wieder kurzes Versinken in das Nicht-Sein; dann plötzliches Genesen. Schließlich das leichte Erzittern eines Augenlids, und unmittelbar darauf ein elektrischer Schock des Entsetzens, tödlich und unbestimmt, welcher das Blut in Strömen von den Schläfen zum Herzen treibt. Und nun die erste entschiedne Anstrengung, zu denken. Und nun das erste Bemühn, sich zu erinnern. Und nun ein teilweiser, nurmehr erst winzig flüchtiger Erfolg. Und nun hat das Gedächtnis seine Herrschaft so weit wiedergewonnen, daß ich in einigem Maße meines Zustands inne werde. Ich fühle, daß ich nicht aus gewöhnlichem Schlafe erwache. Ich entsinne mich, ich hatte einen Anfall von Katalepsie. Und nun endlich wird mein schaudernder Geist, wie von einem heranschäumenden Ozean, von der einen gräßlichen Gefahr überwältigt – von dem einen gespenstischen und alles beherrschenden Gedanken.

Minutenlang, nachdem diese Vorstellung von mir Besitz ergriffen, blieb ich ohne Bewegung. Und warum? Ich konnte einfach den Mut dazu nicht aufbringen. Ich wagte's nicht, die Anstrengung zu unternehmen, welche mir Klarheit über mein Schicksal bringen sollte, – und doch gab es ein Etwas in meinem Herzen, welches mir zuflüsterte, *es sei gewiß*. Verzweiflung – von einem Ausmaß, wie keine andre Art des Elends sie je ins Leben rufen kann – Verzweiflung allein drängte mich, nach langer Unschlüssigkeit, die schweren Lider meiner Augen zu heben. Ich tat's. Es war dunkel – alles dunkel. Ich wußte, daß der Anfall vorüber war. Ich wußte, daß ich die Krisis meines Übels lange schon hinter mir hatte. Ich wußte, daß ich mein Sehvermögen jetzt vollständig wiederbesaß – und doch war es dunkel – war alles ringsum dunkel – herrschte die tiefe, schwarze, strahlenlose Nacht, die da immer währet.

Ich mühte mich zu schreien; meine Lippen und meine ausgedörrte Zunge bewegten sich konvulsivisch bei dem Versuch – doch kein Stimmlaut entkam den höhligen Lungen, welche, wie unter dem Druck eines auf ihnen lastenden Berges, bei jedem Atemholen, jedem Nach-Atem-Ringen, keuchten und mit dem Herzen zuckend klopften.

Die Bewegung der Kinnbacken, die dieser Versuch, laut aufzuschreien, mit sich brachte, zeigte mir, daß sie hochgebunden worden waren, wie es bei den Toten üblich ist. Auch fühlte ich, daß ich auf irgend etwas Hartem lag; und daß auch meine Seiten ein Ähnliches eng zusammenpreßte. Bis hierher hatte ich noch nicht gewagt, auch nur ein Glied zu regen, – doch jetzt warf ich mit einer heftigen Bewegung die Arme in die Höhe, die mit gekreuzten Gelenken lang ausgestreckt gelegen hatten. Sie trafen auf festes Holz, welches in einer Höhe von nicht mehr denn sechs Zoll über meinem Gesichte dahinlief. Ich konnte nicht länger zweifeln, daß ich in einem Sarge ruhte.

Und nun, mitten in meinem unendlichen Elende, erschien mir holdselig der Cherub Hoffnung – denn ich gedachte der Vorsichtsmaßnahmen, die ich getroffen. Ich krümmte, ich wand mich und strengte mich krampfhaft an, den Deckel gewaltsam aufzubringen: – er wollte sich nicht bewegen. Ich tastete meine Handgelenke nach dem Läuteseil ab: – es war nirgends zu finden. Da entfloh der Tröster auf immer, und eine schier noch grimmere Verzweiflung trat triumphant die Herrschaft an; denn ich konnte nicht umhin, das Fehlen der Polsterungen zu bemerken, die ich so sorgsam vorbereitet hatte, – und dann auch drang mir plötzlich der starke, eigentümliche Geruch von feuchter Erde in die Nüstern. Die Schlußfolgerung drängte sich unabweislich auf. Ich befand mich *nicht* in meiner Gruft. Ich hatte einen Trance-Anfall gehabt, derweil ich von Hause abwesend war – unter fremden Menschen – wann oder wie, daran vermochte ich mich nicht zu erinnern – und sie waren es gewesen, die mich verscharrt hatten wie einen Hund – mich eingenagelt in einen ganz gemeinen Sarg – und mich tief, tief, und für immer und ewig, in irgendein gewöhnliches und namenloses *Grab* geworfen hatten.

Als diese furchtbare Überzeugung sich bis in die innersten Kammern meiner Seele Bahn gebrochen hatte, unternahm ich's noch einmal mit allen Kräften, laut aufzuschreien. Und bei diesem zweiten Versuch war mir Erfolg beschieden. Ein langer, wilder, anhaltender Schrei, ein Gellen der Qual, hallte durch die Reiche der unterirdischen Nacht.

»Halloh! nanu, was ist denn?« kam als Erwiderung eine barsche Stimme.

»Zum Teufel nochmal, was ist denn jetzt bloß los!« rief eine zweite.

»Raus da, verschwinde!« ließ sich eine dritte vernehmen.

»Was soll das heißen, hier rumzujaulen wie'n angestochenes Schoßhündchen?« brummte eine vierte; und hierauf ward ich von einem Verein recht derb dreinblickender Individuen gepackt und mehrere Minuten lang ohne feierliche Umstände durchgeschüttelt. Sie rissen mich nicht aus dem Schlummer – denn ich war hellwach, als ich schrie – wohl aber brachten sie mich wieder in den vollen Besitz meines Gedächtnisses.

Dieses Abenteuer trug sich nahe Richmond, in Virginia, zu. Begleitet von einem Freunde, hatte ich mich, auf einem Jagdausfluge, ein paar Meilen den James River an seinen Ufern hinabbegeben. Die Nacht brach herein, und wir wurden von einem Sturm überrascht. Die Kajüte einer kleinen Schaluppe, die im Strom vor Anker lag und Gartenerde geladen hatte, bot uns den einzig verfügbaren Unterschlupf. Wir fanden uns so gut als möglich damit ab und verbrachten die Nacht an Bord. Ich schlief in einer der beiden einzigen Kojen des Schiffes – und wie die Kojen einer Schaluppe von sechzig oder siebzig Tonnen aussehen, bedarf wohl kaum der Beschreibung. Die von mir belegte besaß keinerlei Bettzeug irgend welcher Art. Ihre äußerste Breite betrug achtzehn Zoll. Boden und Decke hatten genau den nämlichen Abstand. Ich fand es über die Maßen schwierig, mich hineinzuzwängen. Nichtsdestoweniger schlief ich fest und gesund; und meine ganze Vision – denn ein Traum war es nicht, noch ein Nachtmahr – entstand natürlicherweise aus den Umständen meiner Lage – aus meiner gewöhnlichen Gedankenrichtung – und aus der bereits kurz erwähnten Schwierigkeit, die es mir noch längere Zeit nach dem Erwachen aus dem Schlummer bereitete, meine Sinne zu sammeln und, in Sonderheit, mein Gedächtnis wiederzugewinnen. Die Männer, die mich schüttelten, waren die Besatzung der Schaluppe und ein paar zum Entladen bestellte Arbeiter. Von der Ladung selbst kam der erdige Geruch. Die Binde um mein Kinn war ein seidenes Taschentuch, welches ich mir, in Ermangelung meiner gewohnten Nachtmütze, um den Kopf geschlungen hatte.

Die Qualen, die ich ausgestanden, warn für den Augenblick jedoch unzweifelhaft denen gleich, die ich in einem wirklichen Grab erlitten hätte. Sie waren fürchterlich – sie waren unvorstellbar gräßlich; doch aus dem Übeln ging das Gute hervor; denn grad ihr Übermaß bewirkte in meinem Geist eine unvermeidliche Wandlung. Meine Seele gewann an Spannkraft – gewann an Gleichmut. Ich ging auf Reisen. Ich schaffte mir herzhafte Bewegung. Ich atmete die freie Himmelsluft. Ich dachte wieder an andere Dinge denn den Tod. Ich legte meine medizinischen Bücher weg. *Buchan* verbrannte ich. Ich las keine *Nachtgedanken* mehr – keinen Schwulst über Kirchhöfe – keine Gruselgeschichten – *so wie diese hier*. Kurzum, ich ward ein neuer Mensch und führte eines Menschen Leben. Seit jener denkwürdigen Nacht gab ich auf immer meiner Grabesfurcht Valet, und mit ihr verschwand auch die Neigung zur Katalepsie, die vielleicht weniger ihre Ursache denn vielmehr ihre Folge gewesen war.

Es gibt Augenblicke, wo die Welt unserer traurigen Menschheit selbst für das nüchterne Auge der Vernunft einer Hölle Gestalt annehmen kann – doch ist die Imagination des Menschen nicht Carathis, daß es ihr erlaubt wäre, ungestraft eine jegliche ihrer Höhlen zu erforschen. Ach! die gräßlich große Schar der Grabesschrecken darf leider ganz und gar nicht als Phantasiegebilde betrachtet werden – doch wie die Dämonen, in deren Gesellschaft Afrasiab seine Reise den Oxus hinab unternahm, müssen sie schlafen, oder sie werden uns verschlingen, – muß man sie schlummern lassen, oder wir gehen zugrunde.

Die Tatsachen im Falle Valdemar

Selbstredend gedenke ich mich nicht so zu stellen, als fände ich's besonders erstaunlich, daß der so außergewöhnliche ›Fall Valdemar‹ mannigfache Diskussion hervorgerufen hat. Es wäre ein Wunder gewesen, hätte er's nicht – zumal unter den gegebenen Umständen. Aufgrund des Wunsches aller Beteiligten, der Öffentlichkeit die Affäre zumindest fürs erste, oder bis wir weitere Gelegenheiten zur Untersuchung fanden, vorzuenthalten – aufgrund unserer diesbezüglichen Bemühungen gelangten nur sehr entstellte oder übertriebene Berichte in die Gesellschaft und wurden zur Quelle vieler peinlicher Falschdarstellungen, die sehr natürlicher Weise auch auf entsprechende Ungläubigkeit stießen.

So ist es denn notwendig geworden, daß ich einmal die *Tatsachen* mitteile – so weit, als ich selbst sie verstehe. Es sind, kurz und bündig, die folgenden:

In den letzten drei Jahren hatte wiederholt die Sache des Mesmerismus meine Aufmerksamkeit auf sich gezogen; und vor etwa neun Monaten nun kam mir ganz plötzlich der Einfall, daß in der Reihe der bislang unternommenen Experimente bemerkenswerter und höchst unerklärlicher Weise *eines* stets doch unterlassen worden sei: – kein Mensch war bis zur Stunde je *in articulo mortis* mesmerisiert worden. Es blieb zu untersuchen – erstens, ob in dem Patienten bei solchem Zustande überhaupt noch irgend Empfänglichkeit für den magnetischen Einfluß vorhanden war; zweitens, ob diese Empfänglichkeit, gesetzt, sie war vorhanden, vom genannten Zustande beeinträchtigt oder gesteigert wurde; drittens, in welchem Maße – beziehungsweise, für wie lange Zeit – sich vielleicht die Hand des Todes durch die Prozedur mochte zurückhalten lassen. Es gab noch diverse andere Punkte, die aufzuklären waren, doch diese erregten meine Neugier am meisten – in Sonderheit der letzte, von dem ja wahrlich Ungeheures abhing.

Als ich mich nun nach einem Kranken umsah, mit dessen Hilfe ich diese Einzelheiten würde erproben können, kam mir der Gedanke an meinen Freund M. Ernest Valdemar, den wohlbekannten Kompilator der *Bibliotheca Forensica* und Autor der polnischen Fassungen des ›Wallenstein‹ und des ›Gargantua‹, die er unter dem *nom de plume* Issachar Marx veröffentlichte. M. Valdemar, welcher seit dem Jahre 1839 hauptsächlich in Harlem gewohnt hat, N. Y., fällt (oder fiel) besonders durch die extreme Magerkeit seiner Person auf – seine untern Extremitäten konnten sich durchaus mit denen von John Randolph messen – und ebenfalls durch die Weißheit seines Backenbarts, der in grellem Kontrast zu seinem schwarzen Haupthaar stand, welches letztere man folglich – doch ganz zu Unrecht – weit und breit für eine Perücke hielt. Seine Gemütsart war ausgesprochen nervös und machte ihn also zu einem guten Objekt für mesmerische Experimente. Bei zwei oder drei Gelegenheiten hatte ich ihn bereits ohne große Schwierigkeit in Schlaf versenkt, war aber hinsichtlich anderer Resultate, welche mich seine eigentümliche Konstitution natürlich zu erwarten verleitet hatte, enttäuscht worden. Zu keiner Zeit gelang es mir, seinen Willen voll und ganz unter meine Kontrolle zu bringen, und was die *clairvoyance* betrifft, so vermochte ich nichts mit ihm zuwege zu bringen, worauf Verlaß gewesen wäre. Ich schrieb mein Versagen in diesen Punkten stets seinem zerrütteten Gesundheitszustand zu. Einige Monate, bevor ich mit ihm bekannt wurde, hatten seine Ärzte eine chronische Lungenschwindsucht bei ihm festgestellt. Tatsächlich war es seine Gewohnheit, in aller Seelenruhe von seiner bevorstehenden Auflösung zu sprechen, ganz so, als sei das eine Sache, die weder zu vermeiden noch zu bedauern war.

Als mir die oben angeführten Ideen zum erstenmal kamen, war es selbstredend nur zu natürlich, daß ich dabei an M. Valdemar denken mußte. Ich kannte den stetigen Geistesgleichmut des Mannes gut genug, um von *seiner* Seite keinerlei Skrupel zu befürchten; und Verwandte, die uns vermutlich in die Quere gekommen wären, besaß er in Amerika nicht. Ich sprach mit ihm ganz offen über das Thema; und zu meiner Überraschung schien sein Interesse lebhaft geweckt. Ich sage: zu meiner Überraschung; denn obschon er mir seine Person stets frei für meine Experimente zur Verfügung gestellt hatte, deuteten doch nie irgend welche Anzeichen darauf hin, daß er selber meinem Tun mit Sympathie gegenüberstand. Sein Leiden war von jener Art, die präzise Voraussagen und Berechnungen bezüglich des Zeitpunktes gestattet, da der Tod ihm ein Ende setzen würde; und so ward schließlich zwischen uns vereinbart, daß er etwa vierundzwanzig Stunden vor der Zeit, welche ihm seine Ärzte als die seines Hinscheidens nennen würden, nach mir schicken wollte.

Es ist jetzt etwas mehr denn sieben Monate her, daß ich von M. Valdemar selbst die nachfolgenden Zeilen empfing:

Mein lieber P--,
    am besten kommen Sie doch jetzt gleich. D--- und F--- sind übereinstimmend der Ansicht, daß ich über die morgige Mitternacht hinaus kaum mehr werde aushalten können; und ich denke, sie haben den Zeitpunkt ziemlich genau getroffen.

Valdemar.

Ich erhielt diese Nachricht eine halbe Stunde, nachdem sie geschrieben war, und nach weiteren fünfzehn Minuten stand ich im Zimmer des Sterbenden. Ich hatte ihn seit zehn Tagen nicht mehr gesehen und erschrak ob der schrecklichen Veränderung, die innerhalb dieser kurzen Spanne mit ihm vorgegangen war. Sein Gesicht zeigte eine grau-bleierne Färbung; die Augen waren gänzlich ohne Glanz; und die Abzehrung war so weit fortgeschritten, daß die gespannte Haut über den Backenknochen aufgeplatzt war. Er hatte ungemein starken Auswurf. Der Puls war kaum noch wahrzunehmen. Gleichwohl hatte er, sehr bemerkenswerter Weise, sowohl seine Geisteskraft als auch einen gewissen Grad von Körperstärke zurückbehalten. Er sprach mit Deutlichkeit – nahm ein paar lindernde Arzneien ohne fremde Hilfe – und war, als ich ins Zimmer trat, damit beschäftigt, Notizen in ein Taschenbuch zu machen. Kissen stützten ihn im Bette auf. Die Herren Doktoren D--- und F--- waren bereits anwesend.
Nachdem ich Valdemar die Hand gedrückt hatte, nahm ich die genannten Herren beiseite und erhielt von ihnen einen genauen Bericht über des Patienten Zustand. Die linke Lunge war schon seit achtzehn Monaten halb verknöchert oder verknorpelt und somit natürlich für alle Lebenszwecke vollkommen unnütz. Die rechte war in ihrem obern Teile ebenfalls teilweise, wenn nicht gänzlich knöchern geworden, derweil die untere Region nurmehr aus einer einzigen Masse von eitrigen Tuberkeln bestand, welche eine in die andere übergingen. Verschiedene ausgedehnte Perforationen waren vorhanden; und an einer Stelle hatte eine bleibende Verlötung an den Rippen stattgefunden. Diese Erscheinungen im rechten Flügel stammten aus vergleichsweise jüngster Zeit. Die Verknöcherung war mit sehr ungewöhnlicher Schnelle fortgeschritten; noch vor einem Monat hatte man keinerlei An-

zeichen dafür entdeckt; und die Verlötung wurde erst vor etwa drei Tagen festgestellt. Unabhängig von der Schwindsucht vermutete man bei dem Patienten noch ein Aortenaneurysma; doch was dies betraf, so machten die Verknöcherungssymptome eine exakte Diagnose unmöglich. Es war die Meinung beider Ärzte, daß M. Valdemar anderntags (einem Sonntag) gegen Mitternacht sterben würde. Jetzt hatten wir sieben Uhr am Samstag abend.

Als sie des Kranken Bett verließen, um sich mit mir zu unterreden, hatten die Doktoren D--- und F--- ihm den letzten Abschiedsgruß entboten. Es war nicht ihre Absicht gewesen, noch einmal zurückzukehren; doch auf meine Bitte hin willigten sie ein, am nächsten Abend gegen zehn hereinzukommen und nach dem Patienten zu sehen.

Als sie gegangen waren, sprach ich mit M. Valdemar ganz offen über seine bevorstehende Auflösung, ebenso als, in Sonderheit, über das Experiment, welches ich mir vorgesetzt hatte. Er beteuerte nach wie vor seine Bereitwilligkeit dazu, ja schien geradezu begierig, es stattfinden zu lassen, und drängte mich, alsogleich damit zu beginnen. Ein Krankenpfleger und eine Schwester standen in Bereitschaft; doch fand ich es ganz und gar nicht unbedenklich, mich einer Aufgabe von diesem Charakter ohne verläßlichere Zeugen zu unterziehen, als es diese Leute im Falle eines plötzlichen Unglücks möglicherweise waren. Daher denn verschob ich meine Operationen auf etwa acht Uhr nächsten Abends, wo die Ankunft eines Medizinstudenten, mit dem ich einigermaßen bekannt war (Mr. Theodore L---l), mich vor etwaigen Verwicklungen bewahrte. Ursprünglich hatte ich die Absicht gehabt, auf die Ärzte zu warten; doch sah ich mich dann veranlaßt, sogleich ans Werk zu gehen, – einmal, weil M. Valdemar gar so dringlich bat, und zum anderen, weil ich die Überzeugung gewann, daß ich keinen Augenblick mehr zu verlieren hatte; denn er verfiel sichtlich rasch.

Mr. L---l war so freundlich, meinem Wunsche zu entsprechen, alles aufzuzeichnen, was sich ereignete; und seinen Notizen ist es zu verdanken, daß der größte Teil dessen, was ich nun zu berichten habe, entweder wörtliches Zitat oder ein Kondensat aus solchen Zitaten darstellt.

Es fehlten noch etwa fünf Minuten an acht Uhr, als ich des Patienten Hand nahm und ihn bat, sich so deutlich, als er es vermöchte, Mr. L---l gegenüber zu erklären, ob er (M. Valdemar) voll und ganz damit einverstanden sei, daß ich das Experiment, ihn in seinem gegenwärtigen Zustande zu mesmerisieren, vornähme.

Er erwiderte schwach, doch ganz vernehmlich. »Jawohl, ich wünsche mesmerisiert zu werden« – und fügte unmittelbar danach hinzu, »ich fürchte nur, Sie haben es schon zu lange hinausgeschoben.«

Während er so noch sprach, begann ich bereits mit den Strichen, welche ich stets am wirksamsten gefunden hatte, sein Bewußtsein zu dämpfen. Ersichtlich ward er auch vom ersten seitlichen Streichen meiner Hand über seine Stirne beeinflußt; doch obschon ich alle meine Kräfte anstrengte, wollte sich kein weiterer erkennbarer Effekt erzielen lassen – bis einige Minuten nach zehn Uhr, wo, verabredungsgemäß, die Herren Doktoren D--- und F--- sich einstellten. Ich setzte ihnen mit wenigen Worten auseinander, was ich im Sinne hatte, und da sie keinen Einwand erhoben und sagten, daß der Patient bereits im Todeskampfe liege, machte ich mich ohne Zögern wieder ans Werk – indem ich jedoch von den seitlichen Strichen zu solchen niederwärts überwechselte und meinen Blick mit voller Konzentration auf das rechte Auge des Leidenden richtete.

Um diese Zeit war sein Puls unwahrnehmbar geworden, und sein Atem ging rasselnd und in Intervallen von einer halben Minute.

Dieser Zustand hielt eine Viertelstunde lang nahezu unverändert an. Bei Ablauf dieser Frist jedoch entkam ein natürlicher, wenn schon sehr tiefer Seufzer dem Busen des sterbenden Mannes, und das rasselnde Atmen hörte auf – das heißt, das Rasseln verstummte; die Intervalle änderten sich nicht. Die Extremitäten des Patienten waren von eisiger Kälte.

Um fünf Minuten vor elf gewahrte ich unzweideutige Anzeichen des mesmerischen Einflusses. Das glasige Rollen des Augs wandelte sich in jenen Ausdruck zwanghafter *innerer* Prüfung, welcher nie außer in Fällen von hypnotischem Schlafwachen zu sehen ist und ganz unmöglich mißdeutet werden kann. Mit ein paar raschen seitlichen Strichen brachte ich die Lider zum Flattern, wie's bei beginnendem Schlafe geschieht, und mit ein paar weiteren schloß ich sie ganz. Ich war hiermit zwar gar nicht sehr zufrieden, setzte die Manipulationen aber energisch und mit der vollsten Willensanstrengung fort, bis ich die Glieder des Schlummernden, nachdem ich sie in eine anscheinend bequeme Lage gebracht, vollständig hatte erstarren lassen. Die Beine lagen in voller Länge ausgestreckt; die Arme fast ebenso – sie ruhten in mäßigem Abstand von den Lenden auf dem Bett. Der Kopf war ganz leicht hochgebettet.

Als ich dies vollbracht hatte, war es voll Mitternacht, und ich ersuchte die anwesenden Herren, M. Valdemars Zustand zu untersuchen. Nach ein paar Versuchen erklärten sie sich dafür, daß er in ungewöhnlich vollkommener mesmerischer Trance liege. Die Neugier der beiden Ärzte war aufs höchste erweckt. Dr. D--- entschloß sich sofort, die ganze Nacht hindurch bei dem Patienten zu bleiben, indessen Dr. F--- mit dem Versprechen Abschied nahm, sich gleich bei Tagesanbruch wieder einzustellen. Mr. L---l und die beiden Pfleger blieben da.

Wir ließen M. Valdemar bis gegen drei Uhr am Morgen gänzlich ungestört; dann trat ich zu ihm und fand ihn in präzis dem selben Zustand als zu der Stunde, da Dr. F--- gegangen war – das heißt, er lag in ganz der selben Position; der Puls war nicht zu spüren; der Atem ging winzig schwach (ja, er ließ sich kaum wahrnehmen, sofern man nicht einen Spiegel an die Lippen brachte); die Augen waren in natürlicher Weise geschlossen; und die Glieder zeigten sich so steif und kalt als Marmor. Immer noch aber war das allgemeine Erscheinungsbild ganz entschieden nicht das des Todes.

Als ich zu M. Valdemar getreten war, unternahm ich eine Art halbe Anstrengung, seinen rechten Arm dahin zu beeinflussen, daß er meinem eignen folge, als ich diesen letztern behutsam über seiner Person hin und her bewegte. Bei solchen Experimenten mit diesem Patienten hatte ich niemals zuvor vollkommen Erfolg gehabt, und gewißlich dachte ich mir kaum dabei, daß es mir jetzt gelingen werde; doch zu meinem Erstaunen folgte sein Arm sehr bereitwillig, wennschon schwach, jeder Richtung, welche ich ihm mit dem meinigen wies. Da beschloß ich, eine Unterhaltung von ein paar wenigen Worten zu riskieren.

»M. Valdemar«, sagte ich, »schlafen Sie?«

Er gab keine Antwort, doch bemerkte ich ein Zittern um seine Lippen, und dies veranlaßte mich, die Frage zu wiederholen, einmal und noch einmal. Bei der dritten Wiederholung durchrann seinen ganzen Körper ein leises Erschauern; die Augenlider öffneten sich so weit, daß sie einen weißen Strich des Apfels freigaben; die Lippen bewegten sich schwerfällig, und zwischen ihnen

hervor drangen, in kaum vernehmlichem Flüstern, die Worte:
»Ja; – ich schlafe jetzt. Wecken Sie mich nicht! – lassen Sie mich
so sterben!«

Ich befühlte daraufhin seine Glieder und fand sie so starr und
steif als je. Der rechte Arm gehorchte wie zuvor der Richtung
meiner Hand. Ich stellte dem Hypnotisierten eine weitere Frage:
»Spüren Sie noch Schmerzen in der Brust, M. Valdemar?«

Die Antwort kam jetzt unmittelbar, doch wohlmöglich noch
mehr wie ein Hauch denn zuvor:

»Keine Schmerzen – ich sterbe.«

Ich hielt es nicht für ratsam, ihn grad jetzt noch weiter zu stören,
und nichts wurde mehr gesprochen oder getan, bis Dr. F--- eintraf, der ein wenig vor Sonnenaufgang kam und uns sein schran-
kenloses Erstaunen darüber zum Ausdruck brachte, daß er den
Patienten noch am Leben fand. Nachdem er ihm den Puls gefühlt
und einen Spiegel an die Lippen gehalten, ersuchte er mich, den
Hypnotisierten erneut anzusprechen. Das tat ich, indem ich die
Frage stellte:

»M. Valdemar, schlafen Sie immer noch?«

Wie zuvor vergingen einige Minuten, ehe eine Antwort kam;
und während dieser Zeit schien der Sterbende all seine Kräfte zu
sammeln, um zu sprechen. Erst als ich die Frage zum viertenmal
wiederholt hatte, sagte er sehr schwach, und nahezu unhörbar:

»Ja, ich schlafe noch – ich sterbe.«

Es war nunmehr die Meinung, oder vielmehr der Wunsch, der
Ärzte, man solle M. Valdemar doch ungestört lassen in seinem
gegenwärtigen, anscheinend ruhigen Zustande, bis der Tod ein-
trete – was, so befanden alle einhellig, nun innerhalb weniger Minuten geschehen mußte. Ich beschloß jedoch, ihn ein weiteres
Mal anzusprechen, und wiederholte lediglich meine vorange-
gangene Frage.

Während ich sprach, ging mit den Zügen des Hypnotisierten
eine auffällige Veränderung vor sich. Langsam rollten die Augen
auf, wobei die Pupillen nach aufwärts verschwanden; die Haut
nahm allgemein eine leichenhafte Färbung an, ähnlich nicht so
sehr dem Pergament als weißem Papiere; und die kreisrunden
Flecke, welche sich bis hierher hektisch grell auf dem Mittel-
punkte einer jeden Wange abgezeichnet hatten, *erloschen* mit einem Male. Ich gebrauche diesen Ausdruck, weil die Plötzlichkeit,
mit der sie verschwanden, mich an nichts so sehr erinnerte als an

eine Kerze, welche durch ein Pusten des Atems ausgeht. Gleichzeitig kroch die Oberlippe von den Zähnen, die sie zuvor vollkommen bedeckt hatte; derweil der Unterkiefer mit hörbarem Ruck herabfiel, so daß der Mund nun weit offen stand und dem Blick in vollem Maße die geschwollene und schwarz angelaufene Zunge preisgab. Ich nehme an, daß keinem der hier Anwesenden die Schrecken des Totenbettes fremd waren; doch so über alles Begreifen gräßlich war die Erscheinung M. Valdemars in diesem Augenblick, daß man allgemein aus dem Bereich seines Bettes zurückfuhr.

Ich fühle jetzt, ich habe in dieser Erzählung einen Punkt erreicht, an welchem jeder Leser in echter Ungläubigkeit auffahren wird. Gleichwohl obliegt es mir, in aller Schlichtheit fortzufahren.

An M. Valdemar ließ sich jetzt kein noch so schwaches Zeichen von Leben entdecken; und da wir zu dem Schlusse kamen, er sei tot, wollten wir ihn eben der Obhut der Pfleger überantworten, als an seiner Zunge eine heftige Vibrierbewegung bemerkbar ward. Sie dauerte vielleicht eine Minute lang an. Nach Ablauf dieser Zeit kam auf einmal zwischen den reglos klaffenden Kinnbacken eine Stimme hervor – eine Stimme, deren Beschreibung zu versuchen, reiner Wahnsinn von mir wäre. Sicherlich, es gibt wohl zwei oder drei Epitheta, die man dafür teilweise als passend ansehen könnte; so ließe sich zum Beispiel etwa sagen, daß der Klang rauh war, und gebrochen, und hohl; doch das gräßliche Ganze ist unbeschreibbar, und zwar einfach deshalb, weil noch niemals ähnliche Laute das Ohr der Menschheit zittern machten. Allerdings gab es hier zwei Eigentümlichkeiten, welche, so dacht' ich damals und so denk ich noch heut, getrost als charakteristisch für die Modulation bezeichnet werden könnten – wie auch als wohlgeeignet, einen gewissen Begriff von ihrer unirdischen Absonderlichkeit zu vermitteln. Erstens schien die Stimme unsere Ohren – zum mindesten die meinen – wie aus weiter Ferne oder aus irgendeiner tiefen Höhle im Erdinnern zu erreichen. Und zweitens wirkte sie auf mich (wobei ich freilich fürchte, daß es mir nicht gelingen wird, mich verständlich zu machen), wie gallertartige oder klebrige Substanzen auf den Tastsinn wirken.

Ich habe sowohl von ›Klang‹ als von ›Stimme‹ gesprochen. Ich will damit sagen, daß es sich um Laute von deutlicher – ja, von schier wundersam, schauerlich deutlicher – Silbengliederung handelte. M. Valdemar *sprach* – ersichtlich in Beantwortung der

Frage, welche ich wenige Minuten zuvor an ihn gerichtet hatte. Ich hatte ihn, man wird sich erinnern, gefragt, ob er noch immer schlafe. Jetzt sagte er:

»Ja; – nein, – ich *habe* geschlafen – und jetzt – *bin ich tot.*«

Keiner der Anwesenden versuchte den unaussprechlich grauenvollen Schauder zu verleugnen oder zu unterdrücken, welchen diese wenigen Worte, in dieser Weise gesprochen, zwangsläufig allseits bewirken mußten. Mr. L---l (der Student) verlor das Bewußtsein. Die beiden Pfleger verließen unmittelbar die Kammer und waren nicht zur Rückkehr zu bewegen. Meine eigenen Eindrücke will ich dem Leser gar nicht erst begreiflich zu machen versuchen. Nahezu eine Stunde lang beschäftigten wir uns schweigend – ohne auch nur ein Wort zu äußern – damit, Mr. L---l wieder zu beleben. Als er schließlich zu sich gekommen war, widmeten wir uns erneut einer Untersuchung von M. Valdemars Zustand.

Er blieb in jeder Hinsicht so, wie ich ihn zuletzt beschrieben habe, mit der einen Ausnahme nur, daß der Spiegel keinerlei Nachweise mehr dafür erbrachte, daß noch Atem vorhanden sei. Ein Versuch, Blut aus dem Arme zu ziehen, blieb ergebnislos. Ich sollte auch erwähnen, daß dieses Glied nicht länger mehr meinem Willen folgte. Vergebens mühte ich mich, es der Richtung meiner Hand gehorchen zu lassen. Das einzige wirkliche Anzeichen für eine Wirkung des mesmerischen Einflusses bestand jetzt tatsächlich in der Vibrierbewegung der Zunge, die immer dann einsetzte, wenn ich M. Valdemar eine Frage vorlegte. Er schien sich jedesmals anzustrengen, mir zu antworten, doch besaß er nicht mehr hinreichende Willenskraft. Für Fragen, welche ihm von irgendeinem Andern denn mir gestellt wurden, schien er völlig unempfindlich zu sein – obschon ich mich bemühte, ein jedes Mitglied der Gesellschaft in mesmerischen *rapport* mit ihm zu bringen. Ich glaube, ich habe jetzt alles berichtet, was nötig ist, den Zustand des Hypnotisierten zu diesem Zeitpunkt zu verstehen. Andere Pfleger wurden besorgt; und um Schlag zehn Uhr verließ ich in Gesellschaft von Mr. L---l und den beiden Ärzten das Haus.

Am Nachmittage sprachen wir alle wieder vor, um den Patienten zu sehen. Sein Zustand war nach wie vor präzis der selbe. Wir erörterten nun, ob es schicklich und möglich sei, ihn aufzuwecken; doch kamen wir unschwer dahin überein, daß keinem guten Zweck damit gedient wäre. Es war evident, daß der Tod (beziehungsweise das, was gewöhnlich als Tod bezeichnet wird) bislang durch den mesmerischen Prozeß aufgehalten worden war. So dünkte es uns alle klar, daß M. Valdemar erwecken bloß seine augenblickliche oder zumindest doch sehr rasche Auflösung zur Gewißheit machen hieße.

Von diesem Zeitpunkt bis zum Ende letzter Woche – *also über eine Spanne von nahezu sieben Monaten hin* – fuhren wir fort, tagtäglich bei M. Valdemars Hause vorzusprechen, hin und wieder begleitet von medizinisch interessierten und anderen Freunden. Während dieser ganzen Zeit blieb der Hypnotisierte in *genau* dem Zustande, wie ich ihn zuletzt beschrieb. Die Pfleger weilten unablässig bei ihm.

Es war am letzten Freitag, daß wir uns endlich entschlossen, das Experiment zu wagen und ihn zu wecken – beziehungsweise dies zu versuchen; und es ist das (vielleicht) unglückliche Ergebnis dieses letztern Experiments gewesen, was in privaten Kreisen soviel Diskussion ausgelöst hat – und im Volke soviel von dem, was ich nicht umhin kann, für ganz ungerechtfertigte Gefühlsduselei zu halten.

Zum Zwecke, M. Valdemar aus der mesmerischen Trance zu lösen, machte ich von den gewohnten Strichen Gebrauch. Diese waren eine Zeitlang ohne jede Wirkung. Das erste Anzeichen von wiederkehrendem Leben bestand in einem teilweisen Heruntersinken der Iris. Als vornehmlich bemerkenswert wurde beobachtet, daß diese Pupillensenkung vom reichlichen Ausfluß eines gelb-eitrigen Blutwassers (unter den Lidern her) begleitet war, welches einen scharfen und höchst widerwärtigen Geruch verbreitete.

Es wurde nun angeregt, ich solle wie seinerzeit noch einmal versuchen, des Patienten Arm zu beeinflussen. Ich unternahm diesen Versuch, doch schlug er fehl. Darauf äußerte Dr. F--- den Wunsch, ich möchte noch eine Frage stellen. Das tat ich denn auch, wie folgt:

»M. Valdemar, können Sie uns erklären, was gegenwärtig Ihre Gefühle und Wünsche sind?«

Im Augenblick erschienen die hektischen Kreise auf den Wangen wieder; die Zunge zitterte oder vielmehr rollte heftig im Munde hin und her (obschon die Kinnbacken und Lippen so starr blieben als zuvor); und schließlich brach die nämliche grauenvolle Stimme aus ihm heraus, die ich bereits beschrieben habe:

»Um Gottes willen! – rasch! – rasch! – versenken Sie mich wieder in Schlaf – oder, rasch! – wecken Sie mich auf! – rasch! – *Ich sage Ihnen, ich bin tot!*«

Ich war wie vor den Kopf geschlagen und blieb einen Augenblick lang völlig ratlos, was ich tun sollte. Zuerst unternahm ich einen angestrengten Versuch, den Patienten wieder zu beruhigen; doch als mir dies aufgrund totaler Willenserschöpfung nicht gelingen wollte, ging ich den umgekehrten Weg und versuchte nun mit ebensolcher Anspannung, ihn aufzuwecken. Bald sah ich auch, daß ich damit Erfolg haben würde – oder wenigstens bildete ich mir ein, daß mein Erfolg vollkommen sein würde – und ich bin sicher, daß alle im Raume Anwesenden damit rechneten, den Patienten erwachen zu sehen.

Aber was dann wirklich geschah – nein, damit hatte kein menschliches Wesen auch nur im entferntesten rechnen können.

Als ich in aller Schnelle die mesmerischen Striche machte, derweil von der Zunge – nicht von den Lippen – des Leidenden die Ausrufe »tot! tot!« förmlich *hervor brachen,* geschah's auf einmal, innerhalb einer einzigen Minute, oder gar noch schneller, daß mir sein ganzer Leib unter den Händen schrumpfte – verfiel – *verweste.* Dort auf dem Bette, vor der ganzen Gesellschaft, da lag eine nahezu flüssige Masse von widerlicher – von abscheulicher Fäulnis.

Das Gebinde Amontillado

Wohl tausendfältige Unbill hatt' ich von Fortunato ertragen, so gut ich's vermochte, doch als er gar so dreist ward, schweren Schimpf auf mich zu häufen, gelobt' ich Rache. Ihr, die ihr meiner Seele Innres so wohl kennt, werdet freilich nicht vermuten, ich hätte etwa einer Drohung Ausdruck gegeben. Nein, *irgendwann einmal,* ganz unerwartet, sollte die Vergeltung kommen; das war ein Punkt, der felsenfest entschieden; – und ebenso entschieden war dabei, daß es für mich keinerlei Risiko geben durfte. Ich wollte nicht nur strafen, sondern straflos strafen. Denn das ist nicht die rechte Ahndung eines Unrechts, wenn dann den Rächer selbst die Wiedervergeltung erreicht. Und gleicherweise halb nur bleibt die Sühne, wenn der Beleidiger, der jenes Unrecht tat, nicht fühlt, nicht weiß, von wem ihn Rache trifft.

Wohlverstanden, – ich hatte Fortunato weder in Wort noch Tat Ursache gegeben, an meinem Wohlwollen zu zweifeln. Ganz wie ich's lang gewohnt war, fuhr ich fort, ihm ins Gesicht zu lächeln, und er bemerkte nicht im mindesten, daß dieses mein Lächeln *jetzt* nur noch der Gedanke an seine baldige Opferung nährte.

Er hatte übrigens einen schwachen Punkt – dieser Fortunato – obschon er in anderer Hinsicht durchaus ein Mann war, den man achtete, ja gar ein wenig fürchtete. Er hielt sich nämlich arg viel darauf zugute, ein Weinkenner zu sein. Nun trifft es sich freilich nur selten, daß die Herren Italiener auf diesem Gebiete einiges vermögen. Meistenteils ist ihr Enthusiasmus vollauf damit beschäftigt, Zeit und Gelegenheit abzupassen und einzurichten, um die britischen und österreichischen Millionäre nach Takt und Noten zu begaunern. Was Malerei und Schmuckkunst anbetrifft, so war Fortunato ganz wie seine Landsleute bloß ein Schwadroneur; jedoch mit alten Weinen kannte er sich aus. In diesem Betrachte unterschied ich mich übrigens nicht wesentlich von ihm; – ich verstand mich selber ganz leidlich auf die italiänische Lese und kaufte in großem Stil, wann immer ich es konnte.

Es war an einem Abende gegen Dämmerung, zur Zeit des tollsten und aberwitzigsten Karnevals, als ich meinem Freunde ganz unverhofft begegnete. Er begrüßte mich mit schier überschwänglicher Herzlichkeit, denn er hatte bereits eine Menge getrunken. Der Mensch trug sich wie ein rechter Narr. Er hatte ein dicht sitzendes buntscheckiges Gewand an, und seinen Dummkopf krönte eine spitze Schellenkappe. Ich war so überglücklich, ihn zu sehen, daß ich schon dachte, ich würde überhaupt nicht mehr damit fertig werden, ihm die Hand zu drücken.

»Mein lieber Fortunato!« sprach ich zu ihm; »Welch ein Glück, daß ich Sie treffe! Sie sehen ja aus wie das blühende Leben heute! Es ist nämlich so – ich habe eben ein Butt Wein bekommen, der angeblich Amontillado sein soll, bin aber leider gar nicht ohne Zweifel.«

»Wie?« rief er. »Amontillado? Ein ganzes Butt? Unmöglich! Und das mitten im Karneval?«

»Eben, ich habe ja auch meine Zweifel«, erwiderte ich; »und leider war ich töricht genug, den vollen Amontillado-Preis zu zahlen, ohne zuvor Ihr Gutachten einzuholen. Aber Sie waren einfach nicht aufzufinden, und ich hatte Sorge, es könnte mir ein Geschäft entgehen.«

»Amontillado!«

»Ich habe meine Zweifel.«

»Amontillado!«

»Und ich muß mir Gewißheit verschaffen.«

»Amontillado!«

»Da Sie beschäftigt sind, will ich mich zu Luchresi begeben. Wenn irgend wer ein kritisches Urteil hat, dann ist es er. Er wird mir sagen –«

»Luchresi kann ja nicht einmal Amontillado von Sherry unterscheiden.«

»Und doch gibt es ein paar Narren, die behaupten, sein Geschmack vermöge den Ihrigen durchaus in die Schranken zu fordern.«

»Kommen Sie, gehn wir gleich.«

»Aber wohin denn?«

»In Ihre Kellerei.«

»Nicht, doch, mein Freund; ich will Ihre Liebenswürdigkeit nicht ausnutzen. Ich sehe ja, Sie sind beschäftigt. Luchresi –«

»Aber ich bin nicht beschäftigt; – kommen Sie!«

»Nein, mein Freund. Auch wenn Sie keine Abhaltung haben, – ich sehe doch, daß Sie an einer schweren Erkältung leiden. Die Gewölbe sind unerträglich feucht und dumpfig. Alles ist mit Salpeter überzogen.«

»Gleichviel, lassen Sie uns gehen. Die Erkältung ist gar nicht

175

der Rede wert. Amontillado! Da hat man Sie ganz schön hinter das Licht geführt. Und was Luchresi betrifft, der kann keinen Sherry von Amontillado unterscheiden.«

Bei diesen Worten bemächtigte sich Fortunato meines Arms; und indem ich eine Maske von schwarzer Seide anlegte und eine *roquelaure* fest um mich zog, litt ich's, daß er mich eilends nach meinem Palazzo drängte.

Es waren keinerlei Bedienstete daheim; sie hatten sich heimlich alle davongemacht, um sich der Jahreszeit entsprechend auf dem Karneval zu vergnügen. Ich hatte ihnen gesagt, daß ich nicht vor dem Morgen zurückkehren würde, und ausdrücklich Befehl gegeben, sich nicht aus dem Hause zu rühren. Diese Anordnungen reichten hin, so wußt' ich wohl, mit Sicherheit ihr unmittelbares Verschwinden zu bewirken, bis auf den letzten Mann, sowie ich ihnen nur den Rücken gekehrt hatte.

Ich nahm zwei Fackeln aus ihren Wandhaltern, gab Fortunato eine und geleitete ihn durch verschiedene Zimmer-Suiten zu dem Bogengang, der in die Gewölbe führte. Dann stieg ich eine lange und gewundene Treppe hinab, wobei ich ihn ersuchte, ja nur recht vorsichtig zu sein, wenn er mir folge. Schließlich kamen wir unten an und standen auf dem dumpfigen Boden der Katakomben der Montresors.

Der Gang meines Freundes war unsicher, und die Schellen an seiner Kappe klingelten, während er dahinschritt.

»Das Butt«, sagte er.

»Das befindet sich weiter hinten«, sagte ich; »doch sehen Sie nur, wie weiß der Überzug auf diesen Höhlenmauern schimmert!«

Er wandte sich mir zu und starrte mich mit zwei glasigen Augen an, aus denen die Tränen der Trunkenheit quollen.

»Salpeter?« fragte er schließlich.

»Salpeter«, antwortete ich. »Wie lange haben Sie diesen Husten eigentlich schon?«

»Huch! huch! huch! – huch! huch! huch! – huch! huch! huch! – huch! huch! huch! – huch! huch! huch!« Minutenlang war es meinem armen Freunde unmöglich, eine Antwort zu geben.

»Ach, das hat nichts zu sagen«, keuchte er schließlich. »Kommen Sie«, sagte ich mit Bestimmtheit, »wir wollen doch lieber umkehren; Ihre Gesundheit ist zu kostbar. Sie sind reich, man achtet, man bewundert, ja man liebt Sie; Sie sind glücklich, wie ich's einstens war. Ein Mann wie Sie muß uns erhalten bleiben. Um mich ist's nicht weiter schade. Wir wollen zurückgehen; denn Sie werden sich noch eine Krankheit holen, und die Verantwortung kann ich nicht tragen. Im übrigen ist da ja immer noch Luchresi –«

»Genug«, sagte er; »mit dem Husten hat es gar nichts auf sich; der wird mich nicht umbringen. An einem Husten sterbe ich bestimmt nicht.«

»Das ist nun auch wieder wahr – sehr wahr sogar«, erwiderte ich; »und ich hatte wirklich nicht die Absicht, Sie unnötig zu beunruhigen – doch sollten Sie immerhin so vorsichtig sein, als es möglich ist. Ein Schluck von diesem Medoc wird uns vor den schädlichen Dünsten schützen.«

Mit diesen Worten zog ich aus einer langen Reihe von Flaschen, die auf dem Gestelle lagerten, eine heraus und schlug ihr den Hals ab.

»Trinken Sie«, sagte ich dann und reichte ihm den Wein.

Mit einem Blinzeln hob er die Flasche an die Lippen. Dann hielt er inne und nickte mir vertraulich zu, während seine Schellen klingelten.

»Ich trinke«, sagte er, »auf die Begrabenen, die um uns ruhen.«

»Und ich auf Ihr langes Leben.«

Wieder nahm er meinen Arm, und wir schritten weiter.

»Diese Gewölbe«, sagte er, »sind ja ziemlich ausgedehnt.«

»Die Montresors«, erwiderte ich, »waren eine große und zahlreiche Familie.«

»Ach, ich vergaß – wie war doch gleich Ihr Wappen?«

»Ein riesiger menschlicher Fuß – Gold in azurnem Feld; er zertritt eine sich aufbäumende Schlange, deren Zähne ihn in die Ferse stechen.«

»Und der Wahlspruch?«

»*Nemo me impune lacessit.*«

»Nicht übel!« sagte er.

In seinen Augen funkelte der Wein, und die Schellen klingelten. Auch mir erwärmte der Medoc die Phantasie. Wir waren an langen Mauern von gestapelten Skeletten, untermischt mit Weinfässern aller Art, vorübergekommen und gelangten nun in die innersten Winkel und Bezirke der Katakomben. Da hielt ich erneut inne, und diesmal nahm ich mir die Freiheit, Fortunato am Arme oberhalb des Ellenbogens festzuhalten.

177

»Der Salpeter!« sagte ich; »sehn Sie doch, er wird immer dichter! Er hängt wie Moos an den Gewölben. Wir befinden uns unter dem Flußbette. Die Nässe tröpfelt zwischen das Gebein. Kommen Sie, wir wollen umkehren, ehe es zu spät ist. Denken Sie an Ihren Husten –«

»Damit ist es nichts«, sagte er; »gehen wir nur weiter. Aber zuvor noch einen Schluck Medoc!«

Ich erbrach eine Flasche De Grâve und reichte sie ihm. Er leerte sie auf einen Zug. In seinen Augen blitzte ein wildes Licht. Er lachte und warf die Buddel mit einer Bewegung in die Höhe, auf die ich mir keinen Reim machen konnte.

Erstaunt sah ich ihn an. Er wiederholte die Bewegung – ein grotesker Anblick.

»Sie verstehen nicht?« fragte er.

»Leider nein«, erwiderte ich.

»Dann gehören Sie also nicht der Bruderschaft an.«

»Was meinen Sie?«

»Sie gehören nicht zu den Maurern.«

»Aber ja doch«, sagte ich; »ja doch, ja.«

»Sie? Unmöglich! Ein Maurer?«

»Ein Maurer«, antwortete ich.

»Dann geben Sie ein Zeichen«, forderte er, »ein Zeichen!«

»Bitte sehr«, war meine Antwort, indem ich unter den Falten meiner *roquelaure* eine Maurerkelle hervorzog.

»Sie spaßen«, rief er aus und wich ein paar Schritte zurück. »Aber lassen Sie uns nun endlich zu dem Amontillado kommen!«

»Sei's drum«, sagte ich, indem ich das Werkzeug wieder unter meinem Mantel barg und ihm erneut den Arm bot. Er stützte sich schwer darauf. Wir folgten weiter unserem Weg auf der Suche nach dem Amontillado. Wir schritten durch eine Reihe von niedrigen Gewölben, stiegen abwärts, gingen weiter und stiegen wieder abwärts, um schließlich tief unten in einer Krypta anzulangen, in welcher die Luft so moderig und stickig war, daß unsere Fakkeln kaum mehr brannten als glühten.

Am entlegensten Ende der Krypta zeigte sich ein weiteres, doch weniger geräumiges Gewölb. Die Wände waren ganz nach Art der großen Katakomben zu Paris von hoch zur Decke aufgetürmten Gebeinresten gesäumt worden. Drei Seiten dieser inneren Krypta waren immer noch in dieser Weise geschmückt. Von der vierten Seite hatte man die Knochen fortgeräumt; sie lagen jetzt in wirrem Durcheinander auf der Erde und bildeten an einer Stelle einen Hügel von einiger Höhe. In der auf diese Weise durch die Entfernung der Knochen freigelegten Wand erblickten wir noch eine weitere innere Krypta oder Nische, die wohl vier Fuß tief, drei breit und sechs oder sieben hoch war. Sie schien zu keinem besonderen Eigenzweck gebaut zu sein, sondern bildete lediglich den Zwischenraum zwischen zwei der kolossalen Pfeiler, die das Gewölbe der Katakomben trugen; ihre Rückwand bestand aus einer der sie umgebenden, massiv granitenen Mauerwände.

Es war vergebens, daß Fortunato seine düstertrübe Fackel hob und sich mühte, in die Tiefe des Nischenwinkels zu spähen. Seine Begrenzung erlaubte uns das schwache Licht nicht zu erkennen.

»Treten Sie nur näher«, sagte ich; »dort drinnen befindet sich der Amontillado. Was übrigens Luchresi anbelangt –«

»Der ist ein armseliger Ignorant«, unterbrach mich mein Freund und tat ein paar torkelnde Schritte vorwärts, indessen ich ihm auf dem Absatz folgte. Im selben Augenblick noch hatte er das Ende der Nische erreicht und stand, da er sein Weiterkommen von dem Felsen behindert fand, stumpfsinnig verwundert da. Im nächsten Augenblick schon hatte ich ihn an den Granit gefesselt. In diesen eingelassen waren zwei Eisenkrampen, wagrecht etwa zwei Fuß voneinander entfernt. Von einer dieser Krampen hing eine kurze Kette nieder; an der anderen befand sich ein Vorhängeschloß. Die Kette um seinen Leib zu werfen und fest anzuschließen, war das Werk nur weniger Sekunden. Er war zu überrascht, um sich zu widersetzen. Den Schlüssel abziehend, trat ich aus der Nische zurück.

»Fahren Sie doch einmal mit der Hand über die Mauer«, sagte ich; »der Salpeter ist unverkennbar, nicht wahr? Tatsächlich, es ist hier unten *sehr* feucht. Lassen Sie sich noch einmal *dringend* bitten, wieder umzukehren. Sie möchten nicht? Wie schade! – denn dann muß ich Sie leider jetzt allein hier lassen. Doch zuvor noch will ich Ihnen, soweit es in meiner Macht steht, ein paar kleine Gefälligkeiten erweisen.«

»Den Amontillado!« stieß mein Freund hervor, noch immer halb benommen von der Überraschung.

»Richtig«, erwiderte ich; »den Amontillado.«

Während ich diese Worte sprach, machte ich mich an dem Knochenstapel zu schaffen, den ich oben erwähnt habe. Ich warf das

Gebein beiseite und legte bald eine Menge Bausteine und Mörtel frei. Mit diesen Materialien sowie mit Hilfe meiner Kelle begann ich alsbald nach Kräften den Eingang der Nische zu vermauern.

Ich hatte kaum die erste Lage Mauerwerk gelegt, als ich entdeckte, daß die Trunkenheit in großem Maße von Fortunato gewichen war. Das erste Anzeichen dafür war ein langer stöhnender Wehelaut, der aus der Tiefe des Gelasses drang. Das war nicht mehr die Stimme eines Trunkenen. Es folgte dann ein langes, verbissenes Schweigen. Ich legte die zweite Steinschicht und die dritte, und dann die vierte; und da auf einmal hörte ich das wilde Rasseln der Kette. Das Geräusch dauerte mehrere Minuten lang fort, während welcher ich, um mich mit ungestörter Genugtuung daran zu weiden, in meiner Arbeit innehielt und mich auf den Gebeinen niederließ. Als das Geklirr am Ende verstummte, griff ich wieder nach der Kelle und vollendete ohne Unterbrechung die fünfte, die sechste und die siebente Lage. Die Mauer reichte mir nun fast schon bis zur Brust. Wieder hielt ich da inne, und indem ich die Fackel über das Mauerwerk hob, ließ ich ein paar schwache Strahlen auf die Gestalt dort drinnen fallen.

Eine Folge von lauten und schrillen Schreien, die jählich aus der Kehle des Gefesselten hervorbrachen, wollte mich schier zurückschleudern. Einen kurzen Augenblick zögerte, zitterte ich. Meinen Stoßdegen ziehend, begann ich damit in dem engen Gelaß herumzutasten; doch die Überlegung eines weitern Augenblicks gab mir meine Sicherheit und Ruhe zurück. Ich legte meine Hand auf das massive Mauerwerk der Katakomben und fühlte mich befriedigt. Ich trat wieder an die Mauer; ich gab dem Gellgebrüll des Schreiers Antwort. Ich schrie zurück, ich half ihm, ja ich übertraf ihn noch an Stimmgewalt und -stärke. Ich tats, und siehe da – der Schreier wurde still.

Es war nun Mitternacht; mein Werk war bald getan. Ich hatte die achte, die neunte, die zehnte Lage vollendet. Schon hatt' ich einen Teil der elften und letzten bewältigt; es blieb nur noch ein einziger Stein zu setzen und zu vermauern. Ich plagte mich mit seinem Gewichte; ich brachte ihn nur zum Teil in die ihm zubestimmte Lage. Da aber drang aus der Nische ein leises, verhaltenes Lachen, daß mir die Haare zu Berge standen. Es ward gefolgt von einer traurigen Stimme, in welcher ich nur schwer diejenige des edlen Fortunato wiedererkannte. Die Stimme sagte – »Ha! ha! ha! – hi! hi! hi! – ein guter Witz, wahrhaftig – ein exzellenter

Scherz! Wir werden im Palazzo noch oft und reichlich darüber zu lachen haben – hi! hi! hi! – über unsern Wein – hi! hi! hi!«

»Den Amontillado!« sagte ich.

»Hi! hi! hi! – hi! hi! hi! – ja, den Amontillado. Aber wird es nicht langsam etwas spät? Wird man nicht auf uns warten im Palast – die Lady Fortunato und die Andern? Mag's denn genug sein – machen wir ein Ende.«

»Ja«, sagte ich, »ja – machen wir ein Ende.«

»*Um Gottes willen – Montresor!*«

»Ja«, sagte ich, »um Gottes willen – ja!«

Doch diese Worte fanden keine Antwort; mein Lauschen war umsonst. Ich wurde ungeduldig. Ich rief laut –

»He! – *Fortunato!*«

Nichts. Kein Laut zu hören. Ich rief noch einmal –

»He! – Fortunato!«

Keine Antwort mehr. Da stieß ich eine Fackel durch die Öffnung und ließ sie drinnen fallen. Zurück kam nur ein Klinggeklirr der Schellen. Mir wurde schlimm im Herzen, wurde schlecht; das machte die Dumpfigkeit der Katakomben. Ich hastete, mein Werk zu enden. Ich zwang den letzten Stein in seine Lage; ich mauerte ihn ein. Vor dieser neuen Wand häufte ich wieder den Wall von Knochen auf. Ein Halbjahrhundert lang hat kein Sterblicher sie gestört. *In pace requiescat!*

Phantastische Bibliothek
in den suhrkamp taschenbüchern

»Phantastische Bibliothek« – das ist Verzauberung der Phantasie, keine Betäubung der Sinne, sondern Öffnen der Augen als Blick über den nächsten Horizont ins Hypothetisch-Virtuelle. Der Zukünftige verbindet sich mit dem Zeitlosen, rationales Kalkül steht neben poetischer Vision, denkbare Wirklichkeit und analytischer Blick in menschliche Abgründe neben Wunsch- und Albtraum. Anregend und unterhaltsam ist es immer.

suhrkamp taschenbücher
Eine Auswahl

2/7/8.86